Arknoah 1

僕のつくった怪物

乙　一

集英社文庫

Contents

人物紹介

アール・アシュヴィ

アシュヴィ家の長男。父親を亡くした少年。母親と、弟と三人で暮らしている。弟といっしょに学校でいじめられている。不思議な絵本『アークノア』を見つける。

グレイ・アシュヴィ

アールの弟。父親を亡くした頃から、目つきが悪くなった。とても口が悪いので、いつも周囲を怒らせてしまう。彼の素直な気持ちを知るのはとても難しい。

リゼ・リプトン

アールたちが出会った少女。あだ名は『ハンマーガール』。アークノアでも、特別な存在として一目置かれている。ピーナッツバターが大好き。

カンヤム・カンニャム

犬の頭をした男。『ビリジアン』を統率して、リゼとともに行動する。

キーマン

アールたちを助けてくれた男。とても優しいけれど、グレイの口の悪さには閉口している。

ウーロン博士
科学者。深い知識で、様々な道具を開発する。

メルローズ
ウーロン博士の助手。眼鏡をかけた白衣の女性。

スーチョン
『森の大部屋』の住人。怪物の被害に遭う。

ハロッズ
大きなお腹をした『スターライトホテル』の管理人。

ルフナ
『ビリジアン』に所属する。小柄なため、『空班』の一員となる。

ナプック
『ビリジアン』に所属する。気の弱そうな赤毛の青年。

ビゲロー
『ビリジアン』に所属する。まるでドワーフみたいな容姿の男。

Arknoah

アークノア

1

僕のつくった怪物

イラスト　toi8
本文デザイン　石野竜生（Freiheit）

一章

1−1

弟とふたりで、写真のなかの嫌いなやつの顔にピンを刺していたら、母がやってきて言った。

「ひどいことがおきたよ。とってもひどいこと……」

母についていくと、リビングのテレビで銃撃戦のニュースをやっていた。ついさきほど、ここから遠くはなれた町の小学校で、生徒が十人以上も銃で殺されたらしい。警察と撃ちあいになって射殺された犯人は、まだ十二歳の少年だったそうだ。

「アールとおなじ歳《とし》だね」

弟のグレイ・アシュヴィが、世をすねたような卑屈な目で僕を見上げる。テレビ画面には、たくさんのパトカーと、救急車と、泣いている子どもたちの顔が映っていた。

「うちの学校だったらよかったのにな」と、グレイが言った。

数日間、テレビのニュースはその話題でもちきりだった。少年がクラスメイトを撃ち殺した拳銃《けんじゅう》は、彼の父親のものだったらしい。父親のクローゼットにかくしてあった拳銃を発見し、少年は、自分をいじめたクラスメイトたちを殺すことに決めたという。

朝になると僕とグレイは黄色いスクールバスで学校へとはこばれる。弟の目は、暗く、憎しみに満ちている。口癖は「くそったれ、みんな死ねばいいんだ」。そんな弟の日課は、学校でクラスメイトたちからジュースをぶっかけられることだ。そのたびに僕は校舎のすみっこで服を脱がせてしぼってやる。この前、グレイがブリーフ一枚の姿になって水道で体を洗っていると、女子生徒たちが通りかかってくすくすとわらいながら通りすぎた。グレイは、はずかしそうに顔を赤くしてうつむきながらも、憎悪《ぞうお》のまじった目でその子たちをにらんでいた。

もちろん、僕は弟を守ろうとした。いじめているのはグレイと同い年の子たちであり、僕より三歳も年下なので、強気に出ることができた。自分より体のちいさなやつらが相手なので、ケンカになっても負ける気がしない。グレイを棒でつついている少年たちの前に出て僕はさけんだ。

「ちょっかいを出すのはやめろ！　おまえたちが授業中にやってること、しってるんだぞ！」

その時期、グレイのクラスでは、授業中に陽光をつかったあそびがはやっていた。先生が黒板のほうをむいている隙《すき》に、鏡の破片や銀色の筆箱やぴかぴかの下敷きを取り出して、太陽の光を反射させ、グレイの顔を照らすのだ。グレイがまぶしそうにしているのをながめてクラス全員でわらいをこらえ、先生がこちらをふりかえったら手に持っていた反射物を机の下にかくすというわけだ。

「ふざけんなよ！　僕が相手になってやる！　こうしてやる！　ほら、どうだ！　かかってこいよ！」

少年たちを一発ずつ小突《こづ》いてまわった。三歳も年齢差があるため楽勝だった。

「もうこんなことやめろよ！　いいな！」

頭をおさえて逃げていく少年たちにむかってさけぶ。

「なにかいやなことをされたら相談しろ。僕はおまえの兄ちゃんなんだからな。またあんなことをされたら、僕があいつらをこらしめてやるよ」

そう言ってなぐさめてやると、グレイはくちびるを噛《か》みしめながらうなずいた。

「おい、おまえがアール・アシュヴィか？」

翌日、僕は学校で上級生の集団に声をかけられた。囲まれて校舎の片隅に連れて行かれてしまう。僕が小突いてまわった少年のお兄さんたちだった。胸ぐらをつかまれたり、ころばされたりして、おそろしくなり、泣きながらあやまった。グレイをいじめていた少年たちが、その場に弟を連れてきて、兄のみっともない姿を見せつけた。

「おい！　見ろよ！　おまえの兄貴、小便もらしてやがるぜ！」

気づくと僕のズボンがぬれていた。あまりのおそろしさに、ゆるんでしまったのだ。

みんながはやしたてて、携帯電話で何枚も写真を撮り、しばらくしてどこかに行ってしまったあと、うずくまった僕の背中をグレイがさすってくれた。

僕のはずかしい写真は、クラスメイトの全員に送信された。それからというもの、ひどいことばかりがおきる。たとえば、僕の鞄《かばん》がいつのまにか消えてしまい、周囲を探していると、「トイレで見かけたぜ」などと、わらいをこらえながらクラスメイトがおしえてくれる。鞄はトイレの便器につまっていた。いっしょにアニメやコミックの話をしていた友人たちが避けるようにもなったし、声をかけても無視された。クラスメイトたちが僕を見てひそひそ話をしながらわらっている。おもらし野郎、などと聞こえてくる。先生からの通達が僕にだけつたえられず、授業にひつようなものを持ってこなかったと、しかられたこともある。

平凡な日々は過去のものとなったのだ。クラスメイトの全員が、裏で手を組んで、僕を馬鹿《ばか》にしていた。アール・アシュヴィを陥《おとしい》れるための陰謀めいたことをたくらんでいるようにおもえた。僕はすっかり仲間はずれにされて、授業の合間の休憩時間には、行き場もなく、話し相手もなく、校舎の片隅のだれもいない場所でかくれるようにすごした。

ところで僕には好きな女の子がいた。ジェニファーという名前のクラスメイトである。

ちょっと前まではゲームソフトの貸し借りをしてなかよくしていたのだが、廊下であいさつをしたときに「気持ちわるいから半径十メートル以内にはちかづかないで」などと言われた。

しばらくして先生に呼びだされて次のようなことを質問された。

「アール・アシュヴィ。きみは女子の持ち物を盗んだり、着替えをのぞいたりしているという噂《うわさ》だが、ほんとうかね？」

そんなことはしていないのに、先生はすっかり僕をうたがっていた。きっとジェニファーもその噂を信じてしまいあんなことを言ったのだろう。彼女の誤解だけでも解きたかった。なにせ僕ときたらジェニファーのことを夢に見るくらい好きだったのだ。それから間もなく、ジェニファーが上級生の男の子とつきあっていることを僕はしる。彼女の相手は、僕を取り囲み、ズボンをぬらしている様を写真に撮っていたうちのひとりだった。彼女たちは廊下ですれちがうたびに、にやついた顔で僕をふりかえる。ジェニファーの嘲《あざけ》るような表情はひどくこたえた。

僕とグレイは、それぞれにひどい状況ではあったけれど、母を心配させないように気をつけた。グレイがクラスメイトにジュースをぶっかけられた日は、母が仕事からもどってくる前に服を洗濯機で洗ってやった。父が死んで以来、母はいつも泣きはらしたような目をしていたが、僕と弟が学校であった出来事をおもしろおかしく話している間だけ、やすらいだ表情になる。ピザを食べながら話す学校での出来事が、なにもかも僕と弟による創作であることを母はしらない。

「みんな嫌いだ。全員、不幸になっちまえばいいのに」

それが僕と弟の合い言葉となっていた。バスケットで活躍して女の子から声援をうけている男子生徒を見たとき、あるいは街角で男の子といっしょにアイスクリームを食べているジェニファーを見たとき、その言葉を口にする。テレビで天才ピアニストとしてちやほやされている少年を見たときも、映画に出演して大金をかせいでいる子役たちを見たときも。

ある晩、夜中に目が覚めてトイレに行こうとしたら、グレイのベッドが空っぽだった。父の書斎から明かりがもれていたので行ってみると、グレイがクローゼットをあさっていた。

「なにしてんだ?」

「探しものさ」

グレイは僕に背をむけて、父がのこした荷物を引っぱりだしている。

「なにを探してるか、わかる?」

「銃だろ?」

小学校でクラスメイトを何人も撃ち殺した十二歳の少年。

凶器となった拳銃は父親のクローゼットにあったという。

「僕が探してるのは、くそったれどもの脳天に穴をあける道具さ」

「だから銃だろ? そんな言葉づかいやめろよ。昔はそんなんじゃなかっただろ? そんなもん探して、なにするつもりだよ」

「あいつらに突きつける様を空想してたのしむんだ」

「もう遅いから今日は寝ようぜ。あきらめたほうがいい。そんなところに銃なんてないよ」

「探してみなくちゃわからないだろ」

「もうとっくの昔に僕が一度、見てみたんだ」

グレイは僕をふりかえる。あいかわらずの暗い目つきだ。

「さあ、もうベッドにもどろう。ママが起きてくるとやっかいだぞ。おまえもわかってるだろ。ママはこの部屋のものを、なにもいじられたくないんだ」

クローゼットに父のスーツがかかっていた。グレイはその袖《そで》に触れる。母は父の服や荷物をいつまでも保管しようとしていた。父がいなくなった日そのままに。

父はおおきな事故に巻きこまれて死んだ。死体さえのこらないほどのおおきな事故は、全世界でトップニュースになった。父がいなくなって、グレイは口数がすくなくなり、表情もとぼしくなった。目からかがやきが消えて、まわりに溶けこめなくなった。僕たちをやしなうため、母がいかがわしい店ではたらきはじめると、そのことでクラスメイトたちがからかうようになり、やがてジュースをぶっかけるようになったのである。

「僕、パパのことを夢に見るんだ」

クローゼットの背広をながめながらグレイが言った。

「パパがあるいて遠ざかる夢さ。背中にむかって僕はさけぶんだ。でもパパは、僕のことなんか気づかずに、どんどんむこうのほうへあるいていっちゃうんだ」

「寝るぞ。閉めるからそこをどけ」

僕はクローゼットの扉に手をかける。そのときだ。

「あれ？　なんだろう、これ……」

グレイがしゃがみこんだ。

「どうした？」

「見て、ここに穴がある」

指が入る程度のまるい穴がクローゼットの底板にあった。ネズミがかじってあけたような穴ではない。きれいな円形で、切り口もなめらかだ。まるい穴に指をかけて引っぱると、板がはずせるようになっているようだ。

「この下を見ないままベッドにもどっても、寝られる気がしないよ。くそったれどもの脳みそをぶちまけさせる道具があるんだよ、絶対に」

「やめろって、そんな言葉づかい」

さっそく板をはずしてみた。予想していた通り、二重底になっている。グレイが僕の横で唾《つば》をごくりと飲んだ。しかしそこにあったのは、拳銃なんかではない。一冊の古い本だった。落胆したけれど、すこしだけほっとしたような雰囲気がただよう。僕たちは本気でクラスメイトに銃口をむけたいわけではない。そんなことをすれば母がかなしむことくらいわかっているのだ。

「なんだ、これ?」

本を手にとってながめてみる。弟の肩幅くらいもある大判のもので、ページ数がすくないためか、厚みはそれほどない。表紙が黄ばんでおり、装飾された文字で『アークノア』と印刷されている。それがこの本の題名らしい。ページをぱらぱらとめくってみた。

「絵本だね」

どのページにも見開きでこまごまとした絵が描かれている。文章は見あたらない。どうして父はこんなものをかくすように保管していたのだろう。電球の明かりのなかで挿《さし》絵《え》をながめた。

描かれているのは、巨大な建物の断面図だ。いや、船のような乗り物の断面図かもしれない。一瞬、ノアの方舟《はこぶね》伝説に登場した方舟を想像する。それを縦に割って真横から見たような絵がどのページにも描かれているのだ。小部屋や大部屋が何層にも重なっていて、それぞれの部屋で人や動物たちが生活していた。

「こいつは『ウォーリーをさがせ！』のパクリだよ」

本をのぞきこんでグレイが言った。ページ全体を埋めつくすかのように、背景や人物がこまごまと描かれている様は、たしかに『ウォーリーをさがせ！』に似ていた。絵のなかから特定の人物を探して遊ぶタイプの絵本なのかもしれない。

それにしても、描かれている部屋はどれもこれも様子がおかしかった。植物が茂っている部屋があるかとおもえば、川の流れている部屋や、砂漠のように砂がしきつめられた部屋まである。部屋のなかに町や文明があり、部屋をつらぬくように線路がのびて列車が走っている。ある部屋など、木製のアンティーク調の家具をおもわせる滝から水が落下していた。

「いかれてる」とグレイがつぶやく。

母の部屋から物音が聞こえてくる。起きてしまったのかもしれない。

「撤収《てっしゅう》だ。部屋にもどるぞ。それともおまえ、ここでママの雷をくらいたいか？」

「この本はどうする？」

グレイは絵本『アークノア』が気になってしかたない様子だ。僕もおなじだった。

父はなぜこんなものをクローゼットの底にかくしていたのだろう？

「置いてくわけないさ」

絵本をかかえて、底板を元通りにした。クローゼットの扉を閉め、書斎の電気を消し、僕たちは部屋にもどった。

1－2

「ママ、この本に見覚えある？」

朝食の時間にシリアルを食べながら、僕は絵本をテーブルに出してみた。『アークノア』の表紙を見て、母は首を横にふる。

「それどうしたの？　図書館で借りたの？　それより、私はコーヒーを飲むけどあなたたちはどうする？　オレンジジュース？　ココアのほうがいい？」

僕は弟と顔を見あわせる。父のクローゼットにかくされていたこの絵本の存在を母はしらないようだ。テーブルの陰《かげ》で顔をよせあって小声で言葉をかわす。

「やっぱり変だ。パパは、ママにもこの本のことをおしえていなかった。この本にはなにか秘密があるんだよ」

「秘密？　パパの秘密って？」

「さあ、それはわからないけど、きっと個人的なことにちがいないよ。だれにも言わずにそっとしておきたいようなことさ」

学校が休みだったので図書館へ行ってみることにした。そこに行けばこの絵本についてなにかがわかるかもしれない。鞄《かばん》に『アークノア』を入れて母に声をかけた。

「ランチまでにはもどってくるよ！」

「途中で誘拐されなきゃね！」

「気をつけなさい！　身代金をはらう余裕なんてうちにはないんだから！」

外はすがすがしい青空だった。途中でアイスを買って食べながらあるく。図書館は町の中心部にあり、石畳《いしだたみ》の道を車が行きかっていた。茨《いばら》におおわれた図書館の正面玄関脇《わき》にはライオン像がかざられており、なかに入るとホールにらせん階段がある。ひんやりとした空間に本棚がならんでおり、大学生らしい人がしずかに勉強していた。

子どもむけの本があつめられたコーナーに行ってみる。子どもたちが手に取ってぼろぼろになった児童書や絵本が本棚にならんでいた。しかし絵本について判明したことはなにもなかった。おなじ作者の作品を探してみようとおもっていたのだが、棚の前に立ってみてはじめて、この絵本に作者名や出版社名が見あたらないことに気づいたのだ。グレイが服の裾《すそ》をひっぱって、図書カウンターでひまそうにあくびをもらしている図書館職員のおばさんを指さした。

「これは自費出版の本みたいね」

図書館職員のおばさんは、絵本『アークノア』の表紙をながめながら、カウンターに設置された端末を操作し、その題名をネットで検索する。

「自費出版？」

「作者が趣味のために自分の貯金でつくった本ってわけ。ほとんどの場合、書店には出まわらないの。友だちに配った本じゃないかしらね。どこの印刷所にたのんだのかも書いてないね」

ネット検索でヒットしたページをながめながら、図書館職員のおばさんは無言になる。僕とグレイはカウンターに身を乗り出し、端末の画面をのぞきこんだ。画面に表示されていたのは、子どもたちの白黒写真だった。古い年代のものまで、たくさんの画像がならんでいる。

「それってなに？」

「人探しのページよ。行方不明になった子どもたちの写真がのってるの。なぜだかこのページがヒットしたのよ。ねえ、ちょっと待って……。あなたたち、その本、どこで見つけたの？　その本には、あんまり関わらないほうがいいかもしれないよ」

「どうしてさ？」と、グレイがにらむような目つきをする。

図書館職員のおばさんは、端末を操作しながら眉間《みけん》にしわをよせる。

「『アークノア』って絵本について、オカルトのページに記事を書いてる人がいる。私も今日はじめてしったんだけど、その本にまつわるこわい噂《うわさ》があるみたい」

おばさんの様子がおかしい。端末の画面を見つめたままうごかない。僕たちのことをすっかりわすれてしまっている。グレイが僕の服の裾を引っぱって耳打ちした。

「この人、頭がどうかしてるんだ。逃げたほうがいい」

カウンターの上に置かれた絵本『アークノア』をそっと手に取り、腕にだきかかえた。できるだけしずかにあるいて図書館の出入り口にむかう。途中で、僕たちがいないことに気づいたおばさんが後ろから追いかけてきた。

「待って！　ねえ、あんたたち！」

しかし僕たちは走りだした。

朝のうちは雲ひとつない青空だったが、いつのまにか太陽は分厚い雲でさえぎられていた。風も出てきて木の枝をゆらしている。町をぶらついて、店でキャンディーとチョコレートを買った。公園でそれらを口にほうりこむ。

ベンチに腰かけてグレイが熱心に『アークノア』の絵をながめていた。何層にも重なった部屋の断面図に描かれる人や動物たちは、虫眼鏡でなければ見えないほどちいさい。これだけこまかい絵を描くのは大変だっただろう。

「あんまり顔をちかづけるな。目がわるくなるぞ」

「パパにでもなったつもり？」

「兄として忠告しただけだ」

「よく言うよ、上級生がこわくておもらししたくせに」

ベンチの上で膝《ひざ》をかかえて涙をすすっていると、さすがにもうしわけなくおもったのか、弟がやさしい声をかけてくれた。

「これを見てごらん、おもしろいよ」

グレイが本に顔をうずめている。

「なんだよ」

「水が光ってるんだ」

「水？」

「部屋のなかに川が流れてるでしょう？」

グレイが僕に『アークノア』を差し出す。描かれた川に、光を反射する粒子が塗りこめられているらしく、まるで本物の水がきらきらとかがやいているように見えた。本のかたむきを変えれば、光がすべってゆき、水が流れているようだ。ほかにも似たような細工はないかと探してみると、植物の絵にも光を反射する粒子が塗られていた。本をかたむけると、光の加減が変化し、枝葉が風にそよいでいるみたいだ。僕はいつのまにか絵に魅入《みい》られて、ひらいた本に顔をうずめていた。視界いっぱいに部屋の断面図がひろがる。そのままなかに入りこめそうだった。耳をすますと、そこで生活している人々の話し声や、息づかい、ざわめきが聞こえてきた。しかしそれは、風が公園の木をゆらしたときの、葉っぱのふるえる音がそう聞こえたのにちがいない。そして僕は予想もしていなかったものを絵のなかに見つける。もう一度、確認しようとしたとき、グレイが僕の手から絵本を抜き取った。

「アールばっかりずるいぞ。僕だって見たいんだ」

「こら、返せ！」

「やだよ。今度は僕の番だ」

「すぐにおわるから、確認させろよ。今、おかしなものが……」

弟の手から無理矢理に絵本を取りかえして、そのページをひらいてみる。僕の視線を追って、弟もまた、それを見つけた。

「ありえない」

グレイはひと言、そうつぶやく。僕のおもいこみではなかった。

内部に森を持った部屋が絵に描かれている。その片隅に、どこかで見覚えのあるふたりの少年がいた。どちらも茶色の髪で、貧弱な体つきをしている。一方は十二歳くらいで、もう一方は九歳くらいだろうか。その背格好が、僕とグレイにとてもよく似ていた。

今、身につけているシャツのプリントやズボンの色が、絵のなかの少年とすべて一致しているのだ。

　僕とグレイは同時に背後をふりかえる。だれかに呼ばれたような気がした。しかしだれもいなかった。強い風がふく。『アークノア』のページがいきおいよくめくられていった。

「偶然だとおもう?」

「そりゃあそうさ。これだけたくさんの人物が描かれているんだから、たまたま今の僕たちとおなじ服装の人物が描かれていたっておかしくないだろ。自分をよく見ろよ。僕たちが着てるの、ママがスーパーで買ってきた、ありふれたシャツじゃないか」

「だけど、描かれてる子、おおきなほうはアールによく似ていたよ。ケンカに弱そうなところなんか、そっくりだった」

「そうだな。チビなほうは、チビなところがグレイにそっくりだったな」

　だけど偶然にちがいない。僕たちの姿が絵本に描かれているだなんてことはありえないじゃないか。

　曇ったせいで、あたりがうす暗くなり、空気もひんやりとしてきた。今にもひと雨きそうだ。ずぶぬれになるよりも前に家へもどり、もう一度、すみずみまで絵本をチェックしてみよう。公園を出て、見なれた街角をまがりながら、図書館職員のおばさんのことをかんがえる。おばさんは端末の画面でなにを熱心に見ていたのだろう。行方不明になった子どもたちの白黒写真と、『アークノア』という絵本の題名に、いったいどのような関連があるのだろう。

背後で空き缶のころがるような音が聞こえた。道路脇にとまっていた車のサイドミラーに、僕たちの後方の路地が映りこんでいたのだが、そこをちらりと影が横切る。

「ふりかえるなよ。あそこの角をまがったら、全速力で走るんだ」

横をあるいているグレイに僕は小声で命令する。店のウィンドーに、少年たちの姿が反射した。

「まったくついてないよ。くそったれ」と、グレイが言った。

あとをつけているのは、弟をいじめているクラスメイトと、僕を取り囲んだ上級生たちだった。彼らにとってアシュヴィ兄弟はいい暇つぶしなのだろう。声をかけて頭やおなかを小突《こづ》き、ポケットにいくら入っているかを確かめて持ち去っていくつもりにちがいない。

建物の角をまがり、走りだす。それに気づいて、あいつらがかくれるのをやめて追ってくる。よーいどん。追いかけっこのはじまりだった。通行人とぶつかりそうになりながら路地裏に入る。「ぎゃはははは！」。あいつらはわらいながら、積んであるゴミ袋を蹴散《けち》らしたり、老婦人の連れあるいている犬の上を飛び越えたりして距離をつめてきた。僕と弟は運動が得意ではないためすぐに息が切れはじめる。

「アール！　もうだめだ！　走れないよ！」

グレイのスピードが落ちた。僕も限界がちかづいてくる。そのとき前方にさびれた門が見えてくる。枯れ木ばかりの庭のむこうに、窓ガラスの割れた古い屋敷があった。三階建ての大きな建物である。ずっと以前からだれも住んでおらず、そこは近所の少年たちにとって探検の場所になっていた。幽霊が出るという噂もあり、度胸試しのために夜な夜な子どもたちが忍びこんでいる。ずっと前に僕もグレイといっしょにもぐりこんで探検したことがあった。

「入るぞ！　かくれてやりすごすんだ！」

さびれた門を抜けて敷地のなかに入る。荒れはてた庭を抜け、割れた窓に飛びつき、建物に入った。グレイを引っぱりこんで、蜘蛛《くも》の巣がそこら中にはっている部屋のなかを突きすすみ、廊下に出る。

「ぎゃははははは！　逃げろ！　逃げろ！」

「どこまでも追いかけてやる！」

少年たちの声が聞こえてくる。あいつらも屋敷に飛びこんでくるのが音と気配でつたわってきた。古い木の床板が靴でがんがんと踏みならされる。僕とグレイはあいつらから遠ざかるようにすすんだ。かびくさいカーテンのかかった廊下を奥へ奥へと。探検に来た少年たちによって落書きされている壁の前を通りすぎ、ところどころ穴のあいている床を飛びこえ、埃《ほこり》におおわれた階段を駆けあがる。布のかけられたグランドピアノを発見し、僕とアールはその下にかくれてやりすごすことにした。

「どこだ！　かくれても無駄だぞ！」

「出てこいよ！　いいもん見せてやっからよ！　ジェニファーの裸の写真さ！　アール！　好きだったんだろ、ジェニファーのこと！　わかってるんだぞ！　あいつ、おまえのこと、キモいって言ってたぞ！」

「ぎゃははははは！」

　屋敷のなかをわらい声と足音が行きかう。しかしいっこうに僕たちのいるところにはちかづいてこなかった。ピアノにかかる布の下から外の様子をうかがう。やがて苛立《いらだ》つような声が聞こえてきた。

「くそ！　どこ行った!?」

「そっち、いたか!?」

「外に出たのかもしれねえ！」

　見失ってくれたようだ。グレイと視線をかわし、安堵《あんど》の息をもらす。そのうちに少年たちの声が完全に聞こえなくなる。あきらめて屋敷から出て行ったのかもしれない。念のためしばらくの間、耳をすませてみて、あいつらの靴音が聞こえないことを確かめる。もうだいじょうぶ。僕たちはかくれるのをやめた。ピアノの下から出て、部屋の入り口から、おそるおそる、廊下の様子をうかがう。

「ここ、何階かな？」

「わからない。夢中で階段をのぼったりおりたりしたからなあ」

外をながめることができたなら自分たちが何階にいるのかがわかっただろう。しかし廊下には窓が見あたらなかった。かといって、まっ暗ではない。どこに光源があるのかわからないが、うす暗い状態で周囲が見えた。

「前に探検に来たとき、こんな廊下あったかな？」

弟はそう言って、手近な部屋をのぞきこんでみる。室内には彫刻や絵がかざられていた。猿の絵と、蛇の絵、そして林檎《りんご》の絵だ。

「こんなの、前に来たときはかざられていなかった」

「きっと、見逃していたんだ。あのときは、幽霊が出るんじゃないかって、びくびくしながら探検しただろ？」

「アールはこわがってたかもしれないけど、僕はなんともなかった。だからおぼえてるんだ。こんな部屋はなかったし、こんな廊下は通らなかったよ」

「なあ、グレイ、年長の人間をうやまうってことを、そろそろおぼえたほうがいいぞ。まあいい。はやいところ、ここを出て、ママのところにもどろう」

屋敷の出入り口を探して僕たちはあるきはじめた。しかし、いつまでも外には、出ら

れなかったのである。

あるきまわっているうちに、奇妙な光景が目につくようになった。たとえば扉が上下にも設置されている廊下に出くわした。絨毯《じゅうたん》が取っ手の部分だけ盛りあがっており、その下にも扉があるのだとわかった。途中で途切れている行き止まりの階段や、のぼったりおりたりするだけでまったく意味のない階段にも遭遇した。

手当たり次第に扉を開けてみる。外に出られるような窓はどこにもない。それどころか、おかしな家具が置いてある。象が横になれるほど巨大なベッドがあるかとおもえば、小指の先ほどのちいさなベッドがある。トゲトゲだらけで絶対にすわれない椅子《いす》があるかとおもえば、表面を波うたせて絶対にコップが倒れるような仕組みのテーブルがあった。

「様子が変だ。こんなに広いはずがない。前に探検に来たときは、全部の部屋をまわるのに十五分もかからなかったよな？」

鼻先を青色の蝶《ちょう》がかすめて横切った。ゆらゆらと廊下の奥にむかって飛んでいく。僕たちは蝶を追いかけた。どこから迷いこんできたのだろう。外に通じる窓がどこかにあるのではないか。廊下の先からあたたかい風がふいてくる。湿気をはらんでおり、植物の香りもする。

ひらきっぱなしの扉があった。蝶はそこへゆらゆらと入っていく。

「行こう！　きっと窓があるんだ！」

部屋に飛びこむ。しかし窓なんてどこにもない。室内はひろびろとしており、たくさんの電球によって照らされている。植物が部屋中に生《お》い茂《しげ》り、樹木が天井付近までのびていた。床を這《は》う根っこの隙間《すきま》に水たまりがひろがっている。部屋にはテーブルや食器棚やソファーがあったけれど、どれもこれも苔《こけ》におおわれていた。

「くそったれ！」

「待て。風がむこうからふいてくる」

部屋を突っきって反対側の出入り口に飛びこんでみた。その先には砂漠がひろがっていた。床一面に砂がしきつめられた部屋である。天井には明るくかがやく電球とともに、電熱線らしきものが設置され、室内をじりじりと熱している。まるで、映画に使用されるセットのなかへ迷いこんだみたいだ。サボテンの横で立ち止まり、靴に入った砂をかきだしながらさらに奥へすすんでみる。

隣の部屋には、川が流れていた。藻がゆらめいており、魚の一群がいる。川のそばにソファーが置かれていたので、すわって休むことにした。風は部屋の奥のまた別の場所からふいてくるらしいが、僕と弟は、すっかりへとへとにつかれていた。

「電気代、だれがはらっているのかな？」

照明が室内を照らしている、ということは電気が供給されているということだ。床には雑草が茂っており、目をこらすとバッタや蟻《あり》の姿が見えた。むかいあう壁に暖炉がひとつずつ設置してあり、川はそのなかを通り抜けて流れている。

「こいつは違法建築だ。こんな建物ってありえないよ。はやく家に帰らないとな。ママ、心配してるかもしれない。ランチが冷めちゃったかもな」

僕のおなかと、グレイのおなかが、同時に音をたてて空腹をうったえた。

出口をもとめてさらに移動する。床に開いた扉をくぐり抜け、薔薇《ばら》の花が密集している部屋を傷だらけになりながら通過する。包丁が無数にぶらさがったキッチンを通り抜けるときは、鍋《なべ》を頭にかぶって足早にすすんだ。とうとう玄関扉らしきものを発見する。周囲のホールのつくりといい、扉の重厚さといい、あきらかにそれは建物の玄関だった。しかしおそるおそる扉を開けてみると、そのむこうにひろがっているのは外ではなく、また別の玄関ホールだった。

「さっきのキャンディーやチョコレートはもうないの？　アール、このままじゃあ僕たち、餓死することになるよ？」

「そうだな。想像してたよりも、ずっとはやくに、パパと再会できそうだ」

ロシアの宮殿をおもわせる広い空間に出た。天井から毛虫が降ってくるおぞましい部屋を走って横切る。壁や天井や床だけでなく、机や椅子や万年筆やノートまでがコンクリートでできた書斎を通り抜けた。

「アール！　こっちに来て！」

廊下の一角でグレイがさけんだ。弟の前に木製の扉があり【食料倉庫】と書かれたプレートが貼《は》ってある。

「でも、どうする……？」

僕たちはその扉を開けるべきか迷った。なぜなら注意書きの張り紙がピンでとめてあったからだ。


注意！

水漏れが発生しています！

絶対にこの扉を開けないこと！


張り紙の文章を読んで僕たちは視線をかわす。

「水漏れくらい平気だよ。ここで餓死するよりはね」

グレイの言葉に、僕はうなずく。

「じゃあ、開けてみるぞ」

扉の取っ手をひねる。カチリ、と金具のはずれる音がして、その瞬間、扉がいきおいよく内側から押し開けられた。僕は後ろにはじきとばされ、グレイにぶつかってころがる。扉を押し開けたものは大量の水だった。水漏れなどというなまやさしいものではない。【食料倉庫】は海底とつながっているのではないか、とおもえるほどのいきおいで水があふれだしたのだ。一瞬のうちに廊下は水没し、水は出口をもとめていきおいよく流れ、僕とグレイはその水流に飲みこまれた。

水のなかでぐるぐると上下がひっくりかえり、廊下のまがり角でぶつかりながら僕たちは流される。廊下にあふれる水は、次々と水圧で扉を押し開けながらすすむ。なんとか水面に顔を出して息を吸いこんだ。引きちぎられたカーテンや、壁にかざられていた絵画など、様々なものが浮かんでおり、おなじスピードで移動する。

グレイは泳げないため、僕の体にしがみついている。弟に引きずられて沈みそうになっていると、運のいいことに、ソファーが僕たちのそばにただよってきた。それに這いあがって声をかける。

「だいじょうぶか?」

「トイレに流されたクソの気分がわかったよ」

グレイは息を切らしながら毒づいた。

水のいきおいは次第に弱まってきて、ゆっくりとすすむようになった。ソファーを小舟のかわりにしながら、水没した廊下や部屋を僕たちは漂流した。そこら中でテーブルや椅子がひっくりかえったりしながら浮かんでいる。ソファーの上で足をのばし、壁や、ただよっているテーブルを蹴るという方法で行きたい方向にすすんだ。ソファーがすこしでもゆれると、グレイが顔を引きつらせた。

「林檎だ！」

水面を赤色の実がただよっていた。壁を蹴ってソファーの小舟をそちらにちかづける。手をのばしてつかんだ。まぎれもなく本物の林檎だ。腐っておらず、色もあざやかだ。かじってみると、甘い果汁が口のなかにひろがった。

「アール、僕にもだ！」

弟に手わたすと、むさぼるようにかぶりついた。ほかにもただよっていないかと、水面をよくながめてみたら、すこしはなれたところに林檎のつまった樽《たる》が流されている。

僕たちは樽にちかづいて大量の林檎を手に入れた。片手に一個ずつ持って交互にかぶりつく。芯《しん》の部分だけになったら水面に投げ捨てた。食べるのに夢中で、景色が変わっていることにしばらく気づかなかった。流れが速度を増している。僕たちと林檎の樽をのせたソファーの小舟は、様々な部屋を通りすぎていった。遊園地のライド型のアトラクションにでものっているかのようだった。長い下り階段のような場所へ吸いこまれ、ソファーは水にのってすべっていった。速度が上がる。僕とグレイはふり落とされないようにしがみついたが、林檎の樽は投げ出されて壁に衝突し、ばらばらになって林檎をまき散らす。水流は右に左にと何度もまがり、僕とグレイはそのたびにさけび声をあげた。水平な廊下に出ても水流はいきおいを弱めるどころか加速しつづけた。やがて前方から低い音が聞こえてくる。

「いやな予感がする」

「おなじこと、かんがえてた」

あらがうこともできない奔流《ほんりゅう》にソファーは飲みこまれていた。あまりにはやくて、壁を蹴って方向転換することもできやしない。廊下の先にむかってジェットコースターのように水流は速度を増し、僕たちはただソファーにつかまっているしかない。

むかう先が見えてきた。廊下が途切れている。空中にむかって水が放出されていた。どどどどどどどど。腹の底に音が響く。滝の音だ。

ソファーが大量の水といっしょに空中へ放出された。落下しながら上下がぐるりとひっくりかえり、僕は滝の全景を目にする。それは地球上のどこにもないタイプの滝だった。なにせ木製のアンティーク調なのだ。悲鳴をあげるのをわすれ、その優美な曲線に見とれてしまう。

どどどどどどどどど……。

僕とグレイはソファーから投げ出され、大量の水とともに滝壺《たきつぼ》へ吸いこまれていった。

1−3

夢を見ていた。僕は銃をにぎりしめている。
引き金をひいて、バン！
逃げ惑う上級生に、バン！
恐怖を顔にはりつけたジェニファーに、バン！
最後に銃口をくわえて、バン！

泣きはらしているママ。
僕と弟のベッドは空っぽだ。
パパもいなくなったから、広い家のなかは、ママひとりしかいない。

クラスメイトたちが、たのしげに話をしている。なかよしグループごとにあつまって、顔をよせあい、笑みを見せている。でも、教室に僕が足を踏みいれた瞬間、全員が話をやめる。無言で僕のほうをふりかえる。自分の席にむかって移動する僕を、全員が視線で追いかける。ひそひそと、だれかが、僕についてしゃべっているのがわかった。くすくす、とわらい声も聞こえてくる。仲間はずれにされたような気分。どこにも居場所がない心細さ。そして憎しみ。

そのとき、なかよしグループの女の子たちが、突然、おたがいの首をしめはじめた。愛しあっていたカップルが、会話の途中で鉛筆をおたがいの相手の首にぶっ刺してしまう。ジェニファーは上級生の彼氏に鼻を嚙《か》みちぎられていた。ひーひーと痛がっている彼女が心配で、ちかづこうとしたら、鼻の欠けた彼女が鬼のような形相《ぎょうそう》で「気持ちわるいから半径十メートル以内にはちかづかないで」とさけぶ。僕はその場に吐いた。

「パパがそうのぞむのなら」

泣いている僕の後ろから声が聞こえてくる。

「ぼくは世界だってこわしてあげる」

だれだ？　ふりかえろうとして、そこで目が覚めた。

1－4

僕はベッドに寝かされていた。見覚えのない天井と壁紙。ここはどこだろう。頰《ほお》がぬれている。ねむった状態で、泣いていたらしい。ベッドのそばに男がいた。心配そうに僕の顔をのぞきこんでいる。おなかがおおきくて、熊《くま》のような男だ。童話に登場する木こりのような服装である。

「だいじょうぶか？　うなされてたぞ？」

　おそろしい夢のせいか、指とくちびるがふるえていた。

「……もうすこし休んでろ。なにも心配しなくていい」

「グレイは？　弟といっしょだったんです。暗い目つきをしてる子なんだけど」

「ああ、そいつなら、外を散歩してるぞ」

「外？　ああ、よかった」

　僕たちは外に出られたらしい。それとも、屋敷で迷子になったことも夢の一部だったのかもしれない。僕はいつから夢のなかをさまよっていたのだろう。

「おじさんは、だれ？」

「俺《おれ》の名はキーマン。待ってろ、今、おまえの弟を呼んできてやる」

　男が部屋を出て行き、僕はひとりになる。部屋の壁に四角い窓があり、カーテンが風にゆれていた。外から日差しが入ってきて、埃《ほこり》をきらきらとかがやかせている。窓から景色をながめようと、ベッドから起きあがったところで、服を着ていないことに気づく。水でぬれてしまったから、寝ているうちに脱がされたのだろう。ということは、やっぱりあれは夢ではなく、現実にあった出来事なのだろうか。

　シーツを体に巻きつけ、裸足《はだし》で部屋をあるいた。乾燥して木目の浮いた床板の感触が足の裏に心地よい。窓にちかづくと、外からの光で自分の影が床にのびる。

影のでき方に違和感があった。どうもおかしい。

外をながめた。この部屋は二階にあるらしい。日差しの降りそそぐ庭が窓の下にひろがっていた。形の整えられた庭木と、石を組みあわせてつくった小道や階段。花壇には様々な花が咲いている。物干しロープに見覚えのある服が干されていた。僕とグレイのシャツやズボンだ。家は森に囲まれていた。木の枝にとまっていた鳥が空にむかって飛びたつ。それを視線で追いかけ、そして、手から力が抜けた。体に巻いていたシーツが落ちて素っ裸になってしまう。

空がなかった。上空数キロメートルのあたりに雲の層があり、さらにその上に灰色の天井がひろがっていたのである。どこまでも広い平面だ。太陽は見あたらない。そのかわり、窓から見える範囲の空と呼ぶべき空間に二カ所、光源が設置されている。小型の太陽のようなものが、雲の層と天井の中間あたりに浮かんでいるのである。

さきほど自分の影に感じた違和感の正体はこれだ。床にのびた影は二重になっていた。うすい影がふたつ、角度を変えて重なっていたのである。僕が見なれているいつもの太陽だったら、空にひとつきりしかないので、影もまたひとつしかできないはずだ。

「アール、起きたの？　わっ！　裸だ！」

声が聞こえてふりかえると、グレイが部屋の入り口に立っていた。見なれないおおきめのシャツを着ている。キーマンに借りたものだろう。

「グレイ……、こ、ここは……？」

「さあね。なにがなんだか、さっぱりさ。それより、いつまでそのちっぽけなものを見せてんのさ」

僕はあわててシーツをひろって前をかくした。

「こ、ここは、外なのか？　それとも、部屋のなかなの？」

「外みたいに風はふいてるし、鳥が飛んでるけど、天井や壁があるんだ。外を照らしてる光だって、太陽なんかじゃない。天井から吊《つ》りさげられてる照明器具なんだってさ。まるでおおきな箱庭のなかに迷いこんだ気分さ」

「な、な、なに言ってんだよ。僕たち、強く頭を打ったのかもしれない。ここは、いったい、どこなんだよー!?」

「アークノアさ」

部屋の入り口に、ひげ面《づら》の大男、キーマンが立って僕たちを見ていた。

キーマンに借りたシャツは、あまりにおおきくて、何重にも袖《そで》を折り返さなくてはいけなかった。一階のダイニングに移動し、僕とグレイは缶詰を食べさせてもらう。ミートボールの缶詰や、パスタの缶詰や、チョコレートケーキの缶詰がテーブルにならべられていた。缶詰にはどれもバーコードやメーカー情報を記載したラベルが見あたらない。

「どうだ？　うまいか？」

キーマンが聞いた。グレイはにらみ返すだけで返事をしない。父が死に、暗い目つきになり、クラスメイトからいじめられるようになって弟の精神はすっかりねじくれてしまった。親切な大人に対しても警戒心を解かないどころか、わざと怒らせるような発言さえしてしまう。弟がおかしな態度をとってこの大男を怒らせるよりも先に、僕が積極的に笑顔をつくらなくてはいけなかった。

「とってもおいしいです。これ、どこで買ったんですか？」

「ひろってきたのさ。家のそばに川が流れてるんだ。網をはっとけば、魚といっしょに缶詰が引っかかるってわけだ。今朝は缶詰のほかにも、おまえたちが引っかかっていたわけだがな」

「そういえば、鞄《かばん》がないぞ。僕たちといっしょに鞄が引っかかっていませんでしたか？　それに絵本を入れてたんです。『アークノア』って題名の絵本を」

「ふむ、『アークノア』か。この世界の名前とおなじだな。聞いたことがあるぞ。存在はしっている。だが、そんな鞄はしらないな。川下のほうへ流されていったのかもしれない」

アークノアと呼ばれる地名と、絵本の題名とがおなじである。僕たちがこんな場所に迷いこんでしまったのは、あの絵本のせいなのだろうか。絵本のなかに僕たちそっくりの人物が描かれていた。あれは、この世界に迷いこんだ僕たちの姿だったのか？　しかし弟がうたぐりぶかい目でひげ面の大男をにらむ。

「僕たちをだまして、おもしろがってるんじゃないのか？　ここはアークノアなんて場所じゃない。ほんとうは絵本をかくしているんだ。あんたは絵本の題名を目にしていたから、アークノアって地名をとっさに口にしたんだ」

「ここは正真正銘、アークノアって名前の世界だよ。アークノア辺境地域の【最果《さいは》ての滝の部屋】って呼ばれるところさ」

「【最果ての滝の部屋】？」

「部屋と言っても、おまえたちが今いるこのダイニングのことじゃないぞ。この家や森や川、木製の滝、そして地面や空までを含めた空間のことさ」

僕たちの食事の手がとまる。地面や空まで含めた部屋？　ちょっと想像が追いつかない。

「僕たち、その……、ずっと遠くから来たんです……」

「わかってる。外の世界から流れてきたんだろう？　おまえたちを川で見つけたとき、ぴんときたんだ。こいつらはきっと異邦人にちがいねえって。だって奇妙な服を着てたからな」

「馬鹿《ばか》言え。僕たちが着てたのは、どこにでもあるようなシャツとズボンだぞ」

「グレイ、おまえはだまってろ。キーマンさん、異邦人っていうのはなんです？」

「おまえたちみたいに、外の世界から迷いこんできた子どもたちのことさ。そういうことが、よくあるんだ。そのたびに大騒動さ」

ほっとした。僕たちのような子どもが外から迷いこんでくることは、ここでは日常茶飯事《さはんじ》なのだろう。特別なことではないのだ。それなら話がはやい。

「僕たち、外の世界に帰りたいんです。帰り道をおしえていただけないでしょうか？」

「しかるべきところに連絡をしてある。異邦人を保護したら、電話回線をつかってそこに連絡を入れるように決められているんだ。外の世界に帰る方法は、そいつらから直接に聞いてほしい。……ほかの人間が、あんまり余計なことを話すのは、よくないんだ」

「余計なことってなにさ？」と、グレイ。

あいかわらず、うたぐりぶかい目だ。頭を小突《こづ》きたくなる。ちょっとは大男の機嫌《きげん》をとれよ、と。

「それより、アイスクリームを食べたくないか？【冷凍庫峠《とうげ》】の氷のなかから発掘されたアイスクリームの缶詰があるんだ。持ってきてあげよう」

キーマンが家の奥へ消えると、僕とグレイは窓辺《まどべ》に駆けよって外を見る。庭先には緑の葉を茂らせた木々と、物干しロープと、僕たちの服。この風はどこからふいてくるのだろう。キーマンの話によれば、この森や地面や空は、巨大な部屋のなかにあり、四方は壁に囲まれているという。壁のどこかに通風口のような場所があって、そこから風が出ているのだろうか。

「グレイ、安心しろ。じきに覚めるよ。ママが起こしに来てくれる」

「ママは来ないよ。だって、僕たち、きっとベッドのなかには、いないから」

「頬をつねってくれ」

「わかった」

グレイは僕の頬を平手打ちした。

「つねろって言ったんだぞ！　痛いじゃないか！」

キーマンが持ってきたアイスクリームの缶詰は、かちんかちんに冷えており、白い霜《しも》をまとわりつかせていた。ここにも電気が通じており、冷凍庫でアイスクリームを保存することが可能なのだ。トイレを借りたのだが、水洗式の快適なトイレだった。

アイスを食べおえて僕たちは出発の用意をした。

「おまえたちをこれから、アークノア特別災害対策本部ってところの使者に引きわたさなくちゃならない。外の世界への案内人さ。【図書館岬】ってところで落ちあうことになってる」

そんなに急がなくてもよいのではないか。まだこの世界のことをほとんどなにもしらないのに。しかしキーマンは一刻もはやく僕たちを案内人に会わせたがっていた。

「面倒事をはやいところだれかに押しつけたいってわけじゃあねえんだ。そこのところをわかってくれよ。おまえたちは、一日でもはやく、出発したほうがいいんだ」

干されていた服はすっかり乾いていた。ママがスーパーで買ってきてくれたシャツとズボンに着替えると、キーマンに連れられて僕たちは出発した。そのときはまだ、おもいもよらなかった。いったいだれが想像できただろう。熊のように体がおおきくて、腕も太く、もじゃもじゃのひげにおおわれたキーマンが僕たちの目の前で死んでしまうなんて。


木製の空が頭上にひろがっている。照明らしき光源が何カ所かに設置されていた。キーマンの説明によると、時間帯や日によって光の明るさにばらつきがあるという。蓋《ふた》をされた巨大な箱のように空が閉じられている。とはいえ圧迫感はそれほどない。鳥たちがどんなに高く飛んでも頭をぶつけないほどの充分な高さがある。雲まで浮かんでおり、風によってその形がすこしずつ変化する。空が青色をしていない、という一点をのぞけば外の世界と変わらない自由さがあった。

川に沿って移動すると、低い地響きのような音が聞こえてくる。木々の間から滝が見えてきた。同時に、地面と空をつなぐ特大の平面も目の前にそびえる。【最果ての滝の部屋】を構成する四方の壁の一枚である。世界そのものが、突然に直角に折れまがって、空を目指して直立してしまったかのような壁面だった。木製の滝は、立てかけられた柱時計のように、その壁の一角に設置されていた。だれが設置したのかというと、キーマンの言葉を借りるならば、この世界を設計した創造主にほかならない。

「この世界は、創造主様がデザインしてくださったんだ」

「創造主？」

「ああ、そうさ」

アンティーク調の滝の周辺には壊れた家具の破片が散乱していた。僕とグレイがしがみついていたソファーも、ひっくりかえった状態で岩場に引っかかっている。壁のサイズにくらべたら滝はちっぽけな装飾品のようである。しかしアークノアの住人にとって、世界を区分けしている巨大な壁は見あきたものらしく、木製の滝のほうがよっぽどめずらしいのだという。

「門が見えてきたぞ」

壁に沿ってしばらくあるいていると、キーマンが前方を指さす。遺跡をおもわせる塔が二本、壁に接してそびえていた。その周囲は森がひらけており、地面も石で舗装《ほそう》されている。塔にはさまれた壁の一角に横長の四角いトンネルがあった。どうやらそれが【最果ての滝の部屋】の出入り口らしい。通常、部屋にはこのような出入り口が複数存在し、そこを通り抜けることで隣接した部屋に移動することができるのだという。

　両側をはさむ塔に見下ろされながら僕たちはうす暗いトンネルに入った。世界を区分けする壁は分厚く、十分以上あるいてようやく隣の部屋への出入り口が見えてくる。ちかづくにつれて、ひんやりとした空気がただよいはじめ、汗が急激に冷やされた。視界がひらけると、そこは一面が真っ白な世界だった。

「【冷凍庫峠】だ」

　天井付近にたちこめている雲から、大粒の雪が降り、地面をおおっている。氷の山が遠くのほうにそびえており、凍《い》てついた森や湖がひろがっている。

「こんなゲロ寒いところを通るつもり？　おじさんは僕たちを氷づけにしたいの？」

　グレイがふるえながらにらむと、キーマンが荷物袋のなかから子ども用の古びたコートを取り出した。グレイは無言で、僕はちゃんと礼を言って、コートに腕を通す。

「この部屋、どうしてこんなに寒いんですか？」

　ペンギンたちのあるきまわっている峠をすすみながら僕は聞いた。

「冷房の設定がそうなっているのさ」

　キーマンは天井を指さす。雪を降らせている雲がところどころで渦を巻いていた。

「あのあたりに冷気を出している通風口があるんだ。冷房の温度設定は俺たちにはいじれない。創造主様が世界を設計したときのままさ」

あるきながらキーマンが地図をのぞきこむ。世界地図というよりも、それは建物の見取り図だった。長方形の部屋がいくつも組みあわさっており、ところどころに階段のマークもある。アークノア全域の地図ではなく、辺境地域と呼ばれるこの周辺しか描かれていないようだ。

「【ギロチン渓谷《けいこく》】は通りたくないから、遠まわりすることにしよう。【もどかしい階段の丘】を通るのがいいようだ。そのためには南の出入り口に行かなくちゃならんのか」

【冷凍庫峠】をすすみ、南の出入り口で僕たちはコートを脱いだ。

【もどかしい階段の丘】はおだやかな気候の部屋で、ゆるやかな階段によって構成された丘が部屋の中央にあった。階段は木製で、段に雑草が茂っている。階段の板の幅や、段の高さが、どれも一定ではなく、のぼる人にいじわるをするような気持ちわるいバランスだった。どんな歩幅でのぼっても、かならずつまずくような設計になっており、僕たちはすっかりつかれてしまった。

【テーブルクロスの森】でランチ休憩をすることになった。キーマンが持ってきた缶詰を食べていると、馬を引きつれたアークノアの住人が通りかかる。東洋系の顔立ちの人物だった。彼は馬の背中に大量の衣類を積んでおり、【衣装戸棚盆地】で発掘した衣料品をはこんでいるところなのだという。

出発から六時間後、【水没ピアノ船着き場】に到着した。部屋の果てが見えないほど巨大でうす暗い音楽室をおもわせる空間に大量の水がたまっている。波のないしずかな水面だったが、キーマンはそれを海と呼んだ。部屋の入り口から桟橋《さんばし》がのびており、その先端に蒸気船が停泊している。船尾におおきな外輪のある船だ。僕たち以外にもアークノアの住人たちが桟橋を行き来していた。行商人らしき風貌《ふうぼう》の人もいれば、子ども連れの家族もいる。僕たちも蒸気船に乗りこんだ。【水没ピアノ船着き場】の海から水路がのびており、いくつもの部屋を抜けて、目的地である【図書館岬】までつながっているのだという。

船長のあいさつがあり、汽笛を鳴らしながら出発した。グレイがものめずらしそうに甲板を行ったり来たりしているとキーマンが言った。

「じっとしてろ。水に落っこちてしまうぞ」

「うるさいぞ、ひげもじゃ男」

キーマンはため息をつく。

「こんなにいけすかないクソガキは、はじめてだ」

部屋はうす暗いが、蒸気船に照明が設置されていた。船縁《ふなべり》からのぞくと、水の底に沈んでいる無数のピアノが見える。魚たちが白と黒の鍵盤《けんばん》の上を泳いでいた。

「この世界の海は、どこもこんなふうに波がないの？」

鏡の表面みたいに平らな水面を蒸気船がすすむ。船のたてる水面のゆらぎが、後方にどこまでもひろがっていく。

「いろいろさ。さざなみのある部屋もあれば、津波のある部屋だってある。そういう海の部屋は、創造主様がこの世界をデザインするとき、波を発生させる特別な仕組みをあらかじめ組みこんでおいたのさ」

【水没ピアノ船着き場】の部屋の端っこまでたどりつくと、巨大な絶壁にひらいた四角いトンネルへと蒸気船は入っていく。細長い水路を通り抜けると隣の部屋だった。ときおり桟橋に停泊し、乗客を入れ替えながらいくつもの部屋を抜けた。

「長い一日だったな。朝に目が覚めたときは、こんな一日になるとは想像もしていなかった」

キーマンが懐中時計を見てつぶやいた。夕飯の缶詰を甲板で食べているとき、雲よりも高い位置に設置された照明が弱まってゆき、やがて完全に消えてしまう。夜がおとずれたのだ。そうなると、灯台の光や、陸地にならぶ家々の明かりが、まっ暗な水のむこうに見えるだけとなった。月や星といったものは見あたらない。

船内に乗客が寝泊まりできる大部屋があり、簡素なベッドが用意されていた。グレイはあくびをもらして、ベッドのひとつでねむりにつく。僕とキーマンは、甲板の椅子《いす》に腰かけて話をした。

「アークノア特別災害対策本部の使者って、どんな人なんですか？」

「女の子さ」

「女の子!?」

「この世界じゃあ、ちょっとした有名人だ。ハンマーガールとも呼ばれている」

蒸気船の照明に照らされるキーマンの顔が引きつっていた。後日、僕とグレイはしることになるのだが、ハンマーガールのことを口にした者は、かならずといっていいほどおびえに似た表情を見せるのだ。もっと正直な人は、その名前が聞こえた瞬間、顔が真っ青になり、目に涙を浮かべて、がたがたとふるえだす。

「てっきり、男の人だとばかりおもっていました」

「きみとおなじくらいの歳《とし》の娘だよ。いや、ちょっとだけきみよりも上かな。この世界で異邦人に関する問題に対処できるのはその子しかいないんだ。手助けする仲間は大勢いるがね、その子のかわりができる者はいない。ハンマーガールと言ったら、しらないやつはいない……」

と言ってひげ面の大男は恐怖するように頬をこわばらせる。よくわからないが、その子はもしかしたらとんでもなくおそろしい顔をしているのかもしれない。僕は緊張してきた。

「アークノア特別災害対策本部って、国の機関かなにかですか?」

「この世界に国なんかねえよ。俺たちは、それぞれがばらばらに好き勝手暮らしているんだ」

「じゃあ、犯罪がおこったとき、だれが取りしまるんです？」

「犯罪なんかおきやしねえ。創造主様が見ているからな」

　そのとき、さけび声が聞こえてきた。

「おい！　見てみろ！」

　乗客のひとりが甲板から身を乗り出して水面を指さしている。周囲にいた人々が船縁にあつまってきた。

「なんだこりゃあ？」

　蒸気船の周囲に木片やら落ち葉やらが大量にただよっていた。水はいつのまにか泥水のように濁っている。船の外輪に木片があたって音をたてた。

「おかしい……、ここらの水はいつもきれいなはずだが……」

　船員のつぶやきが聞こえる。そのとき水面がゆったりともりあがり蒸気船がななめにかしいだ。

「波だ！　波があるぞ！」

　船員や乗客が口々にさけぶ。海とは異なり、本来なら波がないはずの水面がゆれている。乗客たちはみんな船縁にしがみついた。

「出たんだ」

甲板にいた乗客のひとりが言った。

「怪物にちがいない」

キーマンが僕の手首をつかむ。骨が折れてしまいそうなほどの力で引っぱられて、蒸気船内部の通路まで連れて行かれた。立ち止まり、手首をはなすと、ひげ面の大男は周囲にだれもいないことを入念に確かめていた。波のせいで蒸気船が振り子のようにゆれており、僕たちは壁によりかかって立つ。

「どうしたんです？」

「なあに、おまえの服がへんてこりんだから、目立ったらいけねえとおもってな。アール、水に浮かんでいる木片を見たか？　きっとアークノアの一部が破壊されたのにちがいねえ。壊れた壁や床の破片が流れてきてただよっていたんだ」

ひげ面の大男は、指先の爪を噛《か》みながら言った。

「アークノアでは部屋を壊すような自然災害はおきない。地震や竜巻や雷は、あらかじめそれがおきてもかまわないように設計された部屋でしかおこらないんだ。ここらへんの海が波うっていたのも、破壊されたがれきがただよっていたのも、本来ならありえないことさ。強大な力が目覚めたのにちがいねえ。怪物災害の影響さ……」

「怪物って？」

「……いいか、アール・アシュヴィ、おまえたち兄弟は、これから二体の怪物を殺さなくちゃならねえ。そいつらはこの世界のどこかにひそんでいる。そいつらを消さないかぎり家に帰れないんだ。くわしいことは、ハンマーガールに聞け。俺なんかよりもずっとうまく説明してくれる」

キーマンはあわれみのこもった目で僕を見る。水面にただよう様々な破片が船体にぶつかっていつまでも様々な音をたてていた。

1－5

蒸気船の大部屋でベッドにもぐりこんでもねむれなかった。乗客が甲板を行き来する靴音に耳をすませながら、目を閉じて母のことをかんがえた。僕たちがいつまでも帰ってこないから心配していることだろう。警察に捜索願を出しているかもしれない。父が死んで以来、母は大半の時間を泣きはらした目ですごしている。これ以上、かなしませてしまうのが心苦しかった。僕たち兄弟は一刻もはやく家の扉を開けて、母をハグしてあげなくてはならない。グレイが毛布を足ではねのけていたので、それを何度もかけなおしているうちに、蒸気船の丸窓が明るくなってきた。

甲板に出てみると朝靄《あさもや》がたちこめていた。まるでそれ自体があわく発光しているかのような神秘的な白さの靄である。ひんやりとした風が首筋をなでて、肩をふるわせた。

まだ水面は波うっており、いくらかゴミもただよっている。ひとり、またひとりと、甲板に人が出てきて、舳先《へさき》のむこうに目をむける。

やがて高層ビルをおもわせる巨大なシルエットが朝靄のなかに浮かびあがった。ちかづくほどに数をふやし、それぞれが天をつくような高さである。シルエットの正体は本棚だった。岬ほどのおおきさを持った本棚がいくつも水辺《みずべ》にならんでおり、その天辺《てっぺん》は白い霞《かすみ》の果てに消えている。船長のアナウンスにより、蒸気船が【図書館岬】に到着したことをしる。

【図書館岬】と呼ばれる部屋は、陸地と海によって構成されていた。特徴的なのは、海岸線に沿ってならんでいる巨大な本棚だろう。高いところに足場が設置され、本棚の間に吊《つ》り橋がわたされている。リュックを背負った学者風の男が、吊り橋にとまったカモメに邪魔されながら、発掘でもするように目当ての本を探していた。本棚は巨大だが、なかにつめこまれている本は通常サイズのようだ。

蒸気船は本棚の足もとを抜けた。視界がひらけると、入り江の斜面にひろがる港町が見えてくる。オレンジ色の屋根を持つ家々と、活気のある市場がある。蒸気船が桟橋《さんばし》に停泊すると、僕たちはキーマンに連れられて陸地におりた。桟橋をあるきながら巨大本棚をふりかえる。天辺のあたりをカモメが旋回している。

「あのなかに、世界中の本がならんでいるんだ。すごいだろう?」

ひげ面《づら》の大男がそう言うと、グレイが暗い目で返事をする。

「ふん、すごかあないね。たくさんあったって意味ないもの。大事なのは中身さ」

「中身だってすごいんだ。ここに来れば、あらゆることがわかる。この世界の設計図だって本棚のどこかにねむってる」

「設計図!?　世界の!?」

キーマンは、僕がおどろいてくれたので、満足そうな顔をした。

「部屋の寸法、照明の種類、床材や壁紙の模様まで、なんでも書いてある。あんまりちいさな部屋は省略されてるそうだがね。もちろん、すべてに目を通した者はいない。アークノアができて以来、一度もひらかれていない本がほとんどさ。学者たちは本棚のなかを掘りすすんで、世界の謎《なぞ》を解き明かそうと研究している。お宝を探す冒険者たちだってここをおとずれる。アークノアには、まだ、だれも足を踏み入れてない部屋がたくさんあって、そこにはお宝がねむってると言われてるんだ。【図書館岬】でこの世界の図面をながめて、あやしいところに目星をつけるってわけだ」

【図書館岬】には様々な理由で大勢の人があつまるという。学者たち、冒険者たち、本が好きでたまらないという人々。料理人はレシピの本をもとめてこの部屋に足をはこび、芝居小屋の関係者はまだアークノアの住人たちがしらない戯曲《ぎきょく》をもとめて巨大な本棚をのぼる。海沿いにはたくさんの宿がならび、町外れに別荘を買って長期滞在する知識人もおいという。

また、本棚は水辺にそびえているものだけではなく、町をあるけばそこら中で大小様々の本棚を見かけた。図書館のなかに市場や広場をつくればこんな光景になるだろう。建物の外壁の一部が本棚になっているかとおもえば、斜面に本棚が埋まっていたりもする。本棚にはさまれた石畳《いしだたみ》の路地を野良猫《のらねこ》が横切り、目的の本を探している人々が町の地図を片手にあるきまわっていた。

【料理の本棚地区】のカフェでサンドイッチを食べることにする。食事や蒸気船のチケットの代金はすべてキーマンが支払ってくれていた。僕たちをアークノア特別災害対策本部の人間に引きわたす際、かかった経費や手間賃をもらえることになっているらしい。ちなみにアークノアではペックと呼ばれる通貨が流通していた。紙幣は存在せず、数種類のペックコインで経済がうごいているらしい。

「俺《おれ》には家族がいないから、こんな風に、だれかといっしょに旅をしてすごすのは、はじめてなんだ」

サンドイッチをほおばりながらキーマンが言った。

「パパやママの記憶は？」

「そんなものはない。俺は最初から俺だったんだ。たぶん、この世界が創造されたときから今のような状態だった。【最果《さいは》ての滝の部屋】にひとりで住んで、たまにやってくる客に缶詰をふるまうのさ。きっとそれが俺の役割なんだ」

　僕たちのすわっている席は窓際にあり、【料理の本棚地区】を行きかう人々の姿が見えた。彼らの服装はどれも古めかしい。歴史の教科書の白黒写真でしか見ないようなひと時代前のデザインである。僕と弟が着ているカラフルなシャツは、どこかの工場で大量に生産されているような平凡なものだけど、この世界の人々にとっては奇異なものとして映るかもしれない。

　朝靄はすっかり消えていた。青空に入道雲が浮かんでおり、すがすがしい気持ちになる。

「おかしいぞ？」

　グレイが空を見上げて言った。朝靄が晴れたことにより、ようやく僕も気づく。

「この部屋には天井がないの？」

　青空に白い雲という色の対比が町の上空にひろがっている。どこもかしこも、蓋《ふた》をされた箱庭のようなこの世界において、その光景は貴重だった。

「よく見ろ、天井ならあるじゃないか。入道雲のずっと上のほうに、うっすらとこまかい模様が見えるだろう？　あれは縦横にのびる天井の梁《はり》なんだ。この部屋の天井は一面が青色に塗られているのさ。創造主様がそのように設計されたんだ」

　僕と弟は偽物の青空を見上げて笑みをもらす。自分がこんなに青空を恋しがっていたなんて気づかなかった。そのとき、声が聞こえてくる。

「おい、聞いたか。ハンマーガールがこの町に来てるらしいぜ」

カフェでコーヒーを飲んでいる客が、隣の席の男に話しかけていた。

「うちの家内が、あいつの別荘に明かりが灯《とも》ってるのを見たっていうんだ」

「なんだって？　ドッグヘッドも来てるのか？」

「そりゃそうさ。ハンマーガールが来てるのなら、あの化《ば》け物《もの》もいるはずさ」

キーマンが立ちあがる。

「そろそろ行くぞ」

ひげ面の大男は、彼らの会話を僕たちに聞かせたくなかったのかもしれない。ハンマーガールというのは、僕と弟を外の世界に連れて行く案内人のことだろう。それなら、ドッグヘッドとはいったい？

街角に公衆電話があった。外の世界では何十年も前に廃《すた》れてしまったような、骨董品《こっとうひん》のようなデザインである。キーマンはそれにペックコインを投入し、アークノア特別災害対策本部に連絡を入れた。【図書館岬】に到着したことを告げて、次にむかうべき場所をたずねる。

「【恋愛小説の本棚地区】の広場で落ちあうことになった。おまえたちを引きわたしたら俺の役目はおわりだ。せっかくだから、このへんを観光して【最果ての滝の部屋】にもどろうとおもう」

受話器をもどしたあと、ひげ面の大男は僕たちに言った。

「こいつは忠告だが、くれぐれもハンマーガールを怒らせるなよ。特にグレイ・アシュヴィ、生きて外の世界に帰りたかったら暴言はつつしむことだ」

「ひげもじゃのくそったれめ、僕みたいに行儀のいい子が暴言なんか吐くかよ」

【恋愛小説の本棚地区】の広場は、港町を見下ろせる景色のいい場所にあった。路地や市場が眼下の斜面にひろがっている。その先には海岸線があり、さらにそのむこうには足もとを水辺にひたしながらそびえる巨大な本棚がならんでいた。

大勢の恋人たちが広場の噴水に腰かけ、相手の顔を見つめながら話をしている。この場所はちょっとした観光名所にもなっているらしく、様々な露店がならび、鈴のついた恋愛成就《じょうじゅ》のおまもりなどが売られていた。どうやらアークノア特別災害対策本部の使者はまだ到着していないらしい。キーマンはそわそわした面持《おもも》ちで歩行者をながめている。

広場の時計台が午前十時の鐘を鳴らす。待つのにあきたグレイが露店をながめながらぶらついていた。僕は弟にちかづいて話しかける。

「買ってやれないぞ。だって僕たちはアークノアのお金なんか持ってないんだからな」

「わかってるよ。でも、こういうのを一個、持って帰れたらいいのに。証拠がひつようなんだ。家に帰れたあと、ここの話を聞かせても、くそったれの大人たちは信じてくれないだろうからね。僕がいかれちまったと決めつけるはずさ」

露店の棚にたくさんのキーホルダーがならんでいた。弟はそのなかからひとつをつまんで僕に見せる。親指ほどの大きさの本が鈴といっしょにぶらさがっている。本は実際に読めるつくりになっていた。露店の主人が言った。

「そいつはめずらしいものさ。極小サイズの本だよ。虫眼鏡でもないと中身は読めないけどな。この先の砂浜でとれるんだ。そいつを加工してキーホルダーにしたってわけだ」

「説明なんかたのんじゃいないよ。見てるだけさ」

「いけすかねえガキだな。消えろこのやろう」

ひげ面の大男がやってきて、ペックコインを露店の主人にわたす。

「そう言うな。キーホルダーをふたつ買うよ。おまえたち、好きなのをえらべ。俺からのプレゼントだ」

キーマンが笑みを浮かべる。

「【最果ての滝の部屋】にもどったら、どうせ金のつかい道なんてないからな」

僕と弟はそれぞれ色ちがいのキーホルダーをえらんだ。極小サイズの本がチェーンの先にぶらさがっており、表紙に目をこらすと『探検家ブーポングの記録シリーズ』という題名が見える。

「そいつは有名な探検家の本だ。ベストセラーさ」

店主が言った。そのとき異変がおきる。露店に吊りさがっているキーホルダーの鈴が、だれも触れていないのに、ちりんちりん、と勝手に鳴りだしたのである。最初はちいさな音だった。僕たちは、わけがわからずに顔を見あわせる。そのうちに鈴の音はおおきくなり、ほかの露店で売られている民芸品までもいっせいに、かたかたと音を出しはじめた。

地震だ！　そう気づいた直後、突きあげるようなゆれがおそった。大勢の悲鳴がうずまく。土埃《つちぼこり》が舞い、そこら中の本棚がかたむき、ならんでいた本が土砂崩れでもおこしたように地面へ降りそそいだ。木材のばきばきと割れるような音がして、本棚のドミノ倒しがおきる。僕とグレイは立っていることができずに膝《ひざ》をつく。

「あれを見ろ！」

だれかがさけんだ。人々がゆれに翻弄《ほんろう》されながら遠くの一点を見ている。広場から見下ろせる港町のむこうに、巨大本棚がならんでいる。距離があるために色味がうすく、空の色が入りこんでいるせいか、ぼんやりと青みがかっていた。内部につめこまれた本が、ゆれによってばらまかれ、胡椒《こしょう》の粉をふりまくかのように海面へまき散らされていた。地響きのような音がして、巨大本棚のひとつの足もとで、爆発的な水の柱が立ちあがる。まさかとおもいながら僕たちは無言でその光景を見つめた。巨大本棚が、沈みこむように下方向へスライドし、同時にかたむきはじめた。ありとあらゆる種類の大量の本がこぼれ落ち、空中にページが舞った。本棚はそのまま沈むかとおもわれたが、途中で持ちこたえて、ピサの斜塔をおもわせる格好で停止する。

しかしゆれはつづいていた。石造りの建物の崩壊する音がそこら中で発生する。広場のそばにレンガの建物がそびえていた。老朽化した古い壁にひびが入り、ゆっくりとこちらのほうにかしいでくる。

「グレイ！」

僕は弟の手をとって走りだす。すぐそばにレンガの塊《かたまり》が落ちてきて、地面で砕けて破片を飛ばした。安全だとおもえる場所まで移動して弟と抱きあう。地面の震動がようやく弱くなってきて、やがて完全におさまった。

地震の直後はしんとしずまりかえっていた。数秒が経過してようやく、いっせいにうめくような声や泣き声や無事を確認する声が飛びかいはじめる。

キーマンの姿がなかった。僕とグレイは名前を呼んで周囲を見まわす。傷ついた人々が、足を引きずったり、怪我《けが》した箇所を手で押さえたりしながらあるいている。景色をながめられる一角で、人々が呆然《ぼうぜん》と海岸沿いの惨状を見つめている。かたむいた状態の巨大本棚が、空からの光をさえぎり、それ以前とは異なった地区に影を落としている。

空中を逃げ惑うカモメたちのそばを、今も砂がこぼれ落ちるように書物が降っている。

服を引っぱられた。グレイが僕のシャツの裾《すそ》をつかんでいる。弟の視線の先で、レンガのがれきの山から腕が一本だけ突き出ていた。手の甲にもじゃもじゃの毛がはえている。見覚えのある手だ。僕たちは駆けより、がれきに這《は》いあがって腕へ飛びついた。彼の上にのっているものをどけようとする。しかし、レンガの塊は重すぎてびくともしない。

「キーマンさん!」

僕はがれきの下に呼びかける。キーマンの腕は最初のうち、ほんのりあたたかい。太い指にしがみつくと、弱々しくにぎり返してくれた。しかしすぐに力が抜けたようになりつめたくなる。

父のときに学んだはずだ。死は唐突にやってくるものだと。しかし、あまりに突然で、心が置いてきぼりを食らっていた。キーマンの腕にしがみついて、何度も名前をさけんだ。キーマンさん! キーマンさん!

死んだのかい? グレイがおどろいた様子で立っている。ぽかんとした表情だ。

キーマンさん! キーマンさん!

そのとき、後ろから声をかけられる。

「だいじょうぶ、死は一時的なものだから」

土煙のなかに少女が立っていた。深い緑色の外套《がいとう》に身をつつんでいる。

僕の手が、すとんと落ちる。しがみついていたはずのキーマンの腕の感触が急になくなった。体毛におおわれた太い腕の輪郭《りんかく》が、ぼやけて白い煙になり、僕の手はささえを失って落下したのである。内側からあわく発光するような不思議な煙が、キーマンの埋もれているあたりのがれきの隙間《すきま》からたちのぼった。周囲を見ると、そこら中でおなじような煙を見ることができた。

「肉体はゆらぎのなかへ一時的に回収される。でも、安心していい。明日になれば、なにごともなかったようにもどってくるからね。ここはとても安定した世界なんだ。創造主様の庇護《ひご》のもとで、私たちはいつまでも暮らしてゆける」

少女の身につけた外套の間から、腰にぶらさがった金槌《かなづち》が見える。金銀や宝石で装飾がなされており、ひと目でそれが特別なものだとわかるような金槌だ。僕は少女を見上げた。つんとした鼻は、まるで妖精《ようせい》のようである。僕とおなじくらいの年齢で、髪はアンティーク家具の取っ手みたいなくすんだ金色。目の虹彩《こうさい》は青、外の世界の空とおなじ、スカイブルーだ。

「よろしく。私はリゼ・リプトン。アークノア特別災害対策本部の者だ」

風がふいて少女の髪と外套をゆらした。【図書館岬】のそこら中にただよっていた白い煙が、木製の空にむかって高くのぼっていった。

二章

2―1

【森の大部屋】は幅四キロメートル×長さ二十キロメートルの広大な部屋である。敷地の大部分は森で、北に行くほど気温が低くなり、南の方面へむかうと熱帯性の気候となる。人の住む集落が森のなかに点在し、スーチョンという男が住んでいたのは北部にある集落のひとつだった。

スーチョンの自宅は丸太を組みあわせた一軒家である。彼はナイフ一本で木を削って置物をつくったり、川で魚をつったりして一日をすごした。妻のローズは鍋《なべ》でジャムを煮こみ、娘のメリルはおなじ集落の子どもたちと追いかけっこをする。そのような日々が、唐突におわった。

その日、スーチョンは馬車の荷台に妻と娘をのせ、森の道を疾走していた。鞭《むち》をふって馬を急《せ》かす。車輪が小石にのっかって荷台がはねると娘が悲鳴をあげた。

「父ちゃん！　こわいよ！」

「しゃべるな！　舌を嚙《か》むぞ！」

おなじ集落の仲間たちはすでに出発し、今ごろは【星空の丘】に到着していることだろう。あれもこれもと荷台に荷物をつめこんでいるうちに出発が遅れてしまった。

「ふり落とされるな！」

馬の蹄《ひづめ》が音を響かせる。さきほど、しりあいの住んでいる集落を通りすぎた。そこで目にした光景が頭からはなれない。家々は崩れ落ち、家畜たちの死体に蝿《はえ》がむらがっていた。森の樹木は踏みつぶされ、なぎ倒され、無事なものはひとつもなかった。

「父ちゃん！」

メリルがさけぶ。馬車がゆれた。いや、馬車だけではない。目に見えるものすべてがおどっているみたいにうねっている。木々は大量の葉をまき散らし、鳥たちがいっせいに飛びたって空を埋めた。地響きとともに咆吼《ほうこう》が耳をつんざく。声は【森の大部屋】の木製の空まで達してはねかえり、森のすみずみまでひろがっていく。

その怪物が現れたのは昨日のことだった。こきざみな地震が頻発《ひんぱつ》したのでおなじ集落の仲間たちと広場にあつまっていたら、ひときわおおきなゆれとともに北東の方角から巨大な土煙があがったのである。怪物がアークノアに侵入し、そのたびに発生する災害のニュースはラジオでいつも聞いていた。しかし【森の大部屋】に出現したことは今までなかったし、森が荒らされることもなかった。自分の暮らしがおびやかされることになるなんておもってもいなかった。

どのようにしてそいつは【森の大部屋】に侵入したのだろう。数カ所ある出入り口は、その巨体を通せるほどおおきくはない。壁に穴をあけてほかの部屋から入ってきた形跡もない。そいつは【森の大部屋】のなかに、ある瞬間、無から発生したのである。

「父ちゃん！　上！」

メリルがさけんだ。森の上空を樹木やら泥の塊《かたまり》やらが横切って飛んでいく。大量の土砂が空から降ってきた。馬車の前方に樹木が落下して土煙をあげる。スーチョン一家が見上げるほどの巨大な木だ。直撃していればひとたまりもなかっただろう。

森の茂みの間から、そいつの巨大な姿が見えた。山がうごいているかのようだった。一歩を踏みだすたびに地面がたわみ、森がそいつを中心に波うつ。だれも言葉を発せなかった。口を開けて、ただ見上げていることしかできない。

確実に理解したことがある。こいつは森を踏みあらし、自分たちの住んでいた場所を、故郷を、がれきの山にするだろう、ということだ。破壊するためにやってきた存在。この世界にいるはずのない異物そのもの。まったく異なる価値観、思想、世界観。破壊衝動の塊。怪物とはそういうものだ。

アークノア特別災害対策本部の少女のことをかんがえる。普段ならハンマーガールのことなんて頭におもいうかべることさえしない。娘のメリルにも彼女の役割をおしえてはいなかった。しらなくてよいのであれば、しらないままでいたほうがよい。あのような、忌《い》まわしい少女のことなんて。しかし、あれをどうにかできる者がいるとしたら、あの少女以外にないのである。

2－2

浜辺につくっていた砂の城が波に飲まれて崩れている。ありえないことだ。波の届かない場所につくっていたのだから。この【夕焼けの海】には、砂浜によせてはかえす程度の波がある。しかしその波の高さが変化することはない。それなのに……。これ以上、ゆれがひどくなったら、高波が発生し、家が飲みこまれるおそれもある。倒れた家具はほったらかしにして、大事なものだけをまとめて、ほかの地域へ逃げることにしよう。

飼い犬が外で吠《ほ》えていた。頻発《ひんぱつ》する地震で落ち着かないのだ。荷物をまとめながらラジオのボリュームをあげる。ニュースキャスターが切迫した声でニュースをつたえていた。最近の地震は【森の大部屋】を震源地としているらしい。怪物が出現したようだ。

怪物災害の情報はラジオ経由でアークノアの全住人にしらされる。創造主様のデザインされたこの世界には戦争も飢饉《ききん》も疫病《えきびょう》もない。死因の九割は怪物がらみの災害だ。しかしほんとうの意味でみんなが気にしているのは人の生き死にではない。死はたんなる通過点でしかないのだから。それより大事なのは、世界観の維持である。

黄金《おうごん》色に染まった浜辺が窓のむこうにひろがっている。西の方角から光が差して灯台の影を長くのばしていた。いつもは朱色の夕陽が、今日は黄色を帯びている。地震の影響にちがいない。震動のせいで木製の空から砂埃《すなぼこり》が降り、大気中にただよっているのだろう。そのために色味が変化しているのだ。【夕焼けの海】は【森の大部屋】のすぐ下の階層に位置していた。頭上に震源地があるというのは生きた心地がしない。

地震がおきて、家が軋《きし》んだ。実際にゆれたのは地面ではなく天井のはずだが、壁や柱をつたって震動が世界中に伝搬《でんぱん》しているのである。地震がおさまり、波の音しか聞こえなくなった。ふと、奇妙だなとおもう。飼い犬の声がしない。さっきまであれほど吠えていたのに。

外に出て犬を探した。いつもなら名前を呼べば尻尾《しっぽ》をふりながら走りよってきて飛びついてくるはずだ。しかし今日はその気配がない。いやな予感がする。波に飲みこまれてしまったのではないか。もしも死んでしまっていたら永久におわかれだ。死を乗り越えられるのは人間だけなのだから。

家の横に干していたシーツが、海からの風をはらんで、ゆっくりとゆれていた。地面になにかが這《は》いずったような跡を見つける。なんだろう？　かがんでしらべていると、犬の声がかすかに聞こえてきた。岩場の隙間《すきま》でうずくまっている。

「そこにいたのか」

おびえたような目をして、くぅん、と鳴いた。

「どうした。こっちにおいで」

手をのばしても、岩場の隙間から出てこない。そのとき、視界のすみを影がよぎる。ふりかえって周囲を見まわした。しかしなにもいない。カモメが地上付近までおりてきて、夕陽をさえぎる形で通りすぎたのだろうか。

くぅん。犬が岩場の隙間の奥へと後ずさりする。

「さあ、おいで。避難しなくちゃいけない。ここはあまりに震源地にちかすぎるからね。怪物が出たんだ。やっかいな話さ。怪物だなんて」

犬の体に手をのばす。

か……

背後から声が聞こえた。

ぶ……つ……

生まれてはじめて言葉を発したかのような、たどたどしい言い方だった。

かい……ぶ……

言葉の合間に、液体が滴《したた》るような音も聞こえる。

干してあったシーツに奇妙な影が映っていた。そのむこうになにかがいて、夕陽によってその影が縁取《ふちど》られているのだ。シーツがゆれると、そいつの影がおおきくなったりちいさくなったりした。

「だれだ?」

だ……れ……

そいつは言葉を真似《まね》した。シーツが風をはらんでおおきくふくらむ。むこう側にあった鱗《うろこ》の体がのぞく。そしてようやく、そいつが人間ではないとわかった。

飼い主が食われる一部始終を、岩場の隙間から犬は見ていた。飼い主は頭からくわえられ、はじめのうちは抵抗していたが、最後には足先まですっぽりとそいつの口のなかに入っていった。牙《きば》の隙間から大量の白い煙がふき出し、それは夕陽に照らされながら空へとのぼる。そのあとはなにごともなかったように、ただしずかに、波が砂浜へよせてはかえしていた。

2-3

本棚にはさまれた裏路地を通り、町外れにむかってあるいているときのことだ。すれちがう人々は、深緑色の外套《がいとう》に身をつつんだ案内人に気づくと、おどろいた顔をして目をそらした。子どもを連れた母親などは、あわてて子どもを自分の後ろに追いやり、ハンマーガールへの警戒心を見せた。

「あんた、ずいぶん嫌われてるんだね」と弟が言った。

くすんだ金色の髪をはらいながら、ハンマーガールはグレイをひとにらみする。

「嫌われてなんかいないよ」

「でも、みんな、あんたを見なかったふりしてる。気のせいなんかじゃない」

建物の窓からこちらを見下ろしている住人がいた。リゼ・リプトンが視線をむけると、おびえたような表情で窓をしめてカーテンを閉ざした。

「今だけさ。もうすぐみんなは私のことをひつようとするだろう。見ないふりもしなくなる。なにせ怪物が出たんだから」

リゼ・リプトンの身長は僕とおなじくらいで、腕や足は華奢《きゃしゃ》である。顔の左に流れる髪の毛が編《あ》まれており、あるくたびにゆれている。スカイブルーの目を持つ、つんとした顔立ちの少女だ。彼女の顔は、小説『ピーター・パン』に登場するティンカー・ベルに似ていた。といっても、僕は『ピーター・パン』の小説を読んだことがないので、アニメかなにかの印象だろう。

「今、どこにむかってあるいてるんですか？」と、僕はたずねてみる。

「丘の上に私の別荘がある。ひとまずそこで休もう」

「別荘？」

「そうだよ。どうしてそんなにおどろいてるの？」

「僕と同い年くらいの女の子が別荘を持ってるなんてすごいから」

「きっと嘘《うそ》さ。それか、パパやママが持ってる別荘を、自分のだって言いはってるのさ」と、グレイ。

リゼ・リプトンは心外そうな顔をする。

「正真正銘、私個人の別荘だよ。そもそも、パパやママなんていないし」

僕とグレイは顔を見あわせた。

町外れの丘に、金網と鉄条網で囲まれた一画があり、少女はそこに入っていく。涸《か》れた噴水や井戸、そしてここにも本棚がならんでいた。【図書館岬】には雨が降らないため、外に本棚があっても本がぬれることはないのだという。かといって、まったく傷《いた》まないわけではないだろうに。荒れ放題の庭を抜けた先に、古めかしい洋館が建っていた。リゼ・リプトンは外套の内側から鍵《かぎ》を出して玄関扉を開ける。ここが彼女の別荘というわけだ。

玄関ホールには、ひんやりとした空気がたちこめている。うす暗くて幽霊屋敷のような内装だ。床の上に動物の体毛のようなものが落ちている。ペットでも飼っているのだろうか。

「もどったよ、カンヤム・カンニャム！」

リゼ・リプトンの声はホールに反響してこだまをのこした。奥から靴音がちかづいてきて、ホールに出てくる手前のうす暗いあたりに立ち止まる。照明がすくないせいで、その人物の足もとしか見えなかった。上半身は完全に闇《やみ》のなかである。

「そいつらが例の客か？」

低い声だった。どうやら男性のようだ。

「アール・アシュヴィくんと、グレイ・アシュヴィくんだ」

「俺《おれ》はアークノア特別災害対策本部のカンヤム・カンニャム。ドッグヘッドと呼ぶ者もいる」

「は、はい、よろしくおねがいします」

僕はそう言って、突っ立ったままの弟にひじてつを食わせる。

「おまえもあいさつしろよ」

しかしグレイはそっぽをむいてしまう。

「こいつらとなかよくする気なんかないね」

「やめろって」

「とんだはねっかえりがおとずれたものだな」。闇の奥に立っていた男があきれたような声を出した。「問題児ばかりがこの世界にやってくる。どうにかならんものか」。そして動物のうなるような声が聞こえた。

「この家には犬でもいるのかい？」とグレイが質問する。

「ああ、いる。おまえの目の前にな」

マッチを擦《す》るような音。カンヤム・カンニャムと呼ばれた男の周囲がほのかに明るくなる。彼はすぐそばにあった燭台《しょくだい》の蠟燭《ろうそく》へ火を灯《とも》した。闇がはらわれ、その人物の上半身が浮かびあがる。黒色のスーツに身をつつんでいた。身長が高く、すらりとした体型である。赤いネクタイをしめて、両手には白い手袋をはめていた。

さすがのグレイもだまりこんだ。僕は後ずさりしすぎて屋敷から出る一歩手前だったけれど、背中をリゼ・リプトンが押し返す。

カンヤム・カンニャムの見た目は、まったく予想もしていなかった種類のものだった。蠟燭のゆらめく炎が、彼の口にならんだするどい牙《きば》や、おおきな耳、シルバーグレイの体毛を照らしている。リゼ・リプトンが言った。

「カンヤム・カンニャムは有事の際に部隊を指揮してくれる。首から上はこうだけど、ちゃんとした人間だ」

アークノアにはこのような人種がふつうに暮らしているのだろうか。カンヤム・カンニャムの首から上は人間のものではなかった。化粧や特殊メイクでそのように見せかけているのでもないらしい。骨格があきらかにイヌ科のものである。短い毛におおわれた顔は、高貴さをそなえていた。しかしその目は無感情で、ギャングやマフィアをおもわせる。カンヤム・カンニャムが僕と弟を見下ろし、ぞろりとならんだするどい牙をむき

だしにする。命の危険を感じてふるえあがった。

「客間に来たまえ。クッキーを焼いたんだ。安心しろ、犬用のではなく、人間用のクッキーだ」

屋敷のなかは閑散としていた。蜘蛛《くも》の巣がところどころにはっている。普段からここに住んでいるわけではないようだ。あくまでも別荘として【図書館岬】に来たときだけ利用しているのだという。客室に通されてソファーにすわると、カンヤム・カンニャムが紅茶とクッキーをはこんできた。クッキーには二種類あった。チョコレートチップが練りこまれているものと、もうひとつはオニオン風味のものである。

「味はどうだ？」

「店で売ってるのにくらべたらそうでもないね」

グレイはそう言いながら次々と食べている。

「味見できなかったのが敗因さ。俺はチョコレートとタマネギが食えないもんでね」

犬にとってチョコレートとタマネギは毒なのだと聞いたことがある。彼も例外ではないのだろう。

リゼ・リプトンは通信室らしき部屋にこもって、【中央階層】と呼ばれる地域にあるアークノア特別災害対策本部のオフィスと連絡をとっていた。僕は食欲がわかず、紅茶をひとくちだけ飲んでクッキーを弟にゆずる。キーマンに買ってもらったキーホルダーをながめて、がれきの山から突き出ていた彼の腕のことをおもいだす。

「キーマンさんは、ほんとうに、生き返るの？」

この世界の住人にとって死は通過点であり、翌朝にはもどってくるのだと、さきほどハンマーガールは言った。ほんとうだろうか。

「安心しろ。死ねばその肉体は煙となって空にのぼり、天井付近の通風口に吸いこまれる。通風口はアークノア外縁部の【ゆらぎの海】へつながっており、煙はそこに回収されて、世界の一部になるのだ。翌朝になれば、生命の煙を含んだ朝靄《あさもや》がアークノアにたちこめる。そのとき、キーマンという男も、肉体を取りもどして広場に立っているはずだ」

「服はどうなるの？」

どうでもいいことだけど、明日の朝、素っ裸のキーマンが広場にたたずんでいたらとおもうと聞かずにいられなかった。

「死ぬときに着ていた服や、身につけていた装飾も、肉体とおなじように再生する。人格の一部として、世界はそれらを認識しているというわけだ。それからもうひとつ。こういった目覚めの権利はアークノアに住む者だけの特権だ。アール・アシュヴィとグレイ・アシュヴィ、おまえたちはふつうに死ぬ。命を落とさないよう注意するんだな」

リゼ・リプトンがもどってくるまでの間、カンヤム・カンニャムが洋館のなかを案内してくれることになった。掃除は行き届いていないが、建物自体は立派なものである。ところどころに燭台があり、蠟燭の黄色い明かりがゆれていた。

「ほかに人はいないの？」

「今は俺とリゼだけだ。今後、状況に応じて協力者がふえたりへったりする」

客室と寝室、屋根裏部屋、ビリヤード台のある遊戯室をながめる。特に興味をひかれたのは化学実験室だ。薬品や試験管やビーカーが棚にならんでいた。いくつかの実験器具は地震のせいで落ちて壊れている。

「壁の補修跡は、リゼが爆薬の研究をしているときの事故によるものだ。その際にリゼは死んだ。翌朝にはもどってきたがね」

「僕たちにとっての死とはずいぶん重みが異なるんだね……」

この世界で橋をわたったり、乗り物に乗ったりするときは、安全性をよく確認しようと決めた。きっとこの世界の安全性の基準は低いぞ。建物の耐震工事もおろそかになっているはずだ。

「さっきの地震は？　この地域は、あんなことおきない場所なんでしょう？」

イヌ科の頭部が僕とグレイを見下ろす。

「おそらく怪物の影響だろう」

「怪物って？」

「異なる世界観が外から持ちこまれてしまったのだ。それが怪物となる」

キーマンの言葉と、あわれむような顔をおもいだす。

いいか、アール・アシュヴィ、おまえたち兄弟は、これから二体の怪物を殺さなくちゃならねえ。

そいつらを消さないかぎり家に帰れないんだ。

「おまえたち異邦人と、地震を発生させている怪物は、無関係ではない。おまえたちがアークノアに入りこんだから、怪物もまた出現した。怪物と異邦人は切りはなせない関係にある」

「もっとわかりやすくおしえろよ。こっちは九歳なんだぞ」

「グレイ・アシュヴィ、きみの年齢をわすれていた。わかりやすく言うと、怪物の創造主はおまえたちなんだ。おまえたちの世界観が生命を得てうごきまわっているのだ。俺たちはそいつらからアークノアの世界観を守るために戦わなくてはならんというわけだ」

ドッグヘッドはそう言うと、スーツの胸ポケットからクシを取り出し、そばにあった鏡をのぞきこんで毛並みを整えはじめた。

ガコン、とビリヤードの球がはじかれてポケットへ落ちる。グレイとカンヤム・カンニャムが遊戯室のビリヤードで対戦していた。僕はその横で窓の外をながめる。荒れ放題の庭の本棚にカラスがとまっていた。ここで暮らす人々は、死やそれにともなうかなしみの大洪水から守られている。僕たちもこの世界に生まれてたらよかったのに。そうだったら、父は今も僕や弟や母といっしょに暮らしていたはずだ。そんなことを、ぼんやりとかんがえていた。

リゼ・リプトンが通信室からもどってきてラジオをつけた。ニュースキャスターが切迫した声でニュースをつたえている。【森の大部屋】と呼ばれる場所に怪物が現れたことや、そこを震源地として地震が発生していることが電波にのせられて世界中に発信されていた。

「怪物のうち一体は【森の大部屋】にいるらしい。もう一体がどこにいるのかはわかっていないようだ」

ハンマーガールはそう言いながらダーツを投げる。小気味のいい音をたてて的の中心に命中した。

「怪物は二体いるの？　ここに異邦人がふたりいるから？」と僕は聞く。

「異邦人ひとりにつき、怪物が一体いる。人それぞれ、固有の世界観を持っているからね」

振り子時計の針が正午をさしていた。ダイニングに移動してテーブルにつく。カンヤム・カンニャムがパンと紅茶をはこんできた。クロワッサンを口に入れると、何層にも重なったうすい生地がぱりぱりと砕けて、甘いバターの味が舌にひろがる。

「ピーナッツバターがないぞ。これだけは切らすなって、いつも言ってるじゃないか」

リゼ・リプトンは巨大な瓶をさかさまにふりながら言った。カンヤム・カンニャムはすぐさま中身のつまったピーナッツバターの瓶をはこんでくる。うす茶色の中身をナイフでパンに塗りたくってリゼ・リプトンは口いっぱいにほおばった。

「【ピーナッツ火山】でとれたピーナッツバターは最高だよ。これよりおいしい食べ物があったらおしえてほしいね」

僕とグレイもわけてもらったが、たしかに濃厚でおいしかった。パンにおおめに塗っていると、リゼ・リプトンが瓶に蓋《ふた》をして僕から遠い位置に置く。

「アシュヴィ兄弟がこの世界に流れ着いた経緯をおしえてよ」と、少女は言った。

僕とグレイは自分たちのことを説明した。話を聞きおえて、リゼ・リプトンはひとさし指をなめる。途中からもうピーナッツバターをパンに塗るのはやめていた。パンが余計だとおもったらしく、直接、瓶から指ですくっているのだ。

「これまでの異邦人とおなじパターンだ。大抵の子はそう。本を読んだことがきっかけで異世界に入ってくるものなんだ。まあ、よくあることだよ」

「あのう、リゼ・リプトンさん……」

「リゼでいいよ」

「リゼ、外の世界につながってる道をしってる？　怪物を殺さないと、僕たちは帰れないっていうのはほんとうなの？」

「うん。きみたちは【千の扉の寺院】という場所から外の世界に帰れる。だけど、怪物と見えない紐《ひも》でつながっているから、このままではこの世界から出て行けないんだ」

「見えない紐？」

「へその緒《お》みたいなもんだよ。異邦人と怪物は、親と子の関係にある。見えないへその緒は私たちには認識できないし、壁を通り抜けてどこまでものびるけれど、世界をまたぐことはできない。怪物がこの世界で生きつづけているかぎり、きみたちは怪物をのこしてこの世界から出て行けない。私たちアークノア特別災害対策本部と、きみたちの利害は一致している。きみたちは家に帰るため、怪物を退治しなくてはいけない。私たちもまた、この世界を維持するために怪物を殺さなくてはならないんだ。だから、きみたちには、怪物退治を手伝ってもらうよ」

なるほど、家へ帰るためには、この人たちといっしょに行動するのが良さそうだ。しかし弟はうたぐりぶかい目でにらんでいた。

「怪物なんて、ほんとうにいるのかどうかわからない。全部、嘘っぱちかもしれないぞ」

「信じなくても、無理矢理に引っぱっていくつもりさ」

リゼ・リプトンは、カンヤム・カンニャムのいれてくれた紅茶のカップを優雅な手つきでかたむけた。ひとくち飲んで、ため息をつくようにつぶやく。

「怪物はきみたちの心の影なんだ。現状の世界を維持したい人間にとってはやっかいなことだけど、ひとりの人間の世界観が、今ある世界を変革できるほどの怪物を生み出せるってことは事実なんだよ」

2-4

自分は何者だろう?

これからなにをすればいいのだろう?

その生物は自問自答しながら湖畔《こはん》を移動した。地面がゆれて湖が波うつと、その生物の体に水がふりかかって青銅色の鱗《うろこ》をぬらす。この地面のゆれはいったいなんだろう?茂みにひそむ動物たちや、木の上の鳥たちが、ゆれるたびにおおさわぎをする。

何者かの声が聞こえた。木の陰《かげ》にかくれて周囲を観察すると、茂みの間を二足歩行の生物があるいているのが見える。人間だ。声をはりあげてだれかを探しているらしい。

「おーい!　メアリー!　どこにいる!?　もどってこい!　避難しなくちゃならないん

だ！　置いてくぞ！　メアリー！」

性別は男。人間という生物に関して、だれにもおそわっていないのに、いくつかの知識があった。言葉も理解できる。なぜだろう？　自分の身体は鱗におおわれ、人間のような手足もないというのに。男は声をはりあげながらどこかへ行ってしまった。

自分は何者だろう？

これからなにをすればいいのだろう？

息を飲むような音が背後から聞こえてくる。

ふりかえると、少女が湖のそばに立っていた。腕にちいさなかごをぶらさげて、摘《つ》んだ花を何本か入れている。地面がゆれて湖が波うつと、木製の空からの光が水面に反射し、少女のおどろいたような顔を白く照らした。

少女が悲鳴をあげようとする。しかしその前に、顎《あご》をひらいて、その首筋に食らいついた。牙《きば》が肉を切り裂いて、じゅわっと血が口のなかにあふれる。甘い味がした。血が甘いのではない。少女の抱いた恐怖が甘く感じられたのだ。首の骨を嚙《か》み砕く。その瞬間、少女の輪郭《りんかく》がぼやけて、顎にくわえていた感触も溶けるようになくなった。身体は白い煙へと変化し、滴《したた》り落ちていた血も蒸発するように消えた。

もっと味わっていたい。その生物は、甘い味をすっかり気に入った。逃がすものか。かつて少女の肉体だった白い煙をおもいきり吸いこんでみる。ほとんどは風にふかれて消えてしまったが、少量の煙が体のなかに入ってきた。煙の成分が肺から取りこまれて全身にしみわたる。甘い靄《もや》が頭をおおって、しびれるような感覚があった。

自分になにがおきているのかわからなかった。体が鉛のように重たくなる。どうしたことだろう。生まれたばかりで経験がとぼしいためその生物はしらなかったが、それは風邪の症状に似ていた。だれも来ないような岩場の陰でうずくまる。寒気がするのに全身が熱を帯びていた。骨が溶けてしまったかのようにだるい。体をうごかそうとすると、鱗におおわれた表面の部分と、体内の肉の部分とが、ずるりと分離してしまった。

やがて睡魔におそわれてねむりに落ちる。


その生物は夢を見た。さきほど吸いこんだ煙のなかに、記憶の成分がまじっていたのだろうか。夢のなかに少女が出てくる。さきほど、自分が食らいついた少女だ。

少女はメアリーと呼ばれ、父親と母親の三人で湖のほとりで暮らしていた。父親の顔に見覚えがあった。メアリーの名前を呼びながら茂みの間をあるいていた男だ。地震が頻発《ひんぱつ》するようになり、両親が緊張した顔で近所の住人たちと相談していた。それを横目で見ながら花を摘みに出かける。地面がゆれるのもなんだかたのしかった。

「おーい！　メアリー！」

名前を呼ぶ父の声が聞こえて、そちらにむかおうとしたら、湖のほとりで巨大な蛇を見つけた。

青銅色の鱗におおわれた、うつくしい蛇だ。

メアリーが息を飲む。蛇がふりかえる。

波うつ湖に光が反射してまぶしかった。

顎にするどい牙がならんでいる。血が滴る。首の骨の砕ける衝撃……。


そして夢がおわる。

どれくらい、ねむっていたのだろう。気づくと体がぬれていた。母胎《ぼたい》から出てきたばかりの赤ん坊のように。出産の場面など見たことはなかったが。喉《のど》がかわいた。湖の水を飲もうとして、ふと気づく。ねむりにつく前と体のうごかし方が変わっている。

体に手足が生えていた。指もある。それぞれの指には指紋があり、先端には爪《つめ》もくっついている。水面をのぞきこんで、映っている自分の顔をながめたが、鱗におおわれた顔が見あたらない。水面の自分の顔はメアリーにそっくりだった。くちびるや鼻、瞼《まぶた》を指でつまんで確認してみる。皮膚がひりひりした。風に触れるだけでくすぐったい。自分がうずくまっていた場所をふりかえると、そこには鱗がしわしわになったような袋状のものが落ちていた。抜《ぬ》け殻《がら》だ。さきほどまで自分の身体の表面部分だったものだ。

これは自分にそなわっている能力にちがいない。直感的にそのことをしる。この能力を利用すれば、狩りをするのも楽だし、かくれひそむこともたやすいだろう。

袋の周囲におびただしい量の液体がひろがっており、音をたてながら蒸発しはじめた。こそげ落ちた肉が溶解したものかもしれない。メアリーの体はサイズがちいさい。変身する過程で大量の肉がそぎ落とされたはずだ。ほとんどは煙になって消えたが、蛇の抜け殻だけはのこっている。

「あー……、あー……」

言葉の練習をしながら、二本の足であるいてみる。体の操縦方法にはもうなれた。視線の高さがそれまでとちがっていておもしろい。しかし都合のわるいこともある。この体では、壁を這《は》ってのぼったり、木に巻きついてあそんだりすることもできないだろう。体が布の服につつまれていた。少女の体は服といっしょに煙になったから、それを吸いこんだ自分もまた、服を着た状態のメアリーに体が再構成されたのだろうか。

「メアリー！　探したんだぞ！」

声を出しながらちかづいてくる者がいた。メアリーの父親だ。自分の娘だとおもいこんでいるらしい。

「お隣のフェルディナンドさんが馬車にのせてくれるそうだ。おばあちゃんの家に避難するんだ。おまえの着替えをママが鞄《かばん》につめこんでくれたよ。あとは乗りこむだけさ」

「あー……」

発音がまだ不慣れだったし、なにを言えばいいのかわからない。男に抱きあげられて、茂みの間をはこばれた。さきほど夢で見たのとおなじ家が湖畔に建っている。馬車にメアリーの母親が乗りこんでいた。御者台《ぎょしゃ》には、お隣に住むフェルディナンドおじさんがすわっている。大荷物といっしょに馬車へ押しこまれて、メアリーの父母にはさまれる。

「あー、あー……」

「メアリー、どうしたの？　気分でもわるい？」

メアリーの母親が顔をのぞきこんでくる。馬車が発進し、蹄《ひづめ》の音が聞こえてきた。メアリーの母親の瞳《ひとみ》に恐怖の色が浮かんだ。

「……あなた、だれ？」

声がふるえている。メアリーの父親は御者台のフェルディナンドおじさんとなにやら大声で話していたが、メアリーの母親がわめきだしたので、面倒くさそうにこちらへむきなおる。

「いったいどうした？」

「この子、メアリーじゃない！　どっからどう見てもメアリーじゃないか」

「なにを言ってる？」

「ちがう！」

なぜばれてしまったのだろう？　表情の変化にとぼしかった？　もっと学習するひつ

ようがあるなと、その生物はかんがえる。

「あー、あー、あー……」

喉をととのえて、言葉を発してみた。

「ママ……」

声はメアリーのものだ。母親がいくらかほっとしたような表情になる。自分の気のせいだったと、一瞬だけでも、おもいこんだのかもしれない。その胸にむかって腕を突き出した。少女の体になっても筋力は人間以上だ。馬車の窓に血しぶきがはりついて赤くなった。肉や血管の引きちぎられる感触がある。手のなかに、あたたかく、脈動する肉の塊《かたまり》をつかんで、体の外に取り出した。赤紫色の塊はメアリーの手よりもおおきい。メアリーの父親が悲鳴をあげるのと同時に、母親の体と心臓は白い煙となって馬車に充満した。

父親と、御者台のフェルディナンドおじさんを殺害し、その途中で馬車が横転して道ばたにひっくりかえった。馬も怪我《けが》をしてうごけなくなる。メアリーの姿の生物は砂《すな》埃《ぼこり》まみれでその場にのこされた。

事故現場のそばの家から住人が出てきて少女を保護した。手にべっとりとついた血や、三人の返り血は、白い煙になって蒸発していたので、その少女が危険な存在であることにはだれも気づかなかったようだ。

「かわいそうに。ひとりだけのこされてしまったのね。でも、だいじょうぶ。明日の朝になれば、あなたの大事な人は帰ってくるはずよ」

　おばあさんがそう言って砂埃をはらい落としてくれた。家に連れて行かれて、あたたかいスープを出してくれたので、何口かすすってみて、そのおいしさに感激した。礼をたくさん言って、それからスプーンをおばあさんの目に突き刺した。

2−5

「神話によればこの世界には九百十万九千百九個の部屋があるという。創造主様は、すべてのかなしみから守られたこの世界をデザインし、【ゆらぎの海】に浮かべたのだ」

　夜になるとリゼ・リプトンはシャワーを浴びてさっさと自分の寝室に引っこんでしまった。僕と弟はランプの明かりをはさんでカンヤム・カンニャムから講義をうける。異邦人が来るたびにおなじ内容の話をしているらしいので説明がなかなかうまかった。

　アークノアという世界は、大小の様々な箱庭をならべ、いくつも積みあげたような構造をしているらしい。箱庭のあつまっている外にあるものが【ゆらぎの海】という場所だという。

「【ゆらぎの海】がどんな場所なのか、だれもはっきりとはわかっていない。海と呼んではいるが、水があるわけでもない。【ゆらぎの場】とも【ゆらぎの宇宙】とも言う。そこはなにがおこってもおかしくない不安定な場所なのだ。アークノアに供給される電気や水、風や缶詰も、すべてはそこで発生している。この世のあらゆる法則が曖昧《あいまい》になり、数字の計算もあわなくなり、一たす一が、百にも千にもなる。頭に浮かんだものが目の前に現れ、手をつないでいた相手がいつのまにか別の存在になっている。この世界は、【ゆらぎの海】のなかに発生した泡みたいなものさ」

異邦人と呼ばれる子どもたちは、ふとした拍子に【ゆらぎの海】を越えてアークノアにやってくるという。弟のグレイがあくびをもらして目をこすった。

「俺の講義は退屈だったか？」

「いや、おもしろいよ。特に、パジャマから突き出た犬の顔は、今晩の夢に出てきそうなくらいだ」

通称ドッグヘッドと呼ばれる男はパジャマ姿である。袖《そで》からのぞいている腕には犬の体毛がないところを見ると、やはり人間でないのは首から上だけらしい。

カンヤム・カンニャムが用意してくれた寝室で僕と弟は寝ることになった。ベッドに入って埃《ほこり》っぽい毛布をかぶっていると母の夢を見た。僕たちを探して母が町をさまよっているという夢だった。

翌朝、朝靄《あさもや》のなかを車で出発した。リゼ・リプトンが助手席にすわり、僕と弟は後部座席だ。運転席でハンドルをにぎったのはカンヤム・カンニャムである。彼は灰色の軍服に身をつつんでおり、緑色の腕章を左腕にはめていた。鼻をくんくんさせて、運転しながら彼は言った。

「アシュヴィ兄弟、あたらしい着替えを買ってやろうか？　おまえたちの服から、こうばしいにおいがただよってくるぞ」

「ふん。こっちの世界のださい服なんか着られるかよ」と弟が返事をする。

車はまるみのある黒色のクラシックカーで、古いギャング映画にでも登場しそうなデザインである。市街地に入り建物の隙間《すきま》を通るとき、通行人がふりかえってこちらを見た。この世界では車というものがめずらしいようだ。彼らはフロントガラス越しにイヌ科の頭部を発見し、あわてて目をそらす。

「車を所有している人はすくないの？」と、僕は聞いてみる。

「自動車をつくる技術や設備がないからね」と、リゼ・リプトンがこたえた。

「じゃあ、この車はどうしたの？」

「【車庫の洞窟《どうくつ》】で発掘されたんだよ。こんな風に、ほとんど完璧《かんぺき》な状態で見つかるのはめずらしいんだ」

少女は革張《かわば》りのシートを愛《いと》おしそうになでまわした。燃料のガソリンは、彼女の協力者である科学者が精製してくれたらしい。アークノアにガソリンスタンドなどというものはないのだ。

【恋愛小説の本棚地区】の広場に到着して車をおりた。僕とグレイとリゼ・リプトンは、昨日、キーマンが死んだ場所にむかう。カンヤム・カンニャムは車のそばで待機して、大切な車にだれかがいたずらをしないかを見張ることになった。

「そのいかめしい顔がちかくにあれば、車にいたずらする人なんていないだろうね。番犬って感じだ。雌犬《めすいぬ》のおしりを追いかけてどっかに行ったらだめだぞ」

「グレイ・アシュヴィ、骨の形のクッキーがあったら買ってきてくれ。なんなら、おまえの骨をしゃぶらせてくれるのでも満足さ」

昨日の地震で崩れた建物のがれきや、本棚から落ちた本が、石畳《いしだたみ》の地面に積みあがっていた。僕たち以外にも大勢が外に出てきて、朝靄のなかに目をこらし、死によってはなればなれになった相手を探している。朝靄が濃いため、斜面にひろがる港町や市場、海岸線にそびえる巨大な本棚は見えなかった。

「念のため確認だけど、キーマンって男は人殺しじゃないだろうね？」。リゼ・リプトンが聞いた。「罪をおかした者は目覚めの権利を剥奪《はくだつ》されるんだ。生き返ることができなくなる。特に殺人は決定的だ。だれかを殺した瞬間、裁判もなく、自動的に目覚めの権利は失われる。何者も創造主様の目から逃れることはできないんだ」

「キーマンさんはだいじょうぶだよ。短いつきあいだったけど、そんな人じゃなさそうだった」

「なら、きっともどってくるね、ここに」

しばらくすると、朝靄のむこうから人影が現れて、壊れた噴水のそばにしゃがみこんだり、建物によりかかったり、路地のまんなかに突っ立ったりしはじめる。リゼ・リプトンが言った。

「死者たちがもどってきたよ」

再会をよろこぶ声がそこら中から聞こえてくる。朝靄のむこうからあるいてきた人に話しかけて抱きつく女性がいた。抱きつかれたほうはおどろいた顔をする。自分がなぜこの場にいるのかわかっていない様子だった。死者たちは、自分が死んでいたことに、気づいていないらしい。

朝靄の白さのむこうに、大柄なシルエットを見つけた。ちかづいてみると、ぼんやりとしていた輪郭《りんかく》が、はっきりとしたものになる。

「キーマンさん！」

声をかけると熊《くま》のような巨体がふりかえった。そこにいたのは、たしかに昨日、死んだはずの彼だった。ひげ面《づら》の大男は、はじめのうちぼんやりとしていたが、何回かまばたきをしていると、僕たちの顔に焦点があった。

「ここは、船の上じゃあ、ないよな……？」

「船に乗ってたのは一昨日《おととい》の晩だよ。ここは【図書館岬】さ」

「ああ、そうか、俺《おれ》は、じゃあ……」

気《け》だるそうに頭をかきながら周囲をながめる。【図書館岬】にたちこめていた朝靄がうすれてきて、海岸線に沿ってそびえている巨大本棚のシルエットが浮かびあがる。そのうちのひとつは、はっきりとななめにかしいでいた。それを目にしてキーマンはつぶやく。

「なんてこった。いったいなにがおきたっていうんだ？」

キーマンの体にはどこも異常がないどころか、虫歯が消え去ってすっかり健康な体になっていた。しかし彼がおぼえているのは、一昨日の夜に蒸気船のベッドでねむりについたところまでだった。昨日の記憶が、すっかり失われている。どうやら、死んでしまった日のことは、わすれてしまう仕組みらしい。彼に買ってもらったキーホルダーを見せてもおぼえていないという。再会をよろこんでいる僕にくらべて、キーマンはいまいち反応がうすい。

「このすっとこどっこいは、図体がでかいわりに、きっと、おつむがかるいんだ。僕やアールとのすてきなおもいでをわすれちまってる」

「クソガキめ。おまえのことなんか、わすれちまって当然さ」

キーマンは僕たちの後ろに目をやり、少女に気づいた。深緑色の外套《がいとう》に身をつつんだリゼ・リプトンが彼の前にすすみでる。ひげ面の大男は、おびえるように一歩退いた。

「……ハンマーガール。想像してたのより、なんというか、ちいさいな」

「彼らをここまで連れてきてくれてありがとう。アークノア特別災害対策本部を代表して礼を言うよ。これは約束の報酬だ」

リゼ・リプトンは外套の裏側からちいさな袋を取り出してキーマンにわたす。大男は袋から金貨をひとつつまんでながめた。彼の役割はこれで終了だった。僕とグレイは今後、リゼ・リプトンにしたがって行動しなくてはならないらしい。ひげ面の大男とおわかれのあいさつをする。いっしょにすごした時間は短いが、なんだかさびしかった。

「キーマンさん、ありがとう。川から引っぱりあげて家で休ませてくれたり、着替えをかしてくれたり、アイスクリームを食べさせてくれたり、感謝しなくちゃいけないことがいっぱいある」

「礼はいらんさ。それよりも、アール・アシュヴィ、口のわるい弟の面倒を見るのは大変だろうが、がんばれよ」

弟はあいかわらずの暗い目でキーマンを見上げ、肩をすくめただけでわかれをすます。

僕たちは屋敷にもどらず、車に乗りこんでこのまま【森の大部屋】方面へむかうことになっていた。

「見送らせてくれ」

キーマンがそう主張して、全員で車のほうへむかってあるく。先頭のリゼ・リプトンについてあるいていたら、キーマンが僕の手を引っぱって建物の陰《かげ》に連れて行った。

「聞け、アール」。ひげ面をよせて彼は言った。「あいつには気をつけろ。ハンマーガールのことさ。あんまり信用しちゃあいかん。グレイにもそうつたえておけ。……俺がこんな助言をしただなんて秘密だぞ。さあ、行こう。いつまでもかくれてたら、あやしまれる」

僕はわけのわからないまま、背中を押されて建物の陰を出た。クラシックカーのところでみんなに合流する。カンヤム・カンニャムは車の横に待機していた。灰色の軍服から突き出たイヌ科の頭部を見てキーマンは立ちすくむ。

「ドッグヘッド……」

カンヤム・カンニャムは口の端から牙《きば》をちらつかせてみせた。

「アークノア特別災害対策本部への協力に感謝する」

全員が車に乗りこみ、エンジンがかけられる。窓越しにキーマンへ手をふった。さきほどの忠告について問いただしたかったけれど、リゼ・リプトンのいる前ではやめておいたほうがいいだろう。カンヤム・カンニャムが車を発進させ、広場の出口へむかうと、ひげ面の巨体も後方へとちいさくなり、やがて見えなくなった。

地震の震源地である【森の大部屋】への旅がはじまった。地震の原因だとおもわれる怪物がそこにいるはずだ。これから僕たちは、そいつを退治しにいかなくてはならないのである。

港町をはなれて郊外に出ても風景には本棚がちらほらと見られた。川沿いの本棚には釣りに関する本がならび、山のなかの本棚には、野草や鳥類図鑑やサバイバル技術関連の本がならんでいるという。

やがて前方に巨大な壁がそびえたつ。【図書館岬】を構成している壁のひとつである。世界が折れまがったみたいに地面から垂直にのびた絶壁が、青色に塗られた木製の空までつながっていた。はるか上空では雲が壁に衝突してちりぢりになったり、壁の付近にうずまいている空気の流れに飲みこまれたりしている。リゼ・リプトン所有のクラシックカーは、壁に設置された遺跡風の門をくぐり抜けて、ついに【図書館岬】を出た。

様々な部屋をドライブしながら通りすぎた。【牧場リビング】では牛がソファーをむしって食べている。【風の谷】の斜面では星の数ほどの扇風機が羽根を回転させて風を生み出していた。【だまし絵の平原】では、正しい道を探し出すのに苦労させられた。

「この世界には、国境ってないの？」

僕の質問にリゼ・リプトンがこたえる。

「国というものがないからね」

「だれがこの世界を治めてるわけ？　王様や大統領みたいな存在はいないの？　戦争みたいなことにはならないの？」

「王様なんかはいない。せいぜい、町や村単位のリーダーがいる程度さ。治安はとてもいい。きみたちがいた世界では、戦争やひどい犯罪が絶えなかったそうだね。でもここでは、そんなことおきないんだ」

「信じられないな。どうして平和がたもてるんだろう？」

「創造主様の存在がはっきりしてるからさ。罪深いことをすれば目覚めの権利を剝奪されてしまう。飢えも災害も戦争もない世界で、永遠の命を失ってまで犯罪をおこす人はいないし、いたとしても死んでいなくなる。のこっていくのは平和を好む人たちばかりってわけ」

　どうやらこの世界には、人間がつくりだした法律はなくても、創造主がデザインした世界観のなかに法律というものが含まれているらしい。この世界で殺人をおこなえば、たとえだれにも見つからなくとも、強制的に目覚めの権利を剝奪される。何者も創造主の目を逃れることはできないのだ。結果的に、この世界の住人はみんな、創造主の目を意識して生きることになる。自分たちの生命と、この世界を生んだおおきな存在とのつながりを、あたりまえのように確信しながら日々をすごしている。この世界には、神様がいるのだ。

「缶詰の取れる部屋を把握していれば、働かなくても生きてゆける。通貨制度はあるけれど趣味の範囲だよ。世界に流通するペックコインの数も、常に最適な状態に自動調整される。だれもが安定のなかで暮らしている。だけど、あまりに安定した世界だから、世界観にそぐわないものには拒否反応がある」

「怪物のこと？」

「それと、私や、この運転手とかね」

道行く人をながめてみたが、イヌ科の頭を持った人なんて見かけない。カンヤム・カンニャムを見た者は例外なくぎょっとした顔をする。カンヤム・カンニャムは世界観にそぐわないものというわけだ。リゼ・リプトンは自分もそれに含まれるような言い方をした。外見におかしなところはないけれど、どこが普通の人間とちがうのだろうか。

車は荒れ果てた土地を走行する。地図によればそこは【荒野の十字路】と呼ばれる部屋だった。道の両側に枯れ木と枯れ草しか見あたらない。開けた窓から熱い乾燥した風が入ってくる。動物の死骸《しがい》をついばんでいる禿鷹《はげたか》の姿が車窓を横切った。

「動物たちは死んでも白い煙にはならないんだね」

「目覚めの権利があたえられているのは私たち人間だけだ。人間以外の動物たちは死ねば肉になり、ほかの動物たちの食料になる。アークノアで死別のかなしみをほんとうにしっているのはペットを飼っている者さ」

「ドッグヘッドも煙になる？」

「ありがたいことにね」。運転しながらカンヤム・カンニャムが言った。「この世界は、俺のことを人間だと認識しているってことさ」

　十字路にレストランがあり、そこでランチをとることにした。店の外には数頭の馬がつながれており、どれも鞍《くら》を背負っている。馬に蹴《け》られない位置へ車をとめて僕たちは店内に入った。西部劇で荒くれ者たちが集《つど》っているような内装だ。店主や客の顔ぶれもいかめしい。全員の視線が、スイングドアを開けて入ってきたリゼ・リプトンに注がれる。少女は気圧《けお》されることなく店主のいるカウンターまであるいていった。

「マスター、ミルクとパンケーキ、そしてピーナッツバターをちょうだい」

　いかめしい顔の客たちは、おびえるような表情でひとり、またひとりと店を出て行った。遅れてやってきた軍服姿のカンヤム・カンニャムにぶつかった者は、しりもちをついて情けない声を出しながら逃げていく。ハンマーガールとドッグヘッドは、正真正銘、この世界の全住人からおそれられているようだ。

「ピーナッツバターは、切らしておりまして……」

　店主はふるえながらカウンター越しにリゼ・リプトンと対話する。

「ピーナッツバターがない？　なんで？　バカなの？」

　強面《こわもて》の店主が卒倒しそうなほどふるえている。

「この女には脳みそのかわりにピーナッツバターがつまってるにちがいないよ」

グレイの発言は聞こえなかったふりをする。リゼ・リプトンは、いつも持ちあるいているピーナッツバターを店内で消費することにしたらしい。窓際のテーブルにすわると、外套の裏側から瓶を取り出してパンケーキに塗りたくり、ほおばった。

店内に古い型のラジオがあり、ギターの曲が流れている。食事中におおきな地震があり、カウンターにならんでいた酒瓶がいくつか落下して粉々になった。地震がおさまりしばらくすると窓ガラスに砂がはりついた。さきほどの震動により、はるか彼方の頭上にある木製の空から、大量の砂埃《すなぼこり》がふるい落とされたらしい。

「マスター、電話を借りるよ」

リゼ・リプトンは現状報告のため【中央階層】にあるアークノア特別災害対策本部のオフィスに連絡をいれなくてはならないらしい。僕は地震におびえながらもサンドイッチを口にはこび、グレイはハンバーガーをかじる。カンヤム・カンニャムは意外なことにサラダだ。タマネギ抜きのサラダをフォークで食べている。

ラジオの音楽が時報とともにニュースへ切りかわった。女性のアナウンサーの声でニュースがつたえられる。ニュースの内容は怪物の動向についてだった。

【森の大部屋】に突如出現した二足歩行の怪物は、森を踏みあらしながら徘徊《はいかい》しているという。数時間おきにはげしくあばれ、その震動は各方面に甚大《じんだい》な被害をもたらしていた。身長は推定二百五十メートル。その姿が猿に似ていることから、【森の大部屋】周辺地域の住人たちはこの怪物のことを大猿と呼んでいるという。

サラダを咀嚼《そしゃく》していたイヌ科の頭部は、店の奥で電話をしているリゼ・リプトンに視線をむける。彼女にもラジオの音声は聞こえているらしく、電話を中断して耳をすませていた。

グレイが食べかけのハンバーガーを皿の上に置いて、ケチャップで汚れた両手を服の横腹あたりでぬぐい、ラジオにつかみかかった。なにをするのかとおもったら、ボリュームのつまみを探して音声をおおきくする。

「猿って言ったのか!?　猿って言ったよね!?」

また、女性アナウンサーによれば、昨日、【図書館岬】にてアークノア特別災害対策本部は異邦人二名を保護したという。異邦人二名は兄弟だが、どちらが大猿の創造主なのかは不明とのことだ。

「あいつ、大猿って呼ばれてるんだ！」

グレイは、暗い目つきでさけんだ。

「たった今、大猿の創造主がどちらか判明したようだ。グレイ・アシュヴィ、猿の姿をした怪物に心当たりがあるんだな？」

フォークを皿に置いて口元をナプキンでふきながらカンヤム・カンニャムが質問した。

「夢に見たんだ。僕はそいつをしっている。そいつが世界におりてきて、全員をぶち殺すまであばれるのをやめないんだ。そんな夢を、アークノアに入ってきたときに見たんだよ」

グレイはうれしそうだった。ずっと待ち望んでいた救世主が現れたとでも言いたそうに。

だれもが押しだまる店内で、ラジオの怪物災害ニュースはつづいている。怪物の創造主である異邦人二名とアークノア特別災害対策本部所属の案内人は、現在、【森の大部屋】方面へむかっているとのこと。そして、もう一匹の怪物に関する目撃情報はまだよせられていないらしい。それらしい生物を目撃したら、決してそれにはちかづかず、アークノア特別災害対策本部まで連絡してほしいそうだ。ニュースがおわると、またギター音楽が流れはじめた。

2-6

ミツバチの飛びかう丘を駆けおりて、少年は家に飛びこんだ。ダイニングのテーブルで父親がチェス盤とにらめっこしている。キッチンで母親がいそがしそうにうごいていた。夕飯の用意をしている最中だ。

「ねえ！　お父さん！」

父親がチェス盤から顔をあげて少年を見る。

「お父さんは今、むずかしい問題を解いているところなんだがね」

「これを見て！　丘の上の岩場で見つけたんだ！」

少年は、腕にかかえている奇妙な物体を父親に見せる。それは乳白色で、うすく、半透明だった。乾燥してかさかさしているものを、折りたたんで岩場から持ってきたのである。

「これってなにかな？」

「おどろいた、こいつは蛇の抜《ぬ》け殻《がら》だ！」

「蛇!?」

「蛇は脱皮をする生き物なんだ。そのときの抜け殻さ。ほら、鱗《うろこ》の模様もある」

しかし、蛇の抜け殻にしてはあまりにもおおきすぎる。これがほんとうにそうだとしたら、その蛇は人間をまる飲みすることだってできるだろう。

「あなた、子どもに嘘《うそ》をつかないでちょうだい。そんなにおおきな蛇がいるわけないでしょう?」

キッチンから母親が顔を出す。竈《かまど》にのせたシチュー鍋《なべ》をかきまぜながら、【香草階段】で採取したスパイスをふりかけていた。

「いいや、こいつは蛇の抜け殻だ。お父さんにはそれがわかるんだ」

父親は少年を手招きして抜け殻をテーブル上にひろげさせる。

「そんなもの、はやいとこ、捨ててきてちょうだい」

母親が眉間《みけん》にしわをよせた。

「まあまあ、いいじゃないか。でかしたぞ。こいつはすごい発見だ」

「まだこの蛇、丘の上にいるかな?」

「きっともういないよ」

部屋の入り口に猫がいた。ペットの猫だ。いつもなら少年が帰ってくると足にすりよってくる。しかし今日はなぜだか部屋の入り口からうごかない。

父親が少年の背後に立ち、両肩に手を置いた。

「こいつを見つける前に、白い煙を見なかったかい?」

「白い煙?」

「ああ、そうさ。白い煙が丘から立ちのぼるのを見ただろう?」

キッチンのほうから、鍋のシチューが、ぐつぐつと煮える音がする。

「白い煙なんて見なかったよ」

「そうかね。吸いこめなかった分の煙が立ちのぼるのを、おまえが見ていたんじゃないかとおもってね」

父親のおおきな手が、少年の首を両手でかるくしめた。

「さっき岩場のところで、こうしてやったのさ。骨が折れて、あっという間に煙になったんだ。そいつを全部、吸いこみたかったけれど、取りこめるのは一部分だけだ。でも、そのおかげで記憶を垣間見る《かいまみ》ることができたよ。さあ、坊や、ようく見ておいで」

猫が、はじかれたようにどこかへ逃げていった。

父親はキッチンに行き、包丁をつかんだ。

「あら、夕飯の準備を手伝ってくれるの？」

母親が聞いた。オムレツをつくろうとしていたのだろうか。卵を持っている。

「ちがうよ。ちょっとこっちへおいで」

少年の前に母親を連れてきて包丁を首筋に突きたてる。持っていた卵が落ちて、床の上で黄身と白身をぶちまけた。少年は声をあげた。しかし恐怖のせいで一歩もうごけない。父親の手ににぎられた包丁には母親の血がついていた。それが、しゅううううと音をたてて白い煙へと変化し、ちりぢりになる。母親の死体もまた、白い煙になって消えてしまった。父親は目を細め、愛《いと》おしいものを見るように少年をながめた。目を見ひらき、恐怖にこわばった少年の顔を。それから包丁をテーブルに置いて家を出た。

その生物は木陰《こかげ》を移動する間に変身を解いた。少年の父親の姿から本来の姿へと。人間に変身するときは一時的に体がうごかなくなるが、元の体にもどるときは一瞬でおわる。ずるり、と肉の体を脱ぎ捨てるだけでいい。あとには頭部と背骨といくつかの臓器が引き抜かれた状態の、空っぽの体がのこされる。それもまた、すぐに赤黒く変色し、腐って地面の染みになった。

体を脱ぎ捨てた直後は、頭部に背骨と内臓がつながっただけの状態である。しかし一秒もたたないうちに背骨の周囲に神経繊維と筋肉組織がからみあいながら成長する。人間のものだった顔面はひび割れ、皮膚がずるずると剝《は》げ落ち、青銅色の鱗におおわれた本来の頭部が露出する。その生物の本来の姿は、全長二十メートルほどの巨大な蛇だった。

白い煙を吸いこめば、その人物の姿に変身し、記憶のいくらかを手に入れることができた。煙の記憶には、死の瞬間に彼らが見た光景もまじっている。殺される瞬間の視界、骨が折れ、血の噴き出す感覚、苦痛と恐怖の感情。蛇が記憶をのぞく行為は、死のかけらをひろいあつめるようなものだった。

煙の記憶は最良の教科書だった。蛇はそれをのぞきこむことで知識を身につける。この世界における一般常識を理解し、人間としてのふるまいをおぼえた。唯一、わからないことがある。ふつうの蛇は変身の能力もなければ人間の言葉も話さない。それなら自分はいったい何者なんだろう？　なぜここにいるのだろう？

煙の記憶から、アークノアの住人が抱く怪物という概念をしる。蛇は確信した。自分は怪物とやらにちがいない。この世界の外からやってきた、排除されるべき異物であり、アークノアの住人とは異なる創造主を父に持つはぐれ者なのだと。

自分が何者なのかをしると同時に、生きがいも発見した。他人の抱く恐怖が、甘美なものに感じられるのは、創造主がそのように自分をデザインしてくれたからにちがいない。創造主はもとめているのだ。恐怖や絶望を。人が愛をうらぎる様を。それなら、ひとつでもおおくのかなしみをこの世界に植えつけてやろう。そのかんがえを蛇はとても気に入った。

地面を這《は》いずって移動しながら、さきほどの少年のことをおもいだす。少年を殺さなかったのには理由がある。この世界の法則性にしたがった場合、そのほうがよりおおくのかなしみをのこしてゆけるはずだ、とかんがえたのだ。この世界において、死者は煙となり、翌朝には自分が死んだことさえわすれて生き返ってしまう。苦しませて殺したとしても、そのことはおぼえていないのだ。この世界は、死というものをおおいかくそうとしている。それなら、出会った相手を衝動的に殺しても、この世界に何の絶望ものこせやしない。明日になればすっかり元通りの日常がもどってくるのだから。しかしあの少年は、いつまでもおぼえているだろう。父親が母親を殺す光景を。明日になれば両親ともに朝靄《あさもや》のむこうからもどってくる。しかし少年のなかでさきほどの記憶はのこりつづけるのだ。愛する父親が母親を殺害する瞬間のおもいでは、これから少年の心をすっかり別の形に変えてしまうだろう。

草むらの陰を音もなく蛇は移動する。アークノアと呼ばれる世界は大小の部屋をつなぎあわせたような構造をしていた。山脈の頂《いただき》に、あるいは海原《うなばら》の途中に、巨大な包丁をたたきつけたかのような、空まで達する絶壁がそびえて部屋を区切っている。蛇は、いつまでも暮れない夕陽や、いつまでも消えない虹《にじ》を見た。この世界はおどろきに満ちている。蛇にもうつくしいと感じる心があった。しかし同時に、この世界を絶望のどん底に突き落とすことができたらどんなにかたのしいだろうとおもう。それができたら、パパは自分をほめてくれるだろうか？　蛇は自分の創造主を、いつからかパパと呼ぶようになっていた。自分の創造主のいる方角が、蛇にはぼんやりとわかった。顔をそちらにむけると、鼻先に、なにかあたたかい存在を感じるのだ。

線路を見つけた。乾燥した殺風景な大地にレールがしかれている。線路に沿って地面を這っていると、枯れ草をかきわけた先に人々の集落を見つけた。ここらへんでまたひとつ、この世界にかなしみのかけらを植えつけよう。だれかがだれかを殺す様子を、子どもたちに見せるのだ。その子は、この世界がしあわせなところではないとしるだろう。蛇は子どもがいそうな民家にもぐりこむことにする。音もなく壁を這いのぼり、ひらいている窓からするりと長い体をすべりこませた。

二階の寝室で子どもが昼寝をしていた。フリルのついたかわいらしい服装の少女だ。あそびつかれて、ベッドに倒れこんだといった様子で寝息をたてている。舌先で少女の足裏をくすぐってみると、「う～ん」と言いながら寝返りを打った。

母親が家のそばの菜園で作業をしている。階段をおりて玄関のそばにひそんだ。外で作業をおえた母親が扉を開けて入ってくる。青銅色の鱗におおわれた顔と目があって悲鳴をあげようとする。その前に蛇は頭をすっぽりと口のなかへ入れた。

ばくん！

ごり、ぽき、と頭蓋骨《ずがいこつ》や首の骨の砕ける音がする。死体はすぐさま白い煙になった。蛇はすっかり人間を殺すことになれていた。しかし今回は予想外の出来事がおまけとしてついてくる。

母親の体が煙になったと同時に、湿った音をたてて床になにかが落ちたのである。それに気をとられ、煙を吸いこむのもわすれてしまった。

床にころがったのは、うすい桃色をした物体で、ちいさな手足があった。人間である。赤ん坊よりも、さらにちいさな、未成熟なものだった。それがいわゆる胎児と呼ばれるものであることを蛇はしっている。母親のおなかに赤ん坊がいたらしい。死んで煙になったとき、おなかの胎児はまだ生きていたから、煙にならずに床の上へ落ちてころがったのだ。泣きもせず、未成熟な腕や足をもぞもぞとさせながらうごいている。尻尾《しっぽ》でたたくと、ぱんとはじけて煙になった。

背後からかすかな気配を感じた。廊下をのぞくと、少女が恐怖でふるえながらうずくまっていた。口元を押さえて悲鳴をこらえている。さきほど二階で寝ていた少女である。廊下の物陰から一部始終を見ていたらしい。少女は立ちあがり、逃げていく。

殺すべきだろうか？　それとも、生かすべきだろうか？　母親と胎児の死を、この世界に傷跡として保存するには、少女を殺してはならない。死者についての記憶をのこすには生きている者がひつようなのだ。しかしここは殺すべきだろう。本来の姿を見られてしまったからだ。自分の姿をしる者は、もうしばらくの間、いないにこしたことはない。

追いかけてきた蛇にむかって、少女はリビングにあるものを手当たり次第に投げつけてきた。ライト、灰皿、花瓶。避けるのはたやすかった。しかし、避けたラジオが床にころがった拍子に、スイッチが入ったらしく、大音量で音声が流れはじめる。それにびっくりしている間に、少女は窓から外に飛び出して走り去ってしまった。

追いかけて殺すのはかんたんだったが、ラジオから聞こえてくる音声が気になって、蛇はその場にとどまった。切迫した女性の声。ノイズまじりで音声はひび割れているが、どうやら怪物災害に関するニュースのようだ。

蛇はしった。【森の大部屋】と呼ばれる場所に二足歩行の巨大な怪物が出現したことを。周辺地域の住人たちはこの怪物のことを大猿と呼んでいることや、アークノア特別災害対策本部は異邦人二名を保護して【森の大部屋】にむかっていることを。

異邦人とは怪物の創造主のことだ。自分を生み出した存在が【森の大部屋】と呼ばれる場所にむかっているという。会ってみたい。蛇はふとそうかんがえる。どのような人物が自分をこの世につくりだしたのだろう？

しかし、蛇のなかにあるのは創造主への思慕ばかりではなかった。創造主はアークノア特別災害対策本部の者と行動をともにしているという。この世界の一般常識を身につけた蛇は、次のように思考することができた。創造主を守らなくてはいけない。忌《い》まわしいハンマーガールのそばにいさせてはならないのだ、と。

2－7

旅の途中、テントを張って一泊した。クラシックカーの横で火をおこし、食事をして、ねむりにつく。次の日も僕たちは移動をつづけた。【森の大部屋】がちかくなると、崩れた家屋や道のひび割れがおおく見られるようになった。橋が落ちていたり、崖《がけ》が崩れて道がふさがっていたりするので、カンヤム・カンニャムは車をバックさせて別の道へハンドルを切らなくてはならない。

地震にはどうやら二種類があった。ひとつは大猿と呼ばれる怪物があるきまわってい
ることによる地震。だれがそう名づけたのかわからないが、歩行地震と呼ばれていた。
巨体が地面を踏む際の震動がひっきりなしにつたわってくるのだが、【森の大部屋】か
ら遠い地域ではほとんど被害がない程度の微弱なゆれである。

もうひとつは、大猿がおおあばれしたせいで発生する地震。こちらは攻撃型地震と呼
ばれている。頻度《ひんど》こそすくないが、発生すればおおきく地面が波うち、アークノアの広
範囲に影響をおよぼす。攻撃型地震が発生するたびに、車体がバウンドして僕たちは天
井に頭をぶつけた。アークノアには本来、特別な部屋以外では地震などおこらない。そ
のせいか、建物のおおくは耐震強度に問題があり、攻撃型地震によって次々と倒壊して
いた。

大猿は弟の心が生み出した怪物だという。ニュースを耳にして、弟は目をかがやかせ
ていた。ずっと望んでいたのだろう。世界を壊してくれる怪物を。学校の校舎を踏みつ
ぶし、クラスメイトたちを恐怖させてくれる存在を。

「すわっているのにあきた。カンヤム・カンニャム、運転をかわろう」

リゼ・リプトンの提案により、途中で運転手が交代した。深緑色の外套《がいとう》を着たまま少
女は運転席にうつる。

「きみ、運転免許、持ってるの？」

心配になって聞いてみる。リゼ・リプトンは口笛をふきながらエンジンをかけてアクセルを踏みこんだ。ドッグヘッドは、あらかじめ急発進にそなえていたが、僕とグレイは不意を突かれてシートに体を押しつけることになった。

「免許？　なんだっけそれ。たしか前にも異邦人を車にのせたとき、その子が口にしてたような」

「僕たちのいた世界じゃあ、子どもが車を運転してたら、すぐにつかまっちゃうんだよ」

運転席のリゼ・リプトンは、座高がすこし足りなくて、前方を見るために首をのばしている。

「そういえば、リゼって何歳なの？」

「十四歳。もうずっと長いことその年齢を生きてる。この世界は安定しているから、今の年齢がずっとつづいていくんだ」

助手席のカンヤム・カンニャムが、後部座席の僕をふりかえる。

「アークノアでは、子どもは永遠に子どものままだ。老人は、はじめから老人として生きている。妊婦はいつまでも出産することなく、胎児はおなかのなかから永遠に出てこない」

「まともじゃないね。いかれてる」

グレイが肩をすくめた。しかしほんとうにいかれているのはリゼ・リプトンの運転だった。猛スピードでカーブに突っこんで、高速回転するタイヤが地面を削り、土煙をふきあげながらなんとかまがりきる。

【星空の丘】と呼ばれる部屋に到着したとき、あたりは日が暮れかけていた。空に設置された照明器具が徐々に光量を下げはじめ、いつしか暗闇《くらやみ》がおおう。リゼ・リプトンは速度を落としてヘッドライトの明かりをたよりに運転した。

アークノアの夜空は本来、黒く塗りつぶしたような暗闇だ。しかしその部屋の夜空には無数の光点がひろがっていた。

「星だ！」とグレイがさけぶ。

しかしよく見ると、夜空にうかぶ光の粒は、さざなみのようにゆれていた。星に見えたものは、天井から吊《つ》りさげられた裸電球のようなものだったらしい。それが風でゆれているのだと説明をうける。ゆらめく星空はうつくしく、【星空の丘】という名称にまちがいはなかった。

一方で地面には外灯がない。丘は真っ黒な影のなかに沈みこんでいた。遠くに一カ所だけ光がある。夜の海にぽつんと明かりをつけた船が浮かんでいるかのようだった。車がそこへちかづいていくと、おもいのほかおおきな建造物だとわかった。丘の上に石造りの無骨な建物がそびえている。城壁に囲まれており、ところどころにかがり火が焚《た》かれていた。車は城壁に沿って走行する。僕とグレイは窓に顔をくっつけて、高い壁を見上げる。まるで中世時代のお城のようだ。

「さあ、着いたよ」とリゼ・リプトンが口にする。

「ここは？」

「スターライトホテルさ。いわゆる古城ホテルってやつ？　古い砦《とりで》を改装して宿泊できるようにしてるんだ。【森の大部屋】から避難してきた人たちを無償でうけいれてるんだってさ」

かがり火にはさまれたひらきっぱなしの城門を抜けて車を敷地内にとめる。そこら中に馬がつながれており、荷車がばらばらに置かれている。どれもこれも避難者たちのものらしく、家財道具が積まれたままである。冷えた空気のなかで、かがり火に照らされる馬たちの白い息が見えた。僕たちは車を出て、スターライトホテルのロビーへむかった。星空を背景に、堅牢《けんろう》な石造りの砦がそびえている。

「今晩はここに泊まるの？」と僕は質問する。

「たぶん明日も、明後日《あさって》も泊まるよ。ここを拠点に活動するつもり。【森の大部屋】のなかで寝泊まりするのはさすがに危険だからね。怪物がうごきまわってるんじゃあ、安心してねむれやしない」

るらしい。

【星空の丘】は【森の大部屋】の隣に位置しておりアクセスもしやすく、砦のつくりも頑丈で収容人数も申し分ないとのことだ。大猿と対決するための、ここが前線基地にな

「それより、アールくん、足もとに気をつけて」

湿ったぬかるみのようなものを踏んでしまう。すぐそばで馬がぶるるんと息を吐いていた。スターライトホテルの玄関先に石段があり、僕はその角で靴裏の汚いものをこそぎ落とす。

ホテル内のロビーには赤い絨毯《じゅうたん》がしかれており、高いふき抜けや石柱なども豪奢《ごうしゃ》だった。しかし現在はまるで避難キャンプのような状態である。大勢の人が布をしいて壁際にすわりこみ、服をまるめて枕《まくら》がわりにして横になっている。【森の大部屋】から避難してきた者たちだろう。即席につくられた伝言板のようなものがあり、はなればなれになってしまった家族や友人あてにたくさんのメモがのこされていた。つけっぱなしになっているラジオから、怪物情報のニュースが流れ、その周囲に人々があつまって心配そうな表情をしている。

僕たちはそのなかを突っきってカウンターへむかった。リゼ・リプトンの深緑色の外套と、それにつきしたがっているイヌ科の頭部を目にして、横になっていた者たちが起きあがり、そばにいた人の肩をつついて注意をうながした。彼らはそして、僕とグレイ

を見つめる。

「アークノア特別災害対策本部の者だ。支配人はいるかい？」

リゼ・リプトンは、カウンターで居ねむりをしているホテル従業員に声をかける。従業員はねむそうに顔をあげる。少女とドッグヘッドを目にすると、椅子《いす》からころげ落ちそうになりながら奥へ走りだした。数秒後、おなかがはちきれんばかりにふくれているおじさんを連れてもどってくる。

「ようこそおいでくださいました、リゼ様！」

ふくよかなおじさんはそう言いながら、スーツのポケットから眼鏡を出して顔にひっかける。その際、眼鏡といっしょに色とりどりの飴玉《あめだま》が出てきて散らばった。ポケットにたくさんのお菓子をつめこんでいるらしい。

「あなたがスターライトホテルの支配人？」

「ハロッズと申します。お見しりおきを」

「【中央階層】のオフィスから連絡が入ってるはずだけど」

「もちろん、話はすべてうかがっております」

食堂に案内され、パンとスープを食べさせてもらうことになった。おなかに食料をつめこみながら、この砦の置かれている状況をハロッズからおしえてもらう。

現在、この砦には八十名ほどの避難者が暮らしているという。堅牢な建物は攻撃型地震が発生しても倒れることはないだろうし、食料の蓄えもあったので、ハロッズが避難者のうけいれを推奨《すいしょう》したのだ。【森の大部屋】の各集落に伝令をとばしてその旨《むね》をつたえてまわったそうである。八十名という避難者の数字は、【森の大部屋】で暮らしていた全人口の五割ほどだった。のこりの人々はほかの部屋に避難しているのだろう。【森の大部屋】は幅四キロメートル×長さ二十キロメートルと南北に長い形状の部屋である。その西側に【星空の丘】は隣接していた。

「この砦は、【森の大部屋】へ行くのにアクセスしやすい位置にある。ここを拠点にさせてもらうよ。いいかな？」

リゼ・リプトンが山盛りのピーナッツバターをパンではさむ。ハロッズはうやうやしく返答した。

「私どもにお手伝いできることがありましたら、なんなりとお言いつけください。怪物の問題は、私たちすべての問題なのですから」

食事がおわり、それぞれの部屋で就寝する時間になる。ハロッズから最上階のスイートルームの鍵《かぎ》をうけとり、リゼ・リプトンはさっさと自分の部屋へむかった。僕たちには地下牢《ちかろう》を改装したせまい部屋があてがわれる。地下一階のうす暗い廊下に扉がずらりとならんでいた。僕と弟がひと部屋をつかい、その隣をカンヤム・カンニャムが使用する。陰気な内装だったけれど、部屋があるだけありがたい。僕たちは特別扱いされているのだ。避難者の全員が部屋をあてがわれたわけではないのだから。ハロッズの話によると、子どもや老人や女性に優先して部屋をかし、男連中はロビーに毛布で寝泊まりしているという。

ベッドがふたつあるだけの簡素な室内で、僕とグレイは横になり天井を見上げた。この世界に来て四度目の夜だ。いろいろなことがありすぎて頭の整理がひつようだった。生き返ったキーマンのことや、車窓から見えた景色、そして怪物のこと。僕たちは怪物を殺さなければ外の世界に帰れない。リゼ・リプトンに、怪物を退治する手伝いをしてほしいと言われたけれど、いったいなにをすればいいのだろう? 僕とグレイは、何の能力もない、ただの非力な子どもでしかないのに。

「ママ、元気かなあ……」

つぶやいたのが自分なのか、それとも弟なのかわからない。同時におなじことを口にしたようでもある。そのとき、カタカタと部屋の扉が音をたてる。ゆれていた。建物が軋《きし》むような音を出す。大猿の歩行地震だ。【森の大部屋】にちかいから、はっきりと感じられる。たしかにそいつはいるのだ。世界を震動させながら夜の森を移動している。その姿が目を閉じると見えるようだった。

木製の空に設置された人工的な太陽が光を発し、丘が朝靄《あさもや》におおわれると、砦の裏手の家畜小屋にいる鶏《にわとり》たちがいっせいに鳴きだした。

貴族たちのダンスパーティに使用されるような大広間が朝食会場となっていた。ラジオがノイズまじりの音声で怪物災害ニュースを流している。それによれば、アークノア特別災害対策本部の案内人は異邦人の兄弟を連れて【星空の丘】に入り、スターライトホテルに滞在しているらしい。また、そこを拠点として大猿討伐作戦の準備をすすめ、今日これから【森の大部屋】への第一回、視察がおこなわれるとのことだった。ラジオの音声により、僕とグレイは本日の予定をはじめてしる。

「みんなが僕たちのほうを見てるよ」とグレイが言った。

パンにマーマレードを塗りながら周囲を見ると、大広間で朝食の配給をうけている避難者たちのおおくが目をそらす。弟は彼らをにらみつけた。

「ちきしょう、きっと僕たちのことをうらんでるはずさ。だって僕たちが怪物騒動の原因なんだから。はやく消えちまえっておもってるはずさ」

「よせったら。にらむなよ」

しかし、むけられている視線に敵意や憤《いきどお》りといった感情はこめられていない。どちらかというと、まるで、僕とグレイをあわれんでいるかのようでもある。これはなぜだろう？

「おまえたちが異邦人だということ、すっかりばれてしまっているようだな」

「なんでだろうね、紹介したわけでもないのに」

おなじテーブルを囲みながら、カンヤム・カンニャムとリゼ・リプトンがスープを飲んでいる。

「僕はなんでかわかるよ。犬の頭と緑色のマントが目立つからだよくそったれ。あんたたちといっしょにいたら、僕たちが異邦人だってばればれじゃないか」

弟の抗議を聞き流して、ピーナッツバターをなめながら少女が話す。

「カンヤム・カンニャム、武器の調達は?」

「明日には届くだろう」

「ビリジアンたちは?」

「ラジオを聞いて、今ごろこちらにむかっているはずだ」

「【森の大部屋】の地理にくわしいやつを連れてきてくれ」

「ガイド役だな? あとでハロッズに聞いてみよう。だれか紹介してくれるはずだ」

食事をおえたドッグヘッドがさっそくホテル支配人のハロッズにかけあってみた。ふくよかなおなかの支配人は、【森の大部屋】からの避難者の男を僕たちの前に連れてくる。いかにも森育ちといった服装の男だった。精悍《せいかん》な顔つきと、かるそうな身のこなしは、ロビン・フッドをおもわせる。カンヤム・カンニャムが報酬の金額について相談すると、男は首を横にふった。

「金はいらない。はやいところあの怪物を退治して元通りの日々を取りもどしてくれるんなら、どこにだって案内するよ」

男の名前はスーチョンと言った。つい先日、奥さんと娘を連れて避難してきたばかりだという。

第一回の偵察隊のメンバーは僕とグレイ、リゼ・リプトンとカンヤム・カンニャム、そしてスーチョンの五人となった。リゼ・リプトンのクラシックカーは四人乗りだったので、スターライトホテルの敷地に駐車し、カバーをかけておくことにする。僕たちは支度をして砦の外に集合すると、スーチョンの所有する荷馬車に乗りこんだ。避難する際に積んでいた家財道具は倉庫にうつされる。

「気をつけて行ってきてね」

「すぐにもどるよ。大猿の姿を確認するだけらしいからな」

スーチョンが奥さんや娘とわかれのあいさつをする。ホテルの従業員たち、【森の大部屋】の避難者たちに見送られながら僕たちは出発した。

明るい日差しのなかで見る【星空の丘】は牧歌的な風景だった。緑色の草原が風にふかれて波うっている。馬車は東側にむかい、昼前には【星空の丘】と【森の大部屋】とをへだてる壁に到着した。なだらかな丘陵地帯を切断するように、地面から雲の上まで垂直な壁がそびえている。その壁は、星の模様が印刷された壁紙におおわれている。風雨にさらされて表面はくすんでいるが湿気で剝《は》がれている箇所はない。どこにも継ぎ目が見あたらなかった。全体で一枚の壁紙ということだ。マンハッタン島をすっかりくるんでプレゼント包装できるようなサイズだ。いったいどこに売っていたのだろう。

城門を想像させる遺跡が壁に接して建っている。そこに横長の四角いトンネルがひらいていた。荷馬車はその奥へと入って行く。ひんやりとした空気がたちこめていた。うす暗い空間に、馬の蹄《ひづめ》と車輪の音が響く。トンネルの長さは世界を区切る壁の厚みとおなじである。やがて前方に光が見えてきて、そのなかへ荷馬車が飛びこむ。一瞬、視界が白くなり、元にもどったとき、目の前に霧深い森がひろがっていた。湿った空気と濃密な植物のにおいにつつまれる。僕たちはついに、【森の大部屋】に入った。

2-8

森の緑に、少女の深緑色の外套《がいとう》がほとんど同化している。僕たちは荷馬車をおりて徒歩ですすんでいた。そうせざるを得なくなったのは、道が倒木によってさえぎられていたからだ。大猿の引きおこした地震によるものだろう。荷馬車をその場にのこして、僕たちはすこしあるいてみることにした。

樹齢何百年あるかわからない化け物のようなおおきさの樹木がそこら中に生えていた。

大猿が出現して何日も経過していたから、【森の大部屋】は荒廃《こうはい》した景色になっているのかとおもったけれど、見える範囲は豊かな森のままである。それだけこの部屋が広大というわけだ。【森の大部屋】は、幅四キロメートル×長さ二十キロメートルの床面積を持ち、木製の空までの高さは四キロもあるという。つまり一辺が四キロのサイコロを南北に五つならべたような空間に森林がひろがっているようなものだ。それだけの面積があれば、巨大な怪物が闊歩《かっぽ》しているとしても、踏みつぶされる面積の割合は全体にくらべてちいさいのではないか。

「私はピーナッツバターが好きなんだ」

「しってるよ。あんたがいかれてるってこともね」

「グレイくんの好きな食べ物は？」

「そいつをおしえたら、夕飯に食べさせてくれるのかい？」

「きみのことをもっとよくしりたいだけ」

「僕は別に自分のことをしってほしくなんかないね」

少女がむっとした顔をする。

「へえ、怒ったの？」

「怒ってなんかない。ちょっとだれかを小突《こづ》きたくなっただけだ」

リゼ・リプトンは、横をあるいていた僕の脇腹《わきばら》をいきなりパンチした。

「弟にどういう躾《しつけ》をしてんの？」

「だからって、いきなり……」

「かわりにアールくんに質問するけど、グレイくんの好物や苦手なものをおしえてよ」

少女がそれをしりたがったのは怪物退治に関係しているからだった。大抵の場合、怪物とその創造主は好物や苦手なものが一致するらしい。たとえば弟は水泳が苦手である。それなら同様に大猿も泳ぐことができないはずだという。

「グレイくんは、夏と冬なら、どっちが好きかな？」

「たぶん、夏だとおもう。あいつ、寒がりなんだ」

森のひらけた場所で、リゼ・リプトンが地面に手のひらをあてて、耳をすませる。

「怪物の足音がしないな。歩行地震も感じない。どこかで休んでいるのかな？　スーチョン、遠くを見わたせるような場所はある？」

「この先に、意味なし階段の群集地帯がある。そいつにのぼれば、遠くまで見えるはずだ」

意味なし階段？　よくわからないが、僕たちはスーチョンについていく。

広葉樹の太い幹がうねっている様は、恐竜の体をおもわせた。僕たちはその巨体をあおぎ見ながら地面を移動する。上り坂の途中に渓流《けいりゅう》があり、三十メートルほどの木製の橋がかかっていた。五人が横にならんであるけるほどの立派な橋である。さらにしばらくすすんで、ようやく意味なし階段とやらの群集地帯に到着する。そこには奇妙な光景がひろがっていた。地面からいくつもの階段が生えて、木々の隙間《すきま》をかいくぐり、空中にむかってのびているのだ。あるものは途中で踊り場を設けて折りかえし、あるものはどこまでもまっすぐに空を目指している。木製の階段もあれば、レンガの柱によってささえられているものもあり、錆《さ》びた鉄骨製の階段もある。

「これが意味なし階段？」と僕はスーチョンにたずねる。

「腰かける以外に何の利用価値もないからそう呼ばれてる。こいつらはすこしずつ成長していて、地面から一段ずつ生えてくるんだ。なにもしなければ、腐って自分の重みで崩れてしまう。俺たち【森の大部屋】の住人は、手頃な階段を切って持ち帰って、家や納屋の階段に利用してるよ」

　森の樹木よりも高い位置までのびた階段がいくつかあった。リゼ・リプトンはさっそく、頑丈そうなレンガの階段をのぼりはじめる。僕とグレイもおそるおそる彼女につづいた。カンヤム・カンニャムとスーチョンは、それぞれ別の階段をえらんで上を目指す。

　レンガ製の階段には手すりがなかった。家の二階よりも高いところまでくると、左右になにもないことが次第にこわくなる。足をすべらせたら地面までまっさかさまだ。おしっこをちびりそうになりながら、なんとか最上段付近まで到達した。階段が空中にむかって不意に途切れている。そこにリゼ・リプトンがすわって深緑色の外套を風になびかせた。

　ふるえながら周囲に視線をむける。枝葉に邪魔をされることなく遠くまで見わたせた。森の緑色が波うつ海のように四方へひろがっている。僕たちは緑の大海のどまんなかにちょっと顔を突き出したような格好である。たちこめた霧のせいで遠くのほうはかすんで見えない。そのためにこの森が無限にどこまでもつづいているかのようだった。もしも霧が晴れていたら、世界を区切っている巨大な絶壁が見えていたかもしれない。雲や霧にさえぎられて天井は見えないが、ぼんやりとあわく拡散している光源が、いくつも空にはりついて見える。

「いないな……」

　双眼鏡をのぞきながらリゼ・リプトンがつぶやいた。

「ほかの部屋に行っちゃったのかもしれない。見あたらないんなら、しかたないよね、そろそろおりようか。ほら、グレイ、さっさとおりろ。おまえがおりないと、僕がおりられないじゃないか」

「だってまだ、のぼったばっかりじゃないか」

「かんべんしてくれよ。僕はすっかり地面が恋しくなったんだ」

　風にあおられて足をすべらせでもしたら……、そうかんがえるとおそろしくなってきた。

「どうする？　姿を現すまで待つか？」

ドッグヘッドがはなれた場所の階段から声をかける。

「そうしよう。おなかがすいたから、私はここでピーナッツバターでもなめてる。みんなはどこか好きなところで食事してきていいよ」

リゼ・リプトンは双眼鏡を階段に置いて、外套の裏側からピーナッツバターの瓶を取り出した。どうやら外套の裏にたくさんのポケットが縫《ぬ》いつけてあり、様々な道具がしまいこまれているようだ。重くはないのだろうか？　瓶の蓋《ふた》を開けて、ひとさし指で好物をひとすくいする。それを口に入れようとしたところで地面がゆれた。

ズーン……。

震動が発生する。階段がななめにかしいだ。実際はそれほどの傾斜角ではなかったのだろうが、最上段付近にいる僕たちには、地面がせまってくるかのように見えた。ピーナッツバターの瓶が空中へほうりだされて、リゼ・リプトンが手をのばすものの、無情にも地面へ落下していく。鳥たちがいっせいに空へ舞いあがった。周囲の森がおどるようにふるえて、ざあっと木の葉を散らす。

ズーン……。

さきほどとは反対方向にむかって階段が振り子のようにゆれた。体を投げ飛ばされそうになるが、レンガの縁に指を引っかけてなんとか持ちこたえる。

ゆれがおさまり、顔をあげると、鳥の群れで空はまっ暗だった。ぎゃあぎゃあと鳴き声をあげながら鳥たちの点描《てんびょう》が渦を巻いている。霧のむこうで巨大な黒い影がせりあがるのを見た。そいつはゆっくりと体を起こし、そばにあった岩山とおなじくらいの背丈になったが、それでもまだ立ちあがる途中の段階だった。まるめられた腰がまっすぐになってゆき、頭部が空にむかってぐんぐんと持ちあがっていく。鳥たちが旋回している場所をつき抜け、さらに高々と頭部は上昇し、やがて天辺《てっぺん》がかすんで見えなくなるほど高く、そいつはそびえたった。

霧のベール越しに僕たちはそいつを見つめる。全身が黒色の体毛におおわれていた。腰から尻尾《しっぽ》がたれさがり、森の上空にぶらさがっている。霧のなかにあって顔立ちが判然としないが、たしかにそいつの顔は猿のようである。しかし見ようによっては蜥蜴《とかげ》のようでもあり、犬のようでもあり、熊《くま》のようでもある。背筋をのばして直立している姿勢はまるで人間そのものだ。そいつにくらべたら僕たちは蟻《あり》のようなものだ。現れた地点が何キロも先だったからまだ理性をたもっていられたが、もしもすぐそばから見下ろされたら自分が自分でいられる自信がない。

そいつが口を開けて咆吼《ほうこう》する。さけんだ瞬間、周辺の森が音に押されてたわんだ。僕たちは耳を押さえる。鼓膜どころか全身の骨までがふるえるようなはげしい声だ。ショック死したのか、気絶したのかわからないが、飛んでいた鳥のうち何割かが落ちていく。

ズーン……。

そいつが一歩を踏み出した。木々がゆさゆさと枝葉をおどらせる。僕たちから遠ざかるほうへとすすんだので、意味なし階段のゆれもちいさくなり、僕たちは安堵《あんど》の息をもらす。後ろ姿を見ながらグレイがさけんだ。目をかがやかせながら。

「あれは、僕の怪物だぞ！」と。

「あいつ、なにを食べて生きてるんだろう？」と僕はつぶやく。

「食べない種類の怪物なのかもね」とリゼ・リプトンが言った。

少女はロープをつかって階段に体を固定し、双眼鏡をのぞきこんで大猿の姿をスケッチしている。僕は少女に借りた望遠鏡で大猿を探す。ずいぶんはなれた場所に行ってしまったから、霧のせいで輪郭《りんかく》がかすんでいた。ぼんやりとした巨人のシルエットが森の大海をゆっくりと移動している。神話に登場する神々のひとりが、地上におり立ったかのようでもある。

「怪物って、いろんなタイプがいるの？」

「植物みたいなのにも会ったたし、クラゲのようなのにも会った。真っ黒な染みのようなやつもいたよ。どいつもこいつも、人をおそって、何人も殺した」

「どうしてみんな、人をおそうんだろう？」

「創造主の破壊衝動が生命を持ったような存在だからね」

「創造主って、つまり僕やグレイのこと？」

「創造する力はあるのに、心の制御ができなくて、そういう怪物しか生み出せなかったんだ。気にしないで、責任を問うつもりはないから」

階段をおりたところでスーチョンが火をおこしていた。森の住人らしく、なれた手つきで火種をつくり、炎をおおきくする。カンヤム・カンニャムは、はこんでいた荷物のなかから水筒とヤカンを取り出してお湯をわかしはじめた。地面におりたのはそのふたりだけで、リゼ・リプトンと僕と弟はまだ階段の最上段付近にいる。霧雨が木の葉の表面をぬらしはじめた。いつのまにか雨雲が木製の空をおおっている。

「あいつを殺すなんて馬鹿《ばか》げてる。貴重な生物だよ。保護されるべきだ」

グレイの主張に、リゼ・リプトンが返答する。

「きみとあの怪物は見えないへその緒《お》みたいなものでつながっているんだ。あいつを殺さなけりゃ、きみはこの世界から出て行けないし、家にも帰れないぞ」

「いじわる女め。僕が家に帰るのをあきらめたら、生かしておいてくれる？　そうだ、この森を立ち入り禁止にして、だれも入らないようにすればいいんじゃない？」

「だめだね。怪物は存在しているだけでもいけないんだ。きみたち異邦人もそう。はやいところ帰ってもらわなくちゃ。でないと、きみたちの世界観に侵食されて、アークノ

ア の世界観が崩れてしまう」

「わからずやめ！　なにが世界観だ！　そんなもの、壊れちまえばいいんだ！」

弟が少女の機嫌《きげん》をそこねないうちに僕は質問をはさむ。

「あんなやつを、どうやって退治するわけ？」

「これからかんがえるよ」

「どうして怪物退治をきみがやらなくちゃいけないの？　こういう危険な仕事は、体のおおきな大人の人たちがやるべきなんじゃない？」

「私は特別製だから」

「特別製？」

「創造主様の気まぐれか、それともなにか意味があるのかわからないけど。もしかしたら、私にこの役割をつとめさせるために、世界をつくるとき、私という存在をそのようにデザインしたのかもしれない。なぜだかわからないけど、私はどんなことがあっても目覚めの権利が剝奪《はくだつ》されないんだ」

「目覚めの権利？　死んでも翌朝には生き返るってやつ？」

霧雨が強くなってきた。リゼ・リプトンの髪がぬれて頰《ほお》にはりついている。

「私は創造主様のデザインした摂理の外側にいるんだ。その意味ではカンヤム・カンニヤムよりもずっと人間ばなれしているかもね」

「リゼがみんなからおそれられているのも、それが原因?」

「まあ、そんなところ」

自嘲《じちょう》気味の笑みを浮かべると、頬にはりついた髪の毛を指でよけて耳にひっかける。

この世界の住人は、たとえ命を落としても翌朝にはもどってくることができる。彼らはそれを目覚めの権利と呼んでいた。しかし目覚めの権利は犯罪をおこせば問答無用で剥奪される。それがアークノアという世界における摂理だ。おかげでこの世界の犯罪率は非常に低いという。戦争もなく、だれもが創造主の存在を確信しながら永遠の日常を暮らしている。

しかし、目の前で怪物のスケッチをしている少女は、どのようなことがあっても目覚めの権利を剥奪されないらしい。つまり、どんな罪をおかしても創造主にもとがめられることがないというわけだ。

「創造主が、リゼのやることを、黙認してるってわけ?」

「あるいは、見放されてるだけなのかもね」

しかしまだ、ぴんとこなかった。そのことが、怪物退治とどのように関わってくるのだろう?

少女がスケッチしたノートをたたんで外套の裏側にしまいこんだ。体を階段にむすびつけていたロープをほどいて立ちあがる。霧雨で煙った森を背景にすると、少女は、この世の住人ではないみたいに幻想的だった。まるで古い物語の登場人物のように神秘をまとっている。スカイブルーの虹彩《こうさい》の中心に、瞳《ひとみ》の黒点が浮かんでおり、謎《なぞ》めいた彼女の魂をその奥に感じるのだ。

「紅茶が入ったぞ。ひと休みしたらどうだ？」

階段の下でドッグヘッドの従者が銀色のトレイを持っている。ティーポットやティーカップやクッキーがトレイにならんでいた。彼の荷物にそんなものが入っていたとはおどろきだ。僕たちが階段をおりようとしたとき、大猿を中心として発生する歩行地震がわずかにおおきくなった。

ズーン……。

階段がこきざみにふるえた。ぬれたレンガの表面で足をすべらせないように気をつけた。

「カンヤム・カンニャム、おあずけだ。せっかくでわるいけど、紅茶はまた今度」

リゼ・リプトンの視線の先に大猿の姿がある。望遠鏡をのぞかなくても、そいつの体のむきくらいは確認できた。こちらにむかってきている。

「ティーセットを片づけろ！　ここを通る進路だ！」

リゼ・リプトンが声をはりあげる。見つかったわけではない。進路がこちらにむいているのは偶然のようだ。そもそも僕たちの姿はあまりにちっぽけすぎて視界に入ったとしても無視されるだろう。あるいは、創造主であるグレイの存在をうっすらとでも感じているのだろうか。

「撤収《てっしゅう》！」

カンヤム・カンニャムはさけびながら、もったいなさそうにポットの紅茶を捨ててティーセットを鞄《かばん》につめはじめた。スーチョンはたき火を消し、僕たちは階段をおりて地面までたどりつく。

ズーン……。

歩行地震のゆれが確実におおきさを増している。ころびそうになりながら僕たちは走った。来た道を引き返し、荷馬車のある地点を目指す。踏みつぶされることはないだろう。大猿の歩幅を目測したところ、僕たちのいるところへ到着するのに、まだ時間的な余裕がある。大猿の姿は森の茂みにさえぎられて見えなくなった。しかし足音と震動はどこにいてもつたわってくる。

霧雨が大粒の雨に変化した。地面に水たまりがひろがり、大猿の一歩があるたびに波うった。下り坂を抜けて前方に渓流が見えてくる。雨のせいでさっそく増水していた。流れもはげしさを増している。橋をわたっているとき、不意に大猿の足音が消えた。歩行地震もおさまり、森は不気味なしずけさにつつまれる。

「どうしたんだろう？」

橋の上で立ち止まり、僕たちはおたがいの顔を見る。

突然、爆発するような咆吼がおこった。世界がはりさけるような音だった。音波が僕たちの体をすみずみまでゆさぶる。耳を押さえる間もなく、今度は地面がゆれた。歩行地震とは次元の異なる衝撃。その瞬間を見た者はいなかったが、大猿が絶大な力をもてあまし、【森の大部屋】の壁や床を攻撃していたのではないかと推測された。

攻撃型地震の衝撃波が周囲一帯にひろがる。僕たちの足の下から、橋の表面の固い感触が消えた。地面、渓流、橋、周囲の森などが全体的に下方向へたわんでいた。あまりに一瞬のことだったから僕たちの体は空中にのこされてしまっていたのだ。渓流の水、地面の水たまり、森の石ころ、落ち葉、地面とつながっていないあらゆるものが、地面から置き去りにされて浮いている。まるで無重力状態にでもなったかのように。

直後、下方向にたわんでいた地面がはねかえってきて、浮いていたあらゆるものがたたきつけられた。橋の表面がせりあがってきて、僕たちは全身を強く打つ。呼吸ができなくなり、そのまま気絶したい誘惑にかられた。

地震のものとは異なる種類の震動が橋をふるわせる。ばきばきと木材の折れる音。攻撃型地震の衝撃に耐えきれなかったのだ。橋がななめにかたむき、渓流の流れのなかへ、ずるずると引きずりこまれようとしていた。

「立つんだ！　走れ！」

イヌ科が吠《ほ》える。起きあがり、僕たちは言葉にしたがった。崩壊寸前の橋は、波うち、ななめになり、木材が破片となってまき散らされている。その上を僕たちは駆け抜けた。先頭にいたカンヤム・カンニャムとスーチョンが最初に橋をわたりおえて対岸の地面にたどりつく。つづいてグレイが崩れ落ちる橋からジャンプして、スーチョンがのばした手をつかんでぶらさがる。しかし、最後尾にいた僕とリゼ・リプトンは間に合わなかった。対岸までたどりつけないうちに、橋が限界をむかえ、支柱の折れる音を響かせた。

弟のぶらさがっている対岸が上方向にむかって急速にスライドしていくように見えた。しかし実際は僕とリゼ・リプトンをのせた状態で橋が落ちていたのだ。増水した渓流の水は濁っており黒かった。僕たちの体は、ばらばらになった橋とともに、急な流れのなかへと飲みこまれてしまったのである。

三章

3—1

空港は大勢の人でにぎわっていた。車輪のついたスーツケースを押しているカップルや、旅行鞄《かばん》をさげた家族、団体客などが行きかっている。便名と行き先と出発時刻を表示した掲示板が壁に設置してあり、チケットを片手に持った人々が、自分の乗る飛行機の搭乗口をチェックしている。グレイ・アシュヴィは父に肩車をされて空港の人ごみをながめていた。母と兄もそばにいる。「ずっと遠くまで見えるよ！」とグレイは兄に言った。兄のアール・アシュヴィが「今度は僕を肩車して！」と父におねがいしていた。

父の乗る飛行機の出発時刻がせまっていた。すでにチェックインはすませており、あとはセキュリティーチェックをうけて乗るだけだ。父と母がおわかれのハグをしている。「いってらっしゃい！」。兄が笑顔で手をふった。そこでふと、グレイは疑問におもう。父はこれからどこへ行くのだろう？　家族で見送りに来たらしいが、父がこれからなにをしに、どこへ行くのか、しらないままだった。グレイは壁の掲示板をふりかえる。父が乗る便名はわかっていた。表示されている行き先をしらべてみると、【死者の国】行きとなっている。

「パパ！　行ったらだめ！」

　グレイは父の腕にしがみつく。

「これに乗ったら死んじゃう！」

　グレイの体を、母と兄が引きはがした。父がグレイの頭をなでた。母が耳元でさとすように言った。

「さあ、グレイ、おわかれをしなさい。これからパパの乗る飛行機は落ちるんだからね」

「そうだぞ。だれもたすからないんだ」

　さっきまで笑顔だった兄が、急にかなしそうな表情をする。

「そろそろ時間よ、あなた。乗り遅れないようにしなくちゃ」

　父はセキュリティーチェックをうけにいく。保安検査場で空港職員にチケットを見せてゲートをくぐった。遠ざかる背中にむかってグレイはさけんだ。喉《のど》がはりさけるほどに全力で。しかし聞こえていないのか、父は通路を奥へとすすむ。おおきかった父の背中が、ずっと遠くのほうに行ってしまい、やがてちいさくなって見えなくなる。

　目を開けて、グレイは天井を見上げた。父のことを夢に見るのは、はじめてではない。外から鶏《にわとり》の鳴き声が聞こえてきた。砦《とりで》の地下牢《ちかろう》を改装した一室には、天井付近に明かりとりの窓がある。外の光を通すため、砦の外壁に沿ってそのあたりの地面が掘られて低くなっているのだ。隣のベッドは空っぽである。兄はまだもどってきていないらしい。【森の大部屋】でアール・アシュヴィとリゼ・リプトンが渓流《けいりゅう》に流されてひと晩が経過していた。

昨日のことをおもいだす。大猿の引きおこす地震に気をつけながら、カンヤム・カンニャムやスーチョンといっしょに探したけれど、ふたりを見つけることはできなかった。グレイは雨のなかでドッグヘッドに言った。

「においをたどれないの!? 犬の鼻は見せかけなのか!?」

「人探しは得意なほうさ。本物の犬には負けるがね。また日をあらためて、下流を探してみよう」

カンヤム・カンニャムは頭をふって、鼻先にくっついていた滴《しずく》をふりはらった。雨が強くなり、地震も断続的につづいていた。そうしてグレイたちは捜索を中断し【星空の丘】へもどることになったのである。

リゼ・リプトンはたとえ死んだとしても、翌朝には朝靄《あさもや》のむこうからもどってこられる。しかし兄はこの世界の住人ではない。もしも兄が死んでしまったら、自分が殺したも同然だ。大猿を目撃したとき、そのおおきさと力強さに興奮した。しかし今はすっかり気持ちが萎《な》えてしまっていた。

ベッドから起きあがり、ロビーへ行ってみることにした。自分の寝ているうちに、なにかあたらしい情報が入ったかもしれない。部屋に干していた服は乾いていた。スターライトホテルから支給されたパジャマを脱ぎ捨ててそれに着替える。

部屋を出て、地下の通路を通り、階段をあがったところで屈強な男たちの集団とすれちがった。【森の大部屋】から避難してきた者たちとは雰囲気が異なっている。森暮らしの牧歌的な雰囲気はなく、町のごろつきや、山賊をおもわせる強面《こわもて》の男たちだ。背格好や肌の色はそれぞれ異なっていたが、全員が共通して二の腕に緑色の腕章をはめている。そういえば灰色の軍服に身をつつんだカンヤム・カンニャムもおなじものをしていた。

「ラジオ放送を聴いてあつまってきたビリジアンたちだ」

いつのまにかスーチョンが後ろに立っていた。壁によりかかって、ナッツを食べている。

「ビリジアン？」

「色の名前さ。濃い緑色のことをそう呼ぶんだ。あいつら、ビリジアン色の腕章をつけてるだろう？　ハンマーガールの外套《がいとう》の色に似せたんだ。それでビリジアンって呼ばれてる。アークノア特別災害対策本部のボランティア部隊さ。普段は別の仕事をしてるんだが、ハンマーガールが怪物退治をはじめたら、仕事や家族をほったらかしにして駆けつけてくる。彼らは見返りをもとめない。怪物退治をおまつりみたいにたのしんでるやつもいれば、アークノアの世界観を守るため真剣に戦ってるやつもいる」

目の前のビリジアンと呼ばれる集団は二十名ほどだったが、これからもっとふえるだろうとスーチョンは言った。

「ちゃんとねむれたのか？　朝食会場で見かけなかったから心配したんだぞ」

彼は小袋に入ったナッツを差し出す。

「いらないよ。それに、心配してほしいだなんて僕はたのんでない」

「あいかわらず、かわいげがねえな」

「アールは見つかった？　ハンマーガールは？」

「ついさっき、カンヤム・カンニャムが馬で【森の大部屋】にむかったところさ。安心しな。今ごろ森のなかで、三人とも再会をよろこびあってるはずだ」

「大人ってのは夢見がちなんだな。アールが今ごろ、水死体になってたとしても、不思議じゃないのにさ」

「気をつかってやったんだぞ。おまえがわるいほうにかんがえないように」

スーチョンはチューインガムのようなものを口にほうりこんで嚙《か》みはじめる。どうやらそれはガムではなく、嚙むタイプの煙草《タバコ》のようだ。

「僕はもう行くよ。あっちのほうに行くつもりさ。あんたがおなじ方向に行くっていうのなら、僕はやっぱりこっちのほうに行くよ。つまりひとりになりたいってことさ」

あきれ顔のスーチョンとわかれて、グレイはスターライトホテル内を散歩してみた。すれちがう人々の視線を感じずにはいられない。ホテル従業員や【森の大部屋】からの避難者たちに、すっかり顔をおぼえられてしまっている。自分は世界の外からやってきた異邦人であり、彼らを住みなれた土地から追い出した怪物の産みの親なのだ。敵意を抱いている人もいるだろう。いつか大勢に囲まれて、学校でうけたような仕打ちをされるかもしれない。ジュースをかけられたり、服を脱がされたり、鏡をつかって顔に光をあてられたり。

食堂であまっているパンや林檎《りんご》をもらって食べながらあるいた。パンはスターライトホテルの調理場で焼かれたもので、バターがふんだんにつかわれていて甘い。林檎は【森の大部屋】産のものだった。森のなかに林檎の木ばかり生えている地域があり、そこで収穫されたものだという。

城門のほうがさわがしいので行ってみると、木箱を満載した荷馬車が三台、砦の敷地に入ってくるところだった。緑色の腕章をはめたビリジアンたちが、砦の裏へ荷馬車を誘導し、なれた手つきで木箱をおろしている。城壁に接して倉庫がならんでいた。彼らはそこへ木箱をはこぶ。

まるい輪郭《りんかく》の男が棒つきキャンディーをなめながらビリジアンたちの様子をながめて

いる。ホテル支配人のハロッズだ。グレイに気づいて彼が手招きするので、そばにちかづいてみると、おしりのポケットから未開封の棒つきキャンディーを取り出した。色は青色だ。

「もしよければ、これをなめてみるかい？」

「おじさんの体温でべとべとになってるから気がすすまないけど、せっかくだからもらってあげるよ」

「素直じゃない子は、みんなから嫌われちまうぞ」

「僕は人に好かれようなんておもってないのさ」

棒つきキャンディーをうけとって口に入れると甘い味がひろがる。ソーダ味だ。

「あの人たちがはこんでるのはいったいなに？」

「武器だよ。怪物を退治するためのね。カンヤム・カンニャムさんの発注したものが届いたんだ」

倉庫の入り口へちかづいてみた。内部でビリジアンたちが木箱を開封している。大量のおがくずにつつまれて、ライフル銃やら弾薬やらが入っていた。

「ここは危険だ。あっちに行っていよう」

ハロッズが言った。あらたに開封された中身をグレイはのぞきこむ。今度は金属製の筒のようなものが入っていた。目をうたがった。そいつの形状には見覚えがある。兄がプレイしていたFPSと呼ばれるゲームによく登場していた。あるいは、戦争映画などでもおなじみの物体である。

「なあ、きみ、そいつはいったい、なんなんだい？」

金属製の筒を指さしてハロッズがたずねる。ビリジアンの男は慎重な手つきでそれをかかえて返事した。

「こいつはロケット砲というものですよ。文献に描かれていた設計図を基にウーロン博士が開発したんです。こいつから弾丸を発射すると、爆薬を積んだ弾が目標物まで飛んでいって爆発するんです。破壊力は相当なものですから、怪物はひとたまりもないでしょう」

筒の表面には、金属をたたいたりまげたりしたような金槌《かなづち》の跡が見られた。手作りのものらしい。色はうすい金色で、真鍮製《しんちゆうせい》のようだった。古道具屋にならんでいてもおかしくない、レトロな雰囲気のロケット砲だ。それがいくつも木箱に入っていた。

夕方ごろ、【森の大部屋】からカンヤム・カンニャムがもどってきた。作業していたビリジアンたちは、馬にまたがっているイヌ科の顔を発見すると、うれしそうに駆けだして周囲にあつまった。カンヤム・カンニャムが号令を発すると、たちまちビリジアンたちは隊列を組み背筋をのばした。

カンヤム・カンニャムはグレイ・アシュヴィの視線に気づくと、馬をおりてちかづいてきた。彼から報告を受ける。【森の大部屋】の渓流に沿って探してみたが、アール・アシュヴィとリゼ・リプトンは発見できなかったという。

「だが、安心しろ。ふたりとも生きているようだ。俺の鼻がそう言うんだからまちがいない」

下流の洞窟《どうくつ》に何者かのたき火をした跡があった。イヌ科の鼻は、そこにのこっていたふたり分のにおいをはっきり感じとったそうだ。

3－2

足もとの小石がふるえている。水たまりに波紋がひろがり、それが消える間もなくあらたな波紋が次々と発生する。地面に手のひらをあててリゼ・リプトンは言った。

「だいじょうぶ、大猿はずっと遠くだ」

周囲は樹木におおわれており、高台にでものぼらなければ遠くまで見わたせない。しかしその咆吼《ほうこう》はどこにいても聞こえてきた。爆発的な声が、壁や天井に反響し、重なりあい、不気味なこだまを森のすみずみにのこす。そいつにちかづかないよう注意しながら、僕たちは【星空の丘】を目指して森のなかをすすんだ。からみあう木の枝に蔦《つた》がたれさがっている。色あざやかな花の周囲に、見たこともない昆虫が飛びまわっていた。

鳥や虫や正体のわからない動物の声がそこら中から聞こえる。あるきながら額《ひたい》の汗をぬぐった。

「このあたりってジャングルみたいだね。たぶんどれもこれも熱帯性の植物だ」

空気があたたかい。腕にとまっていた蚊をたたきつぶした。

「私たち、南に流されたみたいだ。【森の大部屋】は、北に行けば寒いし、南に行けば暑いって聞いたことがある」

「ふうん、どうして？」

「北側の壁のむこうが【冷気の洞窟《どうくつ》】って部屋なんだ。おかげで北側の壁はひんやりしてるってわけ。それとは逆に、南側は【炎の沼】って部屋と隣りあってる。そこの火山から流れ出るマグマが南側の壁や地面をあたためてるんだってさ」

僕たちの目指す【星空の丘】は、【森の大部屋】にくらべたらちいさな面積の部屋である。【森の大部屋】の北西にコバンザメのように隣接しているのだという。僕たちの今いる場所が南よりだというのなら、ひとまずは北西にむかってすすまなければならない。時折、リゼ・リプトンが外套《がいとう》の裏側から方位磁石を取り出して方角を確認する。アークノアにも東西南北の方位があり、外の世界とおなじように磁石のN極は北をさすらしい。僕たちは熱帯性の植物をかきわけながらあるいた。昨日のような霧はたちこめておらず、木製の空には雲もひろがっていないため、木々の緑色がはじけるようにあざやかである。

渓流《けいりゅう》に飲みこまれて二十四時間が経過していた。ずぶぬれで岸に這《は》いあがった僕たちは、洞窟を発見してそこで夜をすごした。リゼ・リプトンが外套の裏側から金属製のオイルライターと固形燃料を取り出し、しけった木片を燃やして火をおこしてくれた。金属製のオイルライターの蓋《ふた》は、開けたり閉じたりさせるたびに、カシャン！ と小気味のいい音をたてた。たき火に手をかざし、炎の明かりがつくりだす岩壁の陰影をながめながら僕たちは夜をすごしたのである。

「昨晩のつづきをおしえてよ」

ジャングルをあるきながらリゼ・リプトンが言った。どんなに暑そうでも、緑色の外套を少女は脱がないつもりだ。

「つづきって？」

「ジェニファーのこと」

「あの子のことは、言いたくないんだ」

「おねがいだよ。アールくんのことは、なんでもかんでも聞いておきたいんだ」

昨晩、洞窟でねむりにつくまでの数時間、リゼ・リプトンは僕を質問攻めにした。食べものの好物を聞き出してノートに記録し、好きな色やにおい、ひまな時間になにをして暮らしていたのかも詳細に聞いた。もちろん、僕という人間に興味があったのではない。

「ジェニファーって女の子の、どこに惹《ひ》かれたの？」

学校での人間関係について質問されたとき、ジェニファーのことをうっかり話してしまったのだ。

「わからないよ。わすれちゃった」

「おもいだしてもらわないとこまる。アールくんの趣味や嗜好《しこう》が、怪物にも反映されるんだから」

リゼ・リプトンは僕をしることで、まだ姿を見せない怪物のことをリサーチしているというわけだ。

「だからって、好きだった子のことをしらべてどうするつもり？」

「ジェニファーって子に似せたマネキンをだね、つくって置いておくわけよ。きみの怪物なら、素通りせずに足を止めるはずでしょう。そこをダイナマイトでふっ飛ばすってわけ」

バナナの木を発見し、もぎとって食べながら僕たちはすすむ。

ある地点を通りかかったとき、透明な粒が地面に散らばっていた。多面体にカットされたガラスである。半径数百メートルほどの地域にわたってころがっていた。様々な種類の形があり、なかには数珠《じゅず》つなぎになっているものも見られた。なにかの装飾品のようである。

「なんだろう、これ?」

「たぶん、あそこから落ちてきたんだろう」

リゼ・リプトンは真上を指さす。ちょうど僕たちの頭上に、木製の空から吊《つ》りさげられた光の塊《かたまり》のひとつがある。

「資料によると、この部屋の光源はシャンデリアらしいよ」

「シャンデリア!?」

「直径数百メートルもある巨大なやつさ」

【森の大部屋】の空には、全部で十三個のシャンデリアが吊りさげられ、毎朝六時になると光りかがやいて植物たちを照らしているのだという。強風や地震でシャンデリアがゆれるなどして、ガラスの装飾の一部が落ちてきたのだろうとリゼ・リプトンは推測した。きれいだったので、ガラスの粒をひろってポケットにつっこんだ。お土産《みやげ》に持って帰ろうとおもったのである。

南側の壁からはなれると、気温が下がりはじめて、熱帯性の植物も見なくなった。しかしリゼ・リプトンの質問攻めはおわりを見せず、次第に嫌気がさしてくる。

「質問にこたえるのはもうあきた。今度は僕が質問させてよ」

「いやだね」

「どうして？」

「意味がないよ。私がアールくんのことをしろうとするのは怪物退治のためだ。でも、アールくんが私のことをしろうとするのはなんのため？　交流をはかりたいの？　それだったらやめておいたほうがいい。どうせきみは怪物退治がおわったらこの世界から出て行ってしまうんだ。わかれがつらくならないように距離をたもっておこう。私はこうおもう。【友情は犬に食わせろ】ってね」

どうやらリゼ・リプトンは僕と親しくなる気なんてないらしい。しかし話をしなくても、いっしょにあるいていれば、彼女がなにを好み、なにを苦手としているのかが見えてくる。たとえば花や蝶《ちょう》に視線をむけるとき彼女はやさしい表情になった。スカイブルーの虹彩《こうさい》を持つリゼ・リプトンの目が、すっと細められるのだ。また、前日の雨のせいか、ぬれた葉っぱに蝸牛《かたつむり》がのっている割合が高く、それを発見するたびに彼女は立ちすくみ、くやしそうにくちびるを噛《か》みしめた。僕は蝸牛を指さしてリゼ・リプトンに聞いた。

「まさか、きみ、こんなのが……」

「え？　こわくなんかないよ？　馬鹿《ばか》じゃないの？」

蝸牛から目をそらしてリゼ・リプトンはさっさとあるきだした。しかしその先にあった前方の木の幹に数匹の蝸牛がはりついていた。別の道を行こうとして向きを変えると、苔《こけ》におおわれた岩場に数十匹ほどの蝸牛がうじゃうじゃとひしめいている。どちらにむかおうとしても、うずまき模様の殻を持つその生物が行く手をはばんでいる。

「ここは魔の森か！」

「ちがうとおもうよ」

すっかり混乱したリゼ・リプトンは、外套の裏側からオイルライターと筒状のものを取り出した。

「アールくんはさがってて。今、こいつらをふっ飛ばすから」

彼女がにぎりしめている筒状の物体はダイナマイトだった。カシャン！　と音をたてて彼女はライターの蓋を開け、導火線に火をつけようとする。僕はあわててリゼ・リプトンの手に飛びかかってやめさせた。それにしても、外套の裏側にダイナマイトまでかくしもっているなんてどうかしている。

蝸牛のいない道を探しながら僕が先頭をあるく。それまでの質問攻めがなくなり、彼女は緊張した面持《おもも》ちでだまりこくったまま僕の後ろをついてきた。たまに口をひらいたかとおもうと、弁解するようにつぶやく。

「ほんとは、こわくなんかないんだ。ただ、ちょっと、あのうずまき模様を見ると、目がまわってしまうんだ」

レンガの道を発見したとき、僕たちは安堵《あんど》の息をもらした。それまでぬかるんだ地面をさんざんにあるかされていたので固いレンガの感触は天国だった。道沿いにすすむと集落がある。家のいくつかは壊れており、折れた柱が屋根から突き出ていた。大猿が踏みつぶしたというよりは、地震に耐えきれなかったという壊れ方だ。住人たちはどこかに避難済みらしく人の気配はない。家畜小屋の扉がひらかれて鶏《にわとり》や豚《ぶた》がそこら中をあるきまわっていた。

「避難するとき、逃がしていったんだろうね。連れては行けないし、いつもどってこれるかわからないから」

無事な家のひとつをのぞきこんでみる。空き家だとはおもうが、一応、声をかけた。

「だれかいませんか?」

台所にあった野菜や果物が腐っていないことから、最近まで人が住んでいたらしいとわかる。もうしわけないとおもいながらも食べ物を失敬した。放置されたまま腐るよりは、だれかに食べてもらったほうが食料側にとってもしあわせだろう、と僕たちはかんがえることにした。リゼ・リプトンは棚にピーナッツバターがないかをチェックする。

「もうすぐ日が暮れる。今日はこの空き家に泊めさせてもらおう」

時計を確認しながらリゼ・リプトンが提案した。シャンデリアによって照らされる【森の大部屋】には夕焼けというものがない。だから気づかなかったけれど、日暮れまで間がなかった。照明がゆるやかに落ちはじめて、十分もたたないうちに完全な暗闇《くらやみ》となる。地中を通って供給される電気や水道のおかげで不自由はしなかった。電灯のあわい光によってリビングが照らされ、僕とリゼ・リプトンはそれぞれ椅子《いす》に腰かけて休んだ。交代でシャワーを借りて昨日からの汚れを洗い落とし、きれいな服をクローゼットで探して借りることにした。【友情は犬に食わせろ】などと言う彼女のことだから、個人的な会話はほとんどない。しかし、アークノアという世界のことや、怪物のことなら、質問にこたえてくれた。

「弟の怪物は二足歩行の巨大なやつだけど、僕の怪物もそうなのかな？」

ラジオから流れる怪物災害ニュースを聴きながら僕はたずねてみる。もう一匹の怪物に関してはあいかわらず情報がないようだ。どのような姿をしているのかも判明していない。

「アールくんがアークノアに来て何日も経過しているのに、これまで目撃情報がないってことは、大猿みたいなビッグサイズではないだろうね。それと、ある程度の知能を持っている可能性がある。無闇に人前に出ず、かくれひそむタイプのやつさ。そういうのが一番やっかいなんだよな～」

家主から無断借用した寝間着を着て、僕がいれた紅茶を飲みながらリゼ・リプトンは言った。シャワーを浴びて、ゆるくウェーブした髪は、いつもみたいに編《あ》まれておらず、顔の左側にたれている。しかしこんなときでさえ、寝間着の上に外套を羽織っている。

様々な道具を内側にかくしているため、外套の生地は分厚く、かさばっていた。

「その外套、はずすときってあるの？　脱いだら？」

「どうして？」

「リラックスできないんじゃないかとおもってさ」

「脱いだほうが落ち着かないよ。私の鎧《よろい》みたいなものなんだ」

そういえば、昨晩、洞窟で休んでいたときも外套にくるまれていた。川からあがってずぶぬれだったというのに。

「怪物の話にもどるけど、こうはかんがえられないかな？　僕の怪物は、そんなにわるいやつじゃないんだよ。だれも傷つけずにそっと生きてるんだ。だから怪物の被害がこれまで報告されてないってわけ」

少女は首を横にふった。

「怪物はもれなく人を殺すものなんだ」

「どうして？」

「アークノアの住人と怪物とでは、創造主が異なるからね。ふたりの人間が出会えば、価値観のちがいに戸惑ったり、反発したりするでしょう？　争いになって、喧嘩《けんか》に発展するでしょう？」

「でも、そのうちに相手をうけいれることだってあるよ」

「へえ。アールくんたちの暮らしていた世界がうらやましいよ。アークノアではそういうのってほとんどない。今の自分たちの世界観が崩れてしまうのがこわくてたまらない。だからみんな、世界観にそぐわないものに対しておそれを抱く。じゃあ、外の世界には、こういういざこざってないんだろうね。異なる創造主の子どもたちが喧嘩をするようなことって」

「さっきの話、撤回《てっかい》する。やっぱり、あるよ、そういういざこざ。くわしくはわからないけど、それで大勢が死んでる。大昔からずっと、そのせいで戦争がおきてるんだって聞いたことがある」

「ずっと？　じゃあ、いつになったら、相手をうけいれられるの？」

異なる信仰、異なる価値観、異なる背景を持った人同士が、相手をうけいれるにはどうすればいいのだろう。問題が複雑で、僕にはわからない。

「でも、怪物とアークノアの住人とが、なかよく暮らせるのだとしたら？　そういう世界が一番、素敵なんじゃない？」と僕は言ってみる。

「ちがうね。迷いこんできた異邦人やその怪物は、純粋なものを汚そうとするインクの染みみたいなもんさ。それに、まだ目撃情報はないけれど、この世界のどこかで、きみの怪物に殺された人だっているはずだよ。被害者はそのことをわすれているから通報できないんだろう。目撃情報があつまらないのは、きみの怪物が、遭遇した人間を全員、確実に殺しているせいにちがいない。人を殺した化《ば》け物《もの》を、ゆるすことなんかできるとおもう？」

紅茶からたちのぼる湯気を、少女は見つめている。僕はまっ暗な窓を見つめた。ガラスは室内の明かりをうけて鏡のようになり僕の姿を映し出している。リゼ・リプトンと森のなかをあるいて、いくらか話もして、すこしはなかよくなれたような気がしたけれど、相手のことをしるほどに断絶を感じる。しかたのないことだ。僕は外の世界で生まれ育ったのだし、この少女はアークノアで創造主にデザインされた存在なのだ。

「それにしたって、怪物か……」

映りこんでいる自分の顔を見ながら僕はつぶやく。実感がわかないけれど、大猿と同様に、そいつもどこかには存在しているらしい。今ごろどこでなにをしているのだろう。

怪物とアークノアの住人とがなかよく暮らせるのだとしたらそれが一番いいのではないか、などとおもう僕は、自分の怪物に対してわるい感情を抱いていないのかもしれない。アークノアの住人たちのように、怪物を殺さなくてはいけない、という強い使命感はなかった。外の世界にのこしてきた母のことが気がかりで、帰るためにはそいつを消さなくてはならない、という理由だけがある。

そいつと対面したとき、僕は、どんなことをおもうのだろう。人を殺すような怪物に対し、嫌悪《けんお》感をもよおすだろうか。弟のように、目をかがやかせるのだろうか。あるいは、もっと別の感情が生まれるのだろうか。会うのがこわいような気もするし、待ちどおしいような気もする。

「僕の怪物、どこにいるとおもう?」

寝間着姿のリゼ・リプトンが、紅茶のカップを置いて、冗談を言うみたいに笑みを浮かべる。

「もしかしたら、今ごろ【星空の丘】に来てるかもよ?」と。

3-3

グレイ・アシュヴィがルフナという名前の子に話しかけられたのは、すっかり日が暮れたあとのことだった。スターライトホテルには広いテラスがある。舞踏会が開催されたとき、おどりつかれた人たちが、外の空気を吸うのに利用するような場所だった。グレイはそのとき、テラスで頭上の星空をながめていた。外の世界の星のようにまたたきはしないけれど、風をうけてさざなみのようにゆれうごく様子はうつくしい。星の正体が、吊《つ》りさげられた裸電球だと聞かされていたとしても。

「異邦人のグレイ・アシュヴィくんですね?」

声をかけられる。テラスの出入り口に、兄とおなじくらいの背丈の人影がある。

「そうだけど？　あんたは？」

「僕はルフナという者です」

グレイにむかってあるいてくる。かがり火の明かりがその子の顔から暗闇《くらやみ》をぬぐった。きれいな顔立ちだったから一瞬迷ったけれど、その言葉づかいからどうやら少年のようだと判断する。黒髪がほとんど目をおおうようにたれさがっている。前髪の隙間《すきま》から、切れ長の目がのぞいた。

「こんばんは」

「なにが？」

「あいさつをしたんです。通りかかったものですから」

「あんたは通りかかったすべての人にあいさつをするのかい？　そいつが血まみれの殺人鬼だったとしても？」

「気分を害したのならあやまります」

「害してなんかいないよ。おなかがすいて気分がささくれてるだけなんだ」

ルフナと名乗った黒髪の少年から遠ざかるように移動する。しかし少年は追いかけてきた。テラスの縁に沿ってあるきながら話をする。

「おなかがすいてるのなら、大広間に行ってはどうです。夕食の配給やってますよ」

「人がおおい場所には行きたくないんだ。僕はきっとみんなから嫌われてる」

「大猿の創造主だからですね？」

「あっちに行けよ。僕はだれとも話したくないんだ」

「ここにパンがあります。夜食にしようとおもって、持ってきたんです。おなかがすいてるなら、これをさしあげます」

「どうせ毒でも盛ってるんだろ？」

ルフナはパンをすこしちぎって、自分の口にほうりこむ。

「毒を塗ってない箇所をちぎったのさ」

「じゃあ、これはいらないってことですね」

「いや。きみがちぎったあたりには毒が塗ってないってわかったから、そこを食べることにする」

黒髪の少年は肩をすくめてパンを差し出した。それをうけとり、グレイはパンのかけらを口に入れる。固かったが、こうばしくておいしかった。

テラスから見下ろせるスターライトホテルの敷地内でビリジアンたちが酒盛りをしている。そのうちに酔っぱらった者同士が喧嘩《けんか》をはじめたので、カンヤム・カンニャムがやってきて犬そのものといったうなり声をあげた。それはそれはおそろしい声だった。軍服を着たイヌ科にしかられると、ビリジアンたちは地面に腰をおろしてしずかに酒を飲みはじめる。

「お兄さんは、どんな方なんです?」

黒髪の少年が聞いた。

「どうしてアールのことをしりたいわけ?」

「だれだって気になりますよ。アークノアの住人なら」

もしかしたら、兄のことを質問するために話しかけてきたのではないか。でも、どうして? グレイはちらりとそうかんがえた。

「アールは、どこにでもいるふつうの子だよ。今は【森の大部屋】で遭難してる」

「ラジオで聴きました」

「ほかに、どんなこと言ってた? アールの怪物がどんなやつなのか、目撃情報はまだない?」

「気になりますか?」

「まるで自分だけはしってるみたいな顔をしてるな」

「そんなはずないでしょう?」

ルフナは前髪をいじって目元をかくす。

「それより、話しておきたいことがあるんです。アークノア特別災害対策本部が、あなたとお兄さんにかくしていることを。グレイくんはさっき、自分はみんなに嫌われてるって言いましたよね。でも、ほんとうのところはちがいます。嫌ってなんかいません。みんなはあなたのことを、あわれんでいるんです」

かがり火の明かりがルフナの影をテラスに細長くのばしている。風で炎がゆれうごくたびに、その影が生き物のようにうごいた。グレイは緊張した。この少年はどこか変だ。それがどのような種類のものかわからないけれど、偽《いつわ》りのにおいがする。しかし聞かずにはいられなかった。

「あわれんでる？　僕のことを？　どうして？」

「その理由は、だれでもしっています。この世界の常識なんです。でも、あなたとお兄さんにはおしえないほうが都合がいいから、全員だまっているんです」

地面がゆれた。歩行地震の微弱なゆれである。あまりに頻繁《ひんぱん》におこるため、今さらだれも気にしてはいない。砦《とりで》内部から悲鳴も聞こえてこないし、外のビリジアンたちは夜空をながめながら酒を飲みつづけている。

黒髪の少年は言った。

「大猿を退治できなければ、あなたはいつか殺されるんです、リゼ・リプトンの手によって」

3―4

カーテンの隙間《すきま》から光がもれている。木製の天井に吊《つ》られている巨大シャンデリアの光が【森の大部屋】を照らしていた。寝ているうちに大猿から踏みつぶされるという不運はどうやらまぬがれたらしい。あれくらい巨大なやつがちかづいてきたら、接近されるよりも前に震動で目が覚めてベッドからころげ落ちるだろうから、踏まれる前に避難することは可能だとリゼ・リプトンに言われていたけれど、ちっとも安眠はできなかった。

リゼ・リプトンは、すでに起きてリビングでくつろいでいた。ラジオで怪物災害のニュースを聴きながら果物をかじっている。あいさつをかわしたけれど、それ以上のやりとりはしなかった。【友情は犬に食わせろ】。僕たち異邦人とはいつかおわかれしなくてはならない。そのときつらくならないように距離をたもっておきたいらしい。

「ねえ、リゼ、食料倉庫にくるみがあったんだけど、殻を割るのにさ、その腰の金槌《かなづち》をかしてくれない？」

テーブルをはさんでむかいあってすわる。

「そこらへんにころがってるワインの瓶でもつかいなよ。この金槌をそんな作業につかえないよ」

「だいたいその金槌ってなに？　どうしてハンマーガールって呼ばれてるわけ？　もしかして大工仕事が趣味だとか？」

「いいかい、これは神聖なものなんだ。茶化したりするのはだめだ。罰があたるよ」

子どもをとがめるように少女は言った。

「特別なものなんだね。どこで手に入れたの？」

「わからない。はじめから私のそばにあったんだ。世界がはじまった瞬間の記憶はないし、いつから私がハンマーガールって呼ばれるようになったのかよくわからないけど、気づくともう今みたいな状態だったんだ」

「パパやママもいないんだっけ？」

「いないよ。でも、そんなのは大事じゃない。親がいるかどうか、子がいるかどうか、というのは創造主様のデザインの一部でしかないんだから」

「どういうこと？」

「そもそも、子どものいる母親のうち、出産の記憶を持っている者なんてだれもいない。私たちは基本的に、ふえないし、へらないんだ。親子や家族というのはただの設定なんだ。たしかに親子の情愛は存在するだろう。血のつながりはあって、子は親に似ているだろう。だけど、自分たちの意思で子を産んだわけではないんだ。はじめから今みたいな状態で私たちは生じたんだ。言いかえるなら、アークノアの住人はすべて、創造主様の子どもってことさ」

「パパやママなんてきみにはいないけど、創造主様がいるから、さびしくはないんだね」

　リゼ・リプトンは金槌を手にとってながめる。金槌は魔法の効果でも帯びているかのように、あやしいかがやきを放っている。金銀の装飾がなされてはいるが、けばけばしくはない。極めてシンプルなデザインだ。

「怪物と戦うとき、武器にもなる？　ゲームのアイテムみたいに、追加のダメージをあたえられる？」

「よくわからない文脈をつかわないでくれる？　まあ、想像でこたえるけどさ。これには特別な力はないよ。でも、ふつうの金槌でないことはたしかだ。ウーロン博士に組成《そせい》をしらべてもらったけど、私たちのしらない金属でつくられてるんだってさ。どの文献をしらべても、これがどのような金属なのかわからない。世界で唯一の素材だから、金や白金よりも貴重なものさ。おまけに強度もすさまじい。あらゆる方法をためしてみたけど、傷ひとつつけられない。ドリルもだめ、銃弾でもだめ、爆弾や酸やマグマでもだめだった」

「じゃあ、もしかしたら、アークノアでもっとも硬い物質かもしれないってこと？」

「この世界が巨大ななにかで押しつぶされて、ありとあらゆるものがつぶれてしまっても、この金槌だけはのこるとおもうよ」

支度を整えて家を出ると、僕たちに出会いがあった。集落の畑に黒い馬がいたのだ。収穫前のキャベツをかじっている。リゼ・リプトンがちかづくと、その馬は、彼女の差し出した手のひらに鼻面《はなづら》を押しつけた。人間になれているらしい。しかし僕がなでようとしたら、おしりをむけて、尻尾《しっぽ》で頬《ほお》をバチンとはたかれる。

「こいつ！」

僕が怒ったら、馬はぶるるんといなないてリゼ・リプトンの背後にまわった。馬のおおきな体が目の前で躍動し、その迫力に後ずさりする。

「おー、よしよし。いい子、いい子」

光沢のある黒い体をなでまわし、彼女はそばの厩舎《きゅうしゃ》へその馬を連れていった。外で石ころを蹴《け》りながら待っていると、馬に乗った状態のリゼ・リプトンが出てきた。鞍《くら》と手綱《たづな》と鐙《あぶみ》が取りつけられている。

「持ち主にはあとで返すことにしよう。アールくん、前と後ろ、どっちに乗りたい？」

ひとり乗り用の鞍だったけれど、僕たちの体はちいさかったので、ぎりぎりふたりで馬にまたがれそうだった。

「おすすめは前だけどね。後ろは馬のおしりがはねるから、すわり心地がわるいんだ」

しかし僕が前に乗るとしたら、彼女は僕を後ろから抱っこするように腕をまわして手綱をにぎることになるという。なんだか男の子としてその姿勢ははずかしいような気がした。

「後ろに乗るよ」

馬の背中は僕の目線よりも高いところにある。そこまでのぼるのが大変だった。切り株を足場にして飛びのろうとしたら、それを見計らったように馬が前進して僕は地面にころがった。この馬、僕を馬鹿《ばか》にしているらしい。

「こら！　じっとしてな！」

リゼ・リプトンがしかると、しぶしぶという様子で、ようやく馬はうごかなくなった。なんとか背中に這《は》いあがり、馬が蹄《ひづめ》の音を鳴らしながらあるきはじめる。馬に乗るのは、はじめてだったが、ずいぶん気持ちがよかった。視界がぐんと高くなり、優雅な気分になれた。手をのばせば木の枝にもさわれる。目の前にリゼ・リプトンの背中と後頭部があった。鈍い金色の髪が、馬の歩行にあわせてゆれている。

「あぶないよ。私のおなかに腕をまわして」

しかし外套《がいとう》の上からでさえ、触れるのがためらわれる。僕は女の子の手さえ触れたことがないのだ。

「なにしてんの？　腕をまわせって言ったでしょ？」

おそるおそるひかえめの力でリゼ・リプトンのおなかまわりに腕をひっかける。自分の体と彼女の背中との間にも隙間をあけた。あんまり僕が密着したら、リゼ・リプトンに不快なおもいをさせてしまいそうでこわかった。なにせ僕は好きだった女の子から廊下ですれちがいざまに言われたのだ。「気持ちわるいから半径十メートル以内にはちかづかないで」と。僕という人間はそこにいるだけで女子に不快なおもいをさせてしまうらしい。もしかしたら変なにおいがするのかもしれない。自分が気づかないだけで、生ゴミのようなにおいをまき散らしているのかもしれない。そうおもうと僕は消え入りたくなってくるのだ。

こんな風に、ふとした瞬間、いやなことをおもいだして、自分という人間がいやになり、泣きたくなることがよくあった。これからもずっと、大人になるまで、こんな風に消え入りたい気持ちがつづくのだろうか。ひょっとして、大人になってもずっと、この情けない気分はつきまとうのだろうか。そうだとしたら人生というのはなんてつらいものなんだろう。

「見て！」

顔をあげると、リゼ・リプトンが右手をのばしてすぐ横を指さしている。青色の羽の蝶《ちょう》が馬に併走して飛んでいた。僕たちの周囲を舞って、馬の鼻先をよぎっていく。

「気持ちのいい天気だね」

「あ、うん……」

僕は顔をあげて森をながめる。雲が晴れてレンガの道に木漏れ日《こもび》が降りそそいでいた。

「そうだね。いい天気。空が青色じゃないのがざんねんだけど」

「おーよしよし、いい子ねー」

リゼ・リプトンが馬の首を手のひらでさすった。ジェニファーのことなんかおもいだしている場合じゃない。自分は今、貴重な体験をしているのだ。この世界のことをしっかりと目に焼きつけておかなくてはならない。いつか外の世界にもどったとき、何度でもくりかえし、おもいだせるように。

僕たちは北西の方向に道をすすんだ。馬での移動は楽ちんだったが、すこしおおきめのゆれがおこると、馬は動揺したように立ち止まった。

「だいじょうぶよディルマ、気にせずあるきなさい」

リゼ・リプトンは馬に呼びかける。

「ディルマ?」

「この馬の名前」

「きみのじゃないだろ?」

「今この瞬間は私のよ?」

彼女はすっかりこの馬のことが気に入った様子である。ディルマは再び前進をはじめたが、遠くから地響きのような咆吼《ほうこう》が聞こえてきて動揺する。なにかから逃げるように、空を鳥の群れが横切っていった。

「弟みたいなちいさな体から、どうしてあんな巨大な怪物が生まれるんだろう？」

「グレイくんって、ちいさな体ってのを気にしてる？　コンプレックスが怪物の造形や能力に影響をあたえることってよくあるんだ」

「背が低くていつもからかわれてたよ。大猿はその裏返しってこと？」

「アールくんも、体のことでコンプレックスがあったら言ってよね」

「昨日、聞かれまくったけど、別にないよ」

「いっぱいあるでしょう？　上から順番に言ってあげようか？」

ふりかえって、じろじろと僕の顔からつま先までをながめる。

「どういう意味だよ！」

「冗談だよ。冗談になってないから怒ってるんだろうけど」

「ほうっておいてよ。これまでに退治した怪物のなかで、どんなやつが一番、大変だった？」

すこしかんがえるような沈黙をはさんで返事がある。

「言葉をつかえるやつかな」

馬による旅がしばらくつづいて、何度か休憩をはさみ、空き家から持ってきたパンケーキの缶詰やジュースでランチをとる。午後に入り、北西を目指してすすんでいるときのことだ。地面がゆれて、頭上から木の実がばらばらと落ちてくる。ディルマは不安そうにいななきながらもあるきつづける。リゼ・リプトンがそう指示したのかわからないがスピードがすこしはやくなった。

「ちかづいてる」とリゼ・リプトンがつぶやく。

大猿の歩行地震が強さを増していた。断続的に森がふるえて、鳥たちがわめきながら逃げ惑っていた。雄叫《おたけ》びが聞こえる。右方向からだ。僕たちは北西にむかう道をすすんでいたから、発生源は北東方向ということになる。声は壁や天井にはねかえって残響となり、耳がしばらく聞こえにくくなった。ディルマが動揺してうごけなくなるのを、リゼ・リプトンが懸命にたてなおす。耳がようやく正常にもどってくると、ばきばきと樹木のへし折れるような音が、右方向の森のむこうから聞こえてきた。

竜巻みたいなものだ。そいつに出くわさないよう祈りながら前にすすんでいた。しかしどうやら、このまますすめば、そいつの進路とぶつかってしまうらしい。

「あいつの進行方向からはずれるようにディルマを走らせたいところだけど……」

レンガの道からそれた場所は足場がわるく、馬が走れるような状態ではない。僕たちはこの道に沿って、すすむか、ひきかえすかして、大猿をやりすごさなくてはならないようだ。リゼ・リプトンは前進をえらんだ。その選択が彼女らしいと僕はおもう。

「スピードをあげるよ。舌を嚙《か》まないようにね。大猿とぶつかる前に西の壁まで行こう。【星空の丘】へ逃げこんでしまえば安全さ」

いつのまにか森全体がはげしくおどっていた。葉っぱが雨のように降ってくる。そいつが一歩、地面を踏みこむたびに何本の樹木がなぎ倒されているのだろう。まだ姿は見えないが、破壊の音がちかづいてくる。グレイの心の影。【森の大部屋】という檻《おり》に閉じこめられた巨人。地面を太鼓のようにたたき、踏みならす。そばにちかづけば、破壊の嵐に巻きこまれて無事ではすまされない。

耳をつんざくような雄叫び。臓腑《ぞうふ》までしびれるような震動にディルマがおどろいて前《まえ》肢《あし》を高く上げた。落馬しそうになって、あわててリゼ・リプトンの体にしがみつく。

「しっかりしなさい！」

少女がディルマを叱咤《しった》激励する。しかし大猿の歩行にともなう震動は、はげしさを増していく。予想以上のはやさで、僕たちのいるほうへとちかづいてくる。

「アールくん！　落ちないでよ！」

こいつはいよいよやばい。僕は腕に力をこめて、彼女の体にくっついた。今度は隙間をつくらずに密着させる。リゼ・リプトンがディルマの横腹を蹴った。発進し、加速する。降ってくる大量の木の葉のなかを一直線にすすんだ。馬体が躍動し、鞍にのせている自分のおしりが、どっどっどっとはねあげられて宙に浮いてしまいそうになる。どっどっどっ。震動のたびに速度が増していく。もうこれ以上ははやくならないだろう、という僕のおもう限界を突破してさらにスピードをあげつづける。

道の両側に生《お》い茂《しげ》っている樹木や、空中を舞っている木の葉が、すごいはやさで後方へ過ぎ去る。風景に目が追いつかない。悲鳴をあげたかった。しかし声も出せなかった。蹄の音がマシンガンのように打ち鳴らされる。

ひときわおおきなゆれとともに、地面が破壊音を発した。レンガの道に沿ってひびが一直線に走り、破片をまき散らしながらディルマと併走したかとおもうと、ずっと先のほうまで追い抜いていく。

一瞬、あたりが暗くなった。ふり落とされないようにしながら頭上を見る。ビルほどのおおきさの樹木が空を横切っていった。周囲の地面ごと根っこから引き抜かれて投げ飛ばされたようだ。ざあ、と泥が降ってくる。左前方のはなれた地点に落下し、森がぐらぐらと波うった。大猿は樹齢何百年もありそうな木を引っこ抜いて次々と投げ飛ばす。直撃したら即死だろう。あいつはいったい、なにを攻撃しているのだろう。あるいは、目的もなく、ただ破壊をまき散らすことが本能なのだろうか？　だれかれかまわずにらみつけて暴言を吐き捨てる弟のように。

レンガの道からほどちかい場所に、まるで隕石《いんせき》でも降ってきたかのように、戦艦級のおおきさの樹木が突き刺さる。衝撃波で地面がえぐられ、幹は砕け散り、トラックほどのおおきさの木片や泥の塊《かたまり》をまき散らした。それらが僕たち目がけて飛んできて、次々とレンガの道に突き刺さる。リゼ・リプトンが手綱をさばいて、飛来物の隙間を縫《ぬ》うようにディルマを走らせた。

なんとか避けきって前方の視界がひらける。ほっとしたのもつかの間だ。右手の森から土煙をもうもうとあげながらなにかがすべってきたかとおもうと、直径何メートルもある太い木が、レンガの道に横たわってふさぐような形で停止する。これ以上は馬ではすすめない。ディルマの足をとめて、あとは徒歩移動になるだろう。しかしリゼ・リプトンはディルマをさらに加速させた。僕は彼女の正気をうたがう。蹄の音がより力強くなる。木に衝突する直前、ディルマの前肢が高くあがり、後ろ肢が地面を蹴る。爆発するように土砂や木片が飛び散るなか、放物線を描くように僕たちは空中遊泳し、一瞬が何秒にもひきのばされたように感じられた。木の幹を跳び越えて、馬は地面に着地し、再び疾走する。

「西の壁だ！」

速度をゆるめないままリゼ・リプトンがさけぶ。森の茂みのむこうに巨大な平面が見えてきた。【森の大部屋】の西側の壁である。出入り口を探して隣の部屋に入ってしまえば、ひとまずは大猿のまき散らす破壊の嵐から逃れられるだろう。

そのとき地面が消えた。

蹄の音もなくなり、ディルマの足が宙をかく。周囲の岩も浮いていた。昨日とおなじだ。無重力の空間に入りこんだような感覚。大猿がジャンプでもしたのだろうか。着地の衝撃で【森の大部屋】の床がたわんでいるのだ。まるでトランポリンのように。地面に根ざした樹木たちは下にひっぱられていた。しかしそれは一瞬のことで、まばたきする間もなく、地面がはねかえってきて、僕たちはたたきつけられる。

世界がおわるかのようなすさまじい音とともに、ついにディルマが転倒し、僕とリゼ・リプトンは投げ出された。森全体に土煙があがり、あたりがうす暗くなる。

数秒間、意識が飛んだ。どうやら自分はまだ生きているらしい。左の腕が痛かった。怪我《けが》をしているようだ。しかしうごかせないほどではない。

すこしはなれたところに深緑色の外套が見えた。リゼ・リプトンが倒れている。うごかないけれど、死んではいないらしい。煙になっていないということは、生きているということだ。

はじめのうち無音だった。耳の鼓膜がどうにかなっていたのだろう。

時間経過とともに、すこしずつ音がもどってくる。

木のへし折れる音を聞いた。さきほどの衝撃により、様々な場所で木が根元から倒れている。

リゼ・リプトンのそばにある木がかたむいていた。もうあと数秒で上に倒れかかってくる。直撃したら死ぬかもしれない。アークノアの住人にとって死は通過点だから、たとえ死んだとしても問題ないだろう。しかし僕は起きあがると、彼女の体に腕をまわし、おもいきり引っぱった。通過点でしかないとはいえ、死んでほしくなかったのだ。いっしょに馬に乗った記憶を、僕だけがおぼえているだなんてさびしいから。

少女がさっきまで横たわっていた地面を、倒木が押しつぶした。

「リゼ！」

呼びかけてみる。うめき声がもれるけれど、目を開ける様子はない。

馬のいななきがどこかから聞こえてきた。

「ディルマ！」

僕は呼びかける。無事だったらしいとわかり、ほっとした。そのとき、たちこめる土煙のむこうに、天を突くほどの巨大な影が浮かびあがった。体の奥底からふるえが走る。望遠鏡で遠くからのぞくのとはわけがちがっていた。まだいくらか距離があるはずなのに、そいつはまるで空をささえているかのようにそびえ立つ。

リゼ・リプトンの体を引きずるようにしながら、すこしでもそいつから遠ざかるほうにすすんだ。彼女の体はかるそうだけど、外套がとにかく重い。

地面が上下にゆれる。大猿が歩行していた。僕はよろめいて倒れこみ、また立ちあがってあるいた。額を切っているらしく、血がつたってきて目に入った。左腕の傷が痛みを増す。地面が震動するたびに、レンガの道がばらばらに砕けて、隆起する箇所と、沈む箇所ができる。それらをのりこえながらふりかえってみたら、土煙が晴れて大猿の顔があらわになっていた。

その目は怒りに満ちて真っ赤である。この世のすべてを呪《のろ》い、破壊しつくそうとする形相《ぎょうそう》が顔面にはりついていた。食いしばるように牙《きば》をむきだしにしている様は、見る者の魂を凍りつかせる。そいつがちかづいてくる。運のわるいことに、進路が僕たちのいる場所と重なっていた。僕はその場に膝《ひざ》をついた。立ち上がる気力もすっかり失せてしまう。一切の抵抗が無駄だとおもえた。もうだめだ。リゼ・リプトンを引きずって移動する間に、そいつは悠然とこの場所をあるいて通りすぎるだろう。踏みつぶされるか、倒れてきた木々の下敷きになるか、時間の問題だ。

そのとき、茂みのなかで、なにかが光った。光点が煙をふき出しながら森から飛び出す。それはまっすぐに煙の軌跡をのこしながら大猿の横腹へ突き刺さった。爆発し、炎の球体が発生する。黒煙が大猿の体へまとわりついた。見まちがいでなければそれは戦争のニュース映像や戦争映画やＦＰＳタイプのゲームで目にするようなロケット弾によるものだった。

大猿の歩行が停止した。太い首をめぐらし、ロケット弾の発射された地点に視線をそそぐ。攻撃が効いているようには見えなかったが、ふりかえらせる程度には注意をひけたようだ。大猿の足もとは茂みにさえぎられて見えなかったが、男たちの怒号のようなものが森のそこら中からわいた。その声は敵にむかって進軍する兵士たちを想像させる。

いったい、なにがおきてるんだろう。思考が追いつかない。

大陸がうごくようなダイナミックさで、大猿が腰を沈みこませ、前傾姿勢をとる。牙をむきだしにして威嚇《いかく》の声をあげながら、男たちの上に拳《こぶし》をふりおろすと、土煙の爆発がおきて周囲一帯の森がふき飛んだ。僕とリゼ・リプトンの体も衝撃で飛ばされる。うめいていると、声が聞こえてきた。

「リゼ！」

カンヤム・カンニャムの声だ。西の壁の方角から、彼の乗った馬がちかづいてくる。ほっとした瞬間、全身から力が抜けて、意識が暗闇《くらやみ》のなかに吸いこまれた。

3－5

砦《とりで》を改装したスターライトホテルは、大猿が引きおこす地震によく耐えていたが、それでもところどころにひびが入っている。【森の大部屋】からの避難者のうち、補修の技術を持った者が砦の修復につとめていた。見張り台の修繕をしていた男が「もどってきたぞ！」とさけぶのが聞こえて、グレイ・アシュヴィは外に出る。城門を抜けて遠くまで見わたせる丘にあがると、【森の大部屋】の方角から帰ってくる荷馬車の列が見えた。それらはもともと避難者の所有する荷馬車だったが、積まれていた家財は倉庫にうつされ、ビリジアンたちの輸送に使用されていた。

大勢が砦の前に出てきて彼らをむかえいれる準備をした。全員、口数がすくない。数時間前まで頻発《ひんぱつ》していたおおきなゆれはおさまっていたが、微弱な歩行地震は今も感じられる。つまりカンヤム・カンニャムたちは、ライフル銃やロケット砲をもってしても、大猿を殺すことができなかったというわけだ。

グレイの姿を目にした何割かの者たちが、なにか言いたげな視線をむけてくる。敵意ではなく、痛ましいものを見るときの表情だ。グレイはもうその理由をしっている。しかし、しらないふりをしていたほうが、これからの行動もやりやすくなるだろうとかんがえた。

城門を抜けて敷地内に入ってきた荷馬車から緑色の腕章をした者たちがおりてくる。重傷の者は担架ではこばれた。出発したときよりも人数がすくない。いなくなった者たちも、明日になれば朝靄《あさもや》のむこうから帰ってくるだろう。

ざわめきがおこる。人々の視線の先に見覚えのある少女の姿があった。川に流されて行方不明だったリゼ・リプトンが、カンヤム・カンニャムの手を借りながら荷馬車から

おりてくる。外套《がいとう》がめくれて腰にぶらさがった金槌《かなづち》が見える。工作につかわれるような
ふつうのサイズで、宝石の装飾があしらわれている。自分の顔がこわばるのをグレイは
感じた。アークノアの住人が彼女をおそれて目をそらす理由を理解する。
　しかし、少女が乗っていた荷馬車にちかづかないわけにはいかなかった。リゼ・リプ
トンが発見されたのであれば、いっしょに行方不明となった兄もまた見つかっていなけ
ればおかしい。グレイの視線に気づいて、イヌ科の頭部がうごいた。長い鼻先で荷台を
さす。
「グレイ・アシュヴィ、おまえの探している相手はここだ。まだ寝かせておいたほうが
良いだろう」
　兄は目をつむった状態で荷車の床に横たわっていた。
　医務室にはたくさんのベッドがあり、そこら中で治療がおこなわれ、うめき声の合唱
が演奏されていた。赤毛でそばかす顔の細身のビリジアン青年が兄を介抱してくれた。
汚れた服を脱がせると、傷口に薬を塗り、ガーゼをあてた。左腕の怪我《けが》に深緑色の布き
れが巻かれている。応急処置された形跡だ。巻かれている布きれは、リゼ・リプトンの
外套の一部を切り裂いたものだった。
「ロケット弾が命中したら、炎の塊《かたまり》がふくれあがったんだ！　すごい爆発だったよ！」
　そばかす顔のビリジアン青年は兄の手当てをしながら興奮気味に話す。彼も【森の大

部屋】の戦闘に参加していたらしい。

「でも、効かなかったんだ。体毛を焦がしただけさ。それからみんなで囲んで、ライフルの弾を撃ちこんだ。何発もね」

「ああ、ライフルでいっせいに攻撃したよな。おまえ以外な」

ちかくのベッドで治療をうけていたほかのビリジアンが声をはさむ。どうやらこのそばかす顔の青年は、大猿の圧倒的な巨大さに足がすくんでしまい、戦闘がおわるまでどこかにかくれていたらしい。男たちがおかしそうにそのときの話をすると、青年は顔を赤くしてはずかしそうにしていた。そのとき、グレイのすぐそばでうめくような声がした。兄が眉間《みけん》にしわをよせている。

「アール！」

兄の目が細くひらいた。まぶしそうに視線をさまよわせる。

「やあ、グレイ……。グレイじゃないか……」

「てっきり死んだかとおもってたよ。ハロッズに子ども用の喪服を注文するか迷ってたところさ」

「ああ、うん。生きてる、うん。ところで今日は何曜日？　学校、休みだっけ？」

「いつまで寝ぼけてんのさ。学校なんてクソ溜《だ》めはここにはないよ。僕たちはみょうちきりんな場所に迷いこんだままさ」

アールはきょとんとした顔つきになり、あらためて周囲をながめた。ほかのベッドにいるビリジアンたちや、治療を手伝っていた避難者の女性たちが、兄に視線をむけている。なにもかもおもいだしたらしく、兄は深く息を吐き出すと、ゆっくりと横になり天井を見上げた。しばらくすると、兄は寝息をたてはじめた。

グレイは一度、医務室を出て兄の着替えを調達しにいった。スターライトホテルの従業員に言えば、なにかしらもらえるだろう。グレイの腕には、寝ている兄の体から脱がせた泥まみれの服がかかえられていた。兄のねむりは深いらしく、グレイとそばかす顔のビリジアン青年とで乱暴に脱がせても起きる気配を見せなかった。スターライトホテルには大浴場やサウナがそなえつけられており、その付近に洗濯室があった。ホテル従業員の女に兄の服を差し出す。

「これを洗濯機にほうりこんでよ。それからついでに、古着でもなんでもいいから着られる服をちょうだい。馬鹿《ばか》げたアップリケがひざこぞうについてたってかまわないよ。どうせ僕が着るわけじゃあないんだから」

女は兄から脱がせたシャツとズボンとパンツを指先でつまんで、すこしにおいをかいで、顔をしかめた。

「古着なら、そこらへんにあるのを勝手に持っていきな。ここに避難者があつまってるって噂《うわさ》を聞いて、近隣の地区から寄付されたものがたくさんあるよ。でも、この服は洗濯するよりかは、捨てたほうがはやい。こんなに穴だらけで、ほつれていて、これじゃあ服というよりもボロ雑巾《ぞうきん》じゃないか」

「そりゃあね。そいつを着て、川に落ちたり、地面をころがりまわったりしたそうだから、穴あきなのはしょうがないさ。でも、あんたはこいつを洗濯するんだ。この服は、僕たちのママが買ってくれたものなんだからな。捨てるわけにはいかないのさ」

女は肩をすくめて、手近な場所にあった洗濯機にアールのシャツとパンツをぶちこんだ。洗濯機は古めかしい年代物で、巨大な木の桶《おけ》に手まわし式のハンドルがついたような形状だ。ズボンを桶にほうりこもうとして手が止まる。

「こりゃ、なんだい？　ポケットに、なにか入ってるよ？」

ズボンのポケットに女が手をつっこんで言った。女の手がつまみだしたのは、多面体にカットされたガラスの粒だった。グレイはそれをうけとり、ながめてみる。正体はわからないが、兄に返すことにしよう。

グレイは寄付された古着の山から、アールのサイズにあうような服をいくつかえらんだ。外の世界のデパートにならんでいるような型やデザインの服はひとつもない。リゼ・リプトンのクラシックカーと同様、古めかしいものばかりだ。この世界の建物やファッションは、古い映画や白黒の歴史写真などで見覚えのあるものがおおい。だから、異文化の世界に来たというよりは、タイムスリップして昔にやってきたようにも感じられる。アークノアの創造主とやらは、まったくのゼロからこの世界をデザインしたのではなく、外の世界を参考にしたのかもしれない。

医務室の前にもどり、入り口からなかをのぞいたとき、深緑色の外套がちらりと見えて、グレイは足をとめた。とっさにかくれて様子をうかがう。アールのベッド脇《わき》にリゼ・リプトンが立っていた。じっと寝顔を見つめている。ほかのベッドに横たわっている負傷者たちは、さきほどまでおかしそうに話をしていたけれど、今はしずかである。ねむりに入った者もいれば、彼女のほうをちらちらと気にしている者もいる。手当てを担当していたそばかす顔のビリジアン青年にリゼ・リプトンが話しかけた。

「この子、どれくらいで治る？」

「怪我はたいしたことありません。もうすこし休んだら、うごけるようになるでしょう」

「グレイくんはどこに？　この子の弟なんだけど」

「それならさっき、着替えを探しに出かけてゆきました」

一度、会話を切りあげて、青年は、部屋のすみから湯気のたつ桶とタオルをはこんできて、アールの枕元《まくらもと》に置いた。

「それは？」

「今からこの人の、ええと、アール・アシュヴィくんでしたっけ？　体を拭《ふ》いてあげようとおもって。あまりに泥まみれだったから」

そう言って青年は、リゼ・リプトンの見ている前で、アールの体にかぶせられていた毛布をはがす。アールは服と下着を脱がされた状態だった。「おっと、失礼！」と言って青年はあわてて毛布をもどした。

「外にいるよ。ここにいたら、変なものが視界に入っちゃう」

リゼ・リプトンが逃げるように医務室から出てくる。グレイはその気配を察し、手近な物陰《ものかげ》にかくれた。できるだけ顔をあわせたくはなかったからだ。リゼ・リプトンが、ふう、と息を吐いて、鼻の頭をかきながら立ち去るのを見届けて、兄のもとへ服を届けた。


消灯時間の午後六時がちかづくと、木製の空に設置された照明がすこしずつ暗くなり、夜の闇《やみ》におおわれる。それと同時に、ぶらさがっている無数の裸電球が明るくなり星の光を演出した。

「この世界に夕焼けはないの？」

グレイはルフナに聞いた。医務室にいてもやることがないので散歩をしていたら、黒髪の少年に呼び止められていっしょに行動していたのである。

「ほとんどの場合、ありません」

空が赤みを帯びることなく、まっ暗になるのは味気ないものだ。スターライトホテルからすこしあるいた丘の上に巨大な石が横たわっていた。そこにふたりでならんで腰かけて星空をながめる。風がふいて暗い草原を波うたせた。海原のまんなかにボートで浮かんで潮騒《しおさい》につつまれているような気持ちになる。

「でも、部屋によっては夕焼けもあります。あらかじめ赤色の照明が空に設置してあるんです。たとえば【夕焼けの海】みたいに。そのかわり、朝から晩までずっと夕焼けなんです」

「この世界の創造主に会うことがあったら言っといてよ。あんた、頭はだいじょうぶかいって」

完全に暗くなる前にホテルへ帰ることにした。石からおりて、かがり火の灯《とも》っている城門にむかってあるく。ホテルの敷地内には馬をはずされた荷馬車がならべられていた。馬は城壁の内側にある厩舎《きゅうしゃ》やその付近につながれており、避難者のなかで手のあいている者が世話をしていた。夕食会場の大広間へ移動する人々のざわめきが、スターライトホテルのあちらこちらからもれてくる。煮こみ料理の香りがそこら中にただよっていた。正面入り口に見覚えのあるシルエットが立っていた。兄のアール・アシュヴィだ。ねむりから覚めて、あるけるほどには回復したらしい。グレイが調達した古着を着ている。

「探したんだぞ。夕飯らしいから、行ってみようじゃないか。僕はおなかがすいたよ。血を流したぶん、とりかえさないとな」

「血を流したって？　包帯にちょっとしみたくらいだよ。かすり傷じゃないか」

「かすり傷で何針も縫《ぬ》うか？　見ろよ、ほら、この腕、ほら」

包帯の巻かれた腕をうれしそうに見せてくる。グレイは無言でその腕をパンチした。

「なにすんだよ！　やめろって！」

兄が身をよじっておかしそうにする。

ルフナがすこしはなれたところに立っていた。黒髪の隙間《すきま》から観察するような視線を兄にむけている。兄を紹介すると、よそよそしい曖昧《あいまい》な表情を見せて、ルフナはなにも言わずにその場をはなれた。

「僕、なんかかわるいことしたかな？」と兄が言った。

「アールのクソみたいな顔が見るに堪えなかったのかもしれないな」

「僕はやさしいからなにも言わないけど、家族じゃなかったら何回かぶんなぐってるところだよ。ところで、おまえにお土産《みやげ》があるんだ。……あれ？」

兄はズボンのポケットに手をつっこんでなにかを探している。

「もしかして、これのこと？」

グレイは、兄のズボンのポケットから出しておいたガラスの粒を見せる。

「そうそう、それそれ。【森の大部屋】でひろったんだ。シャンデリアの装飾らしいよ」

入り口からの明かりにかざすと、ガラスを透過する光が星屑《ほしくず》のように見えてうつくしかった。

「シャンデリア？」

「こまかいことは、食べながら話そう」

兄といっしょに大広間へむかう。食事の配給をうけるため、避難者やビリジアンたちが列をつくっている。スターライトホテルには二百名ほどの人間があつまっていた。その内訳は、【森の大部屋】やその周辺地域からの避難者が八十名ほど、怪物退治のためにあつまってきたアークノア特別災害対策本部のボランティア兵が九十名ほど、のこりがホテルの従業員である。ビリジアンの比率がたかくなったことで、砦のなかは一気に男臭くなった。大勢のおなかを満たすため、スターライトホテルと懇意《こんい》にしている商人たちが、毎日、格安の値段で大量の食材をはこんできた。ホテル側にとっては出費のはずだが、外見も内面も太っ腹な支配人は避難者やビリジアンたちに見返りをもとめなかった。非常時だからというのもあるだろうが、そもそもこの世界においては、だれもが無料同然で食料をわけてくれた。あらかじめ飢えが生じないようにこの世界はデザインされている。様々な缶詰が【ゆらぎの海】で生み出され、川を流れてきたり、地面から掘り出されたりするという。だからペックコインと呼ばれるお金は、趣味の範囲で使用されるものであり、絶対的な価値ではないようだ。

「さすがのハンマーガールも頭をかかえているらしいな。姿が見えねえ」

「会議が長びいてるようだな」

配給の列にならんでいると会話が聞こえてきた。

「ロケット弾が効かないとなると、やっかいだぞ。あんなやつ、どうやって……」

「どうしてもだめなときは、最後の手段があるさ」

「そうだな」

言葉をかわしている男たちをふりかえった。緑色の腕章をしていないところをみると【森の大部屋】からの避難者だろうか。グレイの視線に気づくと、彼らは気まずそうな顔をして口をつぐんだ。

あの二足歩行の怪物を人間の手で退治することなんて、はたして可能なのだろうか？　そのような方法があるとはおもえなかった。しかし怪物はかならず退治してこの世界から排除されなければならない。どのように強大な怪物が現れたとしても、リゼ・リプトンはかならずそれらを屠《ほふ》ってきた。あの少女にだけは、それができるのだ。

豆のスープとパンをうけとる。料理をよそっているのは【森の大部屋】から避難してきた女性たちだった。大広間のすみっこのテーブルで兄と食事していると、ひとりのビリジアンが話しかけてきた。背丈は低いけれどがっしりとした体つきの男である。兄の肩に手を置いて彼は言った。

「なあ、アール・アシュヴィ。おまえ、異邦人のアール・アシュヴィだよな。【森の大部屋】をリゼ様とさまよったんだって？　そんときの話をよお、ちょっとおしえてくれねえか？　こっちのテーブルに来いよ。みんな、おまえの話を聞きたがってるんだ」

ビリジアンたちの囲んでいるテーブルから、にらみつけるような視線がむけられていた。彼らのおおくは腕っ節のつよそうな大人の男たちである。医務室にいたそばかす顔の青年は例外的な細さと言っていい。彼らの威圧感に兄は圧倒されているようだった。

「でも、僕……」

「いいから来いよ。なかよくしようぜ。こっちにいる間、いいおもいでをたっぷりつくらせてやらあ」

兄は半ば強制的に彼らのテーブルに連れて行かれたが、グレイは連行されずにすんだ。ひとりで食事をつづけながら、ビリジアンたちのテーブルから目がはなせなかった。筋肉だるまのような男たちに囲まれて、真っ青な顔の兄が話しはじめる。しばらくすると、ビリジアンたちのテーブルから爆笑する声が聞こえてくる。

「リゼ様が、ダイナマイトで蝸牛《かたつむり》をふっ飛ばそうとしたんだと！」

「まったく、しょうがねえよなあ、あのお嬢さんはよお！」

話に聞き入っていた男たちがおかしそうに兄の肩をたたいて咳《せ》きこませていた。ほかのテーブルの人々も苦笑している。ハンマーガールを恐怖している者はどうやらこの場にはいなかった。あの少女は、平和なときには忌《い》み嫌われ、非常時においてのみ愛されるような存在なのかもしれない。

食事をおえて食器をもどすとき、厨房《ちゅうぼう》に忍びこんで、あまっているパンをくすねた。できるだけたくさんポケットにつめこんで部屋にもどり、調達しておいた麻の荷物袋へ入れる。シャワー室で熱いお湯を浴びて、テラスで兄と星空を見上げた。周囲に人がいたので、ありきたりの会話しかできず、庭で酒盛りをしているビリジアンたちのへたくそな歌を聞かされた。そのうち酔っぱらったビリジアンたちは、テラスにいる兄に気づいて手招きをしはじめる。

「アール・アシュヴィ！　仲間にくわわれよ！　弟のほうもどうだ!?」

兄が遠慮すると、屈強な男たちに怒鳴られる。

「おまえ、わかってんだろうなあ!?　俺《おれ》たちの誘いをことわったら、どうなってもしらねえぞ!?」

すっかり、たちのわるい連中に目をつけられてしまったようだ。兄はしかたなさそうにビリジアンたちの輪へ入り、グレイはさきに部屋へもどっていることにした。しばらくは兄がもどってくるのを待っていたが、そのうちにねむけがおそってきてベッドへ横になった。

深夜にグレイは目を覚まし、暗闇のなかに耳をすませた。地下牢《ちかろう》を改装した殺風景な部屋に兄の寝息が聞こえる。夜明け前には帰してもらえたらしい。ようやく、ゆっくりと話をすることができそうだ。

「アール、起きて」

兄の肩をつかんでゆらす。

「なんだよ……、トイレか……？」

「話がある。今すぐに起きて僕の話を聞くんだくそったれ」

「明日でいいだろ？　夢がちょうどいいところだったんだ。チョコレートケーキをほおばる夢さ」

グレイに背中をむけてねむろうとする。

「ああ、そうかい。大事な夢を中断させてわるかったね。しかたない、僕だけでこのしみったれた部屋をおさらばするよ。さよなら。もう二度と会うことはないだろうね」

「おまえ、なにを……」

起きあがる兄の口を手で押さえる。

「しずかに。小声で話そう」

周囲は暗かったが、完全な闇ではない。廊下の電灯が扉の下の隙間を通り抜けて床をほのかに照らしている。

「ルフナって子がいただろう？　黒髪の男の子だよ」

「ああ、おぼえてる」

「あいつに聞いたんだ。小便をちびりそうな話だ。もしかしたら僕たちふたりとも、リゼ・リプトンに殺されるかもしれない」

「なんだって？」

「僕たちをだましてたんだ。あいつが案内するのは死者の国さ。いいかい、アール、僕より三年間も長く生きてるんだから、理解してくれよな。僕たちと怪物は、見えないへその緒《お》みたいなものでつながってるんだ。だから怪物を殺さなくちゃ生きてこの世界を出て行けない」

「ああ、そうさ。そのためにみんなはがんばってくれてる」

「だけど、怪物があんまり強すぎて退治できないときは？　そんなとき、どうすればいい？」

「さあ、わからないよ。ほっとくわけにはいかないんだっけ？」

「そんなとき、最後の手段があるんだ。怪物は見えないへその緒を通じて、創造主からエネルギーのようなものをもらってうごいてるらしいんだってさ」

「エネルギー？」

「人間の赤ん坊といっしょさ。母親のおなかのなかで、栄養がへその緒を通って赤ん坊に入っていくだろう？　怪物もそうなんだ。創造主が死ねば、怪物はエネルギーをもらえなくなって消滅するんだって。ようするにそれが最後の手段さ。それを実行するのがハンマーガールなんだ」

「リゼが？　どうして？」

「あの女は特別なんだ。どんな罪をおかしても目覚めの権利を剝奪《はくだつ》されない。ルフナが言ってたよ。この世界の創造主は、その仕事をさせるために、あの女を特別にデザインしたんじゃないかって」

「その仕事ってのは……」

兄は戸惑っているようだ。闇のなかでグレイはしずかにその言葉を口にする。

「処刑人だよ。あの女のほんとうの仕事は、案内人なんかじゃない。異邦人の頭を金槌でたたきつぶすことなんだ」


逃げ出す準備は一瞬でおわった。もともと荷物なんてほとんどない。それぞれに麻袋をつかんで部屋を出る。ふたりで足音をたてないように注意しながら一階に移動した。正面玄関から出るにはホールを通らなくてはいけない。しかしそこには部屋からあぶれた避難者やビリジアンたちが毛布をかぶって雑魚寝《ざこね》している。ホールを通るのは避けたかった。窓から出るのも無理だ。窓にはどれも格子がはまっていたからだ。「裏口から出よう」と兄が言った。

途中で人の気配がしたので、カーテンのなかにかくれてやりすごす。足音が通りすぎてトイレのあるほうに消えた。だれもいないのを確認してカーテンを出ると、小走りに廊下を突っ切る。

スターライトホテルから逃げ出して、どこに行けばいいのかわからない。しかしこのままリゼ・リプトンのそばにいるのは危険だった。大猿を人間の手で殺すことなんかできそうにない。いつかかならずあの少女は最後の手段に出るだろう。リゼ・リプトンは、これまで何人もの少年や少女を処刑してきたのだ。ほかの人間は殺人という行為をおかすことはできないが、ハンマーガールだけは何の罰もうけずに子どもたちの頭をつぶすことができるのだ。逃亡の決意を示すと、兄もいっしょに行くと主張した。

「キーマンが言ってたのはこのことだったんだな。ハンマーガールのことを、あんまり信用しちゃあいけないって、そう言われてたんだ」

食事の会場となる大広間にも人が寝泊まりしていた。緊張しながら大広間横の通路を抜けて、ついに裏口へたどりつく。木の扉を開けて外に出ると、つめたい風に体がつつまれた。頭上の星空が、砦の壁と高い城壁によって区切られている。城壁の内側に沿って家畜小屋や食料倉庫や厩舎がならんでいた。

裏口を出て正面の位置にかがり火が焚《た》かれていた。赤々と炎をたちのぼらせて薪《たきぎ》が燃えている。ゆれうごく明かりを背負ってふたりの人物が立っている。ひとりは兄とおなじくらいの背丈で緑色の外套におおわれていた。もうひとりは見上げるほどの高い身長の持ち主で軍服から突き出た頭部はイヌ科である。

「ほら、来るって言ったでしょう？」

リゼ・リプトンがそう言うと、カンヤム・カンニャムが首をかしげる。

「どうしてわかったんだ？」

「見張らせておいた従業員から報告があったんだ。あのちいさいほうが、厨房でたくさんのパンをくすねていたって。当面の食料にするつもりだったんだろう」

かがり火の明かりが届かない城壁そばの暗闇で、影がもぞりとうごきだす。屈強な男たちが数人、姿を現した。左腕に緑色の腕章をはめている。男たちに取り囲まれ、うごけなくなった。

「リゼ、きみは【友情は犬に食わせろ】って言ったけど、その理由がわかったよ」

兄がそう言うと、少女はうなずいた。

「親しくなると、手元がくるうんだ。私の仕事のこと、聞いたんだね？」

「ほんとうなの？」

「ためしてみる？」

「遠慮しとくよ。だって僕たち、死んじゃったらもう、生き返れないんだ」

ドッグヘッドが話しかける。

「どこへ逃げるというのだ。アークノアのすべての住人たちが目となっておまえたちを探すぞ。それに、大猿との戦いは、はじまったばかりだ。あきらめるのがはやすぎやしないか？」

「あんなの倒せるはずがないだろ？」

グレイの言葉に反論する者はいない。取り囲んでいる屈強な男たちもおなじ意見のようだ。視線をむけると目をそらす。しかしリゼ・リプトンは言った。

「私だってきみを処刑したくはない。たとえ口のわるいクソガキだとしても。だから方法をかんがえる。グレイ・アシュヴィ、きみが生きてこの世界から出て行ける方法を」

「無理だ。そんな方法はないよ。大猿を自分の目で見たからわかるんだ」

自分はこの女に処刑されるだろう。無意識にグレイは後ずさりする。逃げようとしたとかんちがいされたのか、そばにいたビリジアンが腕をつかんだ。兄がその手をふりほどこうとする。

「弟をはなせ！」

しかし、別のビリジアンに足ばらいされて、一瞬で地面へ押さえつけられた。それでも兄は抵抗をやめなかった。肩を押さえつけている腕に噛《か》みついたのだ。「この野郎！」とさけんでビリジアンが兄の頰《ほお》をぶつ。それを見てグレイもかっとなった。腕をつかんでいる男の脛《すね》をおもいきり蹴《け》って、兄をぶった男に突進する。

「やめろ！　冷静になれ！」

カンヤム・カンニャムが牙《きば》をむきだしにして怒る。リゼ・リプトンはこまったように頭をかいていた。グレイはビリジアンたちの腕にはがいじめにされながらもあばれつづける。兄もおなじように腕をばたつかせ、すこしでも隙ができたら、グレイの自由をうばっている男を攻撃する。騒動の音を聞いて目を覚ました人々が、スターライトホテルの裏口周辺にあつまってきた。抵抗は長くつづかなかった。何人もの大人たちの手によって、グレイは兄とともに地面へ押さえつけられる。

「なんだ、ふたりとも、立派に戦えるじゃないか」

リゼ・リプトンが言った。

「戦うさ。命がかかってるんだ」

兄の鼻から血がたれている。押さえつけているビリジアンたちも、肩を上下させて呼吸していた。グレイはくたびれて地面に頬をつけた。痛かったし、くやしかった。でも、どこかすがすがしい。学校でされるがままだったときよりは。

かがり火の明かりをうけて視線の先でかがやいているものがあった。兄にもらったガラスの粒だ。シャンデリアの装飾だと説明された。あばれたときにポケットから飛び出したのだろう。多面体にカットされた表面が炎を照り返している。それに気づいたのはグレイだけではない。

リゼ・リプトンが指先でガラスの粒をつまみあげた。かがり火の明かりにかざして、少女はそれきり口をつぐんだ。ゆっくりと目をおおきくひろげて、スカイブルーの虹彩《こうさい》と、その中心に浮かぶ黒点の瞳《ひとみ》がグレイにむけられる。

「どうした?」

ドッグヘッドが牙のある口元をリゼ・リプトンの横顔にちかづけて聞いた。ビリジアンたちや、騒動を聞いてあつまってきた人々も少女を見つめる。

「あばれた拍子にころがったんだ。ビリジアンたちを相手にきみたちが戦わなければ、これは落ちなかったし、私がひろうこともなかった。そして、このかんがえにいたることも……」

少女はガラスの粒をにぎりしめて、ドッグヘッドをふりかえる。

「地図がほしい、【図書館岬】に依頼するんだ。取りよせてほしい図面がある。それからウーロン博士に連絡を。意見を聞きたい」

グレイは地面に頬をつけた状態で少女に質問する。

「あんた、だいじょうぶ? どうかしちまったのかい?」

リゼ・リプトンはグレイをひとにらみして、口の端のほうを吊《つ》りあげるような笑みを浮かべた。目が炎の照り返しをうけて爛々《らんらん》とかがやいている。

「なあに、ちょっとばかしね、大猿の息の根をとめる方法を、おもいついただけだよ」

3―6

【森の大部屋】の空には合計十三個のシャンデリアが吊《つ》りさげられている。それぞれ大きさは異なっており、最小のものでも直径百メートルほど、最大のものは直径三百メートルはあるという。それらを地上からながめたとき、あまりに距離があるため、光の塊《かたまり》が空に浮かんでいるようにしか見えない。しかし実際は形状や装飾がそれぞれ異なっている。あるものは巨大な車輪の形、また別のものは王冠の形、鳥かごのような形もあれば、逆円錐《えんすい》形のものもある。配置に法則性はなく、頭上にシャンデリアが密集している地域もあれば、そうでない地域もある。

空に浮かぶ巨大シャンデリアの重量は、いったいどれほどのものだろう。もしも、それが頭上に落ちてきたとしたら？　リゼ・リプトンが提案した作戦とは、まさにそれだった。

「もしもうまく命中させることができたなら、ロケット弾よりもはるかに甚大《じんだい》なダメージをあたえることができるだろう。シャンデリアがひとつなくなってしまうけど、その程度の被害ですめば万歳さ」

「その程度と言われますが、私たちにとっては一大事です。十三個の光のうち、ひとつを失うのですから」

【森の大部屋】に点在する集落から、それぞれの代表者を招集して意見交換がなされた。ほかの地域に避難していた住民からも代表者を選出してもらい、【星空の丘】のスターライトホテルへと来てもらう。僕は弟といっしょに、その会議を部屋のすみからながめさせてもらった。リゼ・リプトンの作戦に全員がしぶい顔をしたが、彼女に逆らえる者はいなかった。なにせハンマーガールは、創造主によって特別にデザインされた存在なのだから。

「光がひとつへるのはざんねんでなりません。怪物を退治するためとあらばしかたないのでしょうな。しかし、お約束してください。二度目はないと」

【森の大部屋】の集落の代表者のひとりが口をひらく。

「わかった、約束しよう。失敗したら、別の方法をかんがえる」

そこにあつまっていた人々の何人かが僕や弟のほうをちらりと見る。少女が口にした別の方法とは、弟の死によって大猿を消し去る最終手段のことにちがいない。

次に、十三個のシャンデリアのうち、どれを落下させるのかが検討された。集落にちかい場所のシャンデリアを落とせば、衝撃で家々はふき飛んでしまうだろうし、光量が変化して住みづらくなるだろう。どの集落からも遠いものを選ぶひつようがあった。

「C5地点上空にあるシャンデリアがよさそうだね」

リゼ・リプトンは地図をながめて決断をくだす。【森の大部屋】は一キロメートル四方のマス目に分割され、AからDまでのアルファベットと、1から20までの数字の組みあわせで場所の把握がなされた。

C5地点上空のシャンデリアは、直径二百五十メートルほどのおおきさだった。デザインや素材の詳細な情報は【図書館岬】から取りよせた【森の大部屋】の設計図や『シャンデリア大全』と呼ばれる本に掲載されている。極太の鎖によって天井から吊るされており、【ゆらぎの海】から供給される電力によって光を放っているという。

会議が終了し、僕はカンヤム・カンニャムに話しかけた。イヌ科の頭を持った男は僕の相談を聞いて首を横にふった。

「おすすめはできないぞ、アール・アシュヴィ。なぜなら危険だからだ。ひとつしかない命、大事にしたほうがいい」

しかし僕はもう決めていたのである。ビリジアンとして大猿討伐作戦に参加することを。

さっそくC5地点への視察がおこなわれた。荷馬車へ乗りこみ、大猿に遭遇しないよう注意深く移動する。C5地点には見わたすかぎり林檎《りんご》の木が生えていた。【森の大部屋】の住人によると、そこは林檎の園と呼ばれる土地で、収穫される林檎は周辺地域にはこばれて食卓にならんでいるのだという。しかし今現在、木にぶらさがっている赤い実はほとんどない。大半は地面に落ちて腐っている。無理もない。【森の大部屋】は常に大猿の引きおこす地震にさらされているのだから。

地面をおおう腐った林檎と甘ったるいにおいのなかに、無数の光の粒がころがっていた。シャンデリアからはずれた装飾用のガラスが真上からの光を反射させているのだ。ドッグヘッドがその粒をつまみあげて、雲の上にかがやく光の塊に鼻先をむける。

「あれをほんとうに落とすのか？」

途方に暮れたような声で言った。リゼ・リプトンが返事をする。

「落とすよ。私がやるといったら、やるんだ。でも、そのためには、大猿をこの場所へおびきよせる方法をかんがえないとな」

大猿の研究にも人員がさかれた。ビリジアンの数名が大猿の行動を観察するために【森の大部屋】でテントを張り、岩山や意味なし階段にのぼって朝から晩までそいつの行動をチェックした。どの地域によく出没するのか、どの時間帯にあばれることがおおいのか、いつどのように睡眠をとっているのかが調査される。その結果が連日、報告された。大猿は食事も排泄《はいせつ》もしないことが判明する。ほとんど睡眠もとらないようだったが、歩行を中断して数時間の休憩をすることもあるという。決まった寝床はなく、休憩する場所は毎回、異なっているそうだ。

大猿の体から抜け落ちた体毛が採取され、スターライトホテルにはこびこまれた。たった一本のみだが、大人が三人がかりでようやく持ちあげられるほどのおおきさと重量で、金属のように硬く、そしてしなやかだった。カンヤム・カンニャムが体毛にむけて散弾銃を撃つという実験をした。体毛は弾丸をはねかえし、傷をつけることさえできなかった。

大猿の研究に必要不可欠な人間がいた。弟のグレイ・アシュヴィだ。大猿はグレイの心の影であり、その世界観が生命を持ってうごきまわっているようなものだという。リゼ・リプトンは連日のようにグレイを質問攻めにした。グレイのほうはそれをうっとうしがって、ホテルのカウンター裏にかくれたり、スーチョン一家が寝泊まりしている部屋にひそんだりしながら逃げまわった。弟とアークノア特別災害対策本部チームによるかくれんぼはスターライトホテルの名物になった。しかし最終的にはカンヤム・カンニャムが自慢の鼻でにおいを嗅《か》ぎつけてグレイを発見する、というのがいつもの展開だった。

荷馬車は早朝に【星空の丘】を出発し、いくつかの部屋を越えて【カーテンレールロープウェイ駅】に到着した。そこはニューヨークのグランド・セントラル駅を彷彿《ほうふつ》とさせるつくりの部屋だった。馬たちの蹄《ひづめ》が大理石を踏みならして広い空間に音を響かせる。五台の荷馬車からビリジアンたちがおりて背伸びをした。僕も彼らにまじっておしりをさする。荷車に長時間すわっているとおしりが痛くてしかたない。

まるみを帯びたクラシックカーが遅れてやってきて停車し、リゼ・リプトンが運転席から出てきた。少女は深緑色の外套《がいとう》をひるがえしながら大理石の階段をおりていく。その先にカーテンレールロープウェイの発着場があり、もうじき下の階層から物資がはこばれてくる予定だった。

アークノアという世界はいくつもの階層にわかれている。といっても、単純にハンバーガーやミルフィーユのように一階層ずつ重なっているわけではなく、天井や床の高さは部屋ごとに異なっているらしい。三階層ぶちぬきのふき抜けがあるかとおもえば、一階層のなかに、さらにいくつもの階層があったりもするそうだ。大小の部屋が複雑に上下左右へつながって、ほとんど立体迷路のようになっている集合体がアークノアなのである。

階層間を移動するにはいくつか方法がある。一般的なのは階段を利用することだ。アークノアの各地にある全長数十キロにおよぶ巨大な階段は、縦移動をする際の交通の要衝となっていた。踊り場には町があり、きらびやかなネオンがかがやくカジノまでそなわっているという。縦移動の際の乗り物もいくつかある。たとえばエレベーターやエスカレーター、そしてカーテンレールロープウェイだ。

リゼ・リプトンにつづいて階段をおりると、地下鉄のホームのような場所に出た。地下鉄と異なるのは、線路がないことと、傾斜がついていること、そして天井に巨大な鋼鉄製のカーテンレールが設置されていることだ。カーテンレールのなかに二本の太いケーブルが収納されており、それがぎりぎりと音を発しながら、動力室の滑車《かっしゃ》によってうごいていた。

「そろそろだな」

リゼ・リプトンが懐中時計を見てつぶやく。下の階層へとつづく暗闇《くらやみ》に全員が視線をむけた。暗闇の奥で光がまたたいて、軋《きし》むような音をたてながら、鉄製の乗り物がちかづいてきた。天井のカーテンレールから鉄柱で吊りさげられているそれは、『海底二万里』の挿絵《さしえ》に描かれていた潜水艦に似ている。そいつは暗闇から浮上し、速度をゆるめてホームにすべりこんできた。完全に停止すると、扉がひらいて、車椅子《くるまいす》に乗った老人が現れる。彼は白衣の女性に手伝ってもらいながらホームにおりた。骨と皮しかないような痩《や》せ細った体だが、目は鷲《わし》のようにするどい。リゼ・リプトンが老人の前にすすみでる。

「おひさしぶりです、ウーロン博士」

「リゼ、あいかわらず人使いが荒いな。おまえさんの注文した品をそろえるのに、すっかり徹夜つづきだ」

リゼ・リプトンが博士の車椅子を押して駅内の大理石の空間を散歩しはじめる。天井や柱の装飾をながめながら今回の作戦に関する相談事をしているようだった。ビリジアンに聞いた話では、この老人こそが、文献の設計図をもとにロケット砲を手作りし、クラシックカーを走行させるガソリンを精製し、リゼ・リプトンの活動を援助する様々な道具を発明しているウーロン博士と呼ばれる人物だった。彼はアークノア特別災害対策本部の研究開発部門を率いているという。

「では、みなさん、お手伝いをよろしくおねがいします」

博士といっしょに登場した白衣の女性がビリジアンたちに頭をさげた。亜麻色《あまいろ》のふわふわした髪の持ち主で、眼鏡をかけており、美人だった。彼女のおおきな胸に男たちの視線が集中する。彼女は博士の助手であり、メルローズという名前だと説明をうける。ビリジアンたちはメルローズの指示にしたがい、荷物をはこびはじめた。潜水艦型ロープウェイから木箱をおろし、大理石の空間まで持っていって荷馬車に積む。木箱の蓋《ふた》に中身が記されており、無線機、ガスボンベ、軽量型掘削機、そして電気爆弾といった名称が見られた。

「アール、しっかり持てよ！」

四人一組で木箱をうけとった。僕以外の三人も新入りのビリジアンだった。物資の重さを共有しているそれぞれの腕に緑色の腕章が巻かれていた。新入りといっても全員が大柄ですぐにでも戦力になりそうだ。僕だけが子どもである。

「おまえの腕章、ぼろぼろだな。もっといい生地なかったのかよ？」

新入りビリジアンの青年が言った。

「だいじょうぶ、これがいいんだ」

僕の腕に巻いてあるものは、腕章というよりも、布の切れ端だった。【森の大部屋】からもどってきて目覚めたとき、僕のベッドのかたわらに置かれていたものである。気絶した僕の腕にリゼ・リプトンが応急処置として巻いてくれたものらしい。洗濯してきれいにしたあと、腕章がわりにつかっていた。

「しかし、異邦人のくせにビリジアンに加わるなんて変なやつだな」

「でも、どうしてなんだ？　安全なところで見ていたほうがいいんじゃないか？」

「弟のためだよ。あいつをママのところへ帰すために、なにか手伝いたいんだ」

折りたたまれた気球の風船部分と、人が乗りこむためのバスケット、錆《さ》びつき蟻《あり》と呼ばれる昆虫のつまったガラスのケースをはこぶ。どれも今回の作戦にひつようなものだという。ロープウェイが空っぽになり、作業終了のタイミングで昼食の時間となる。大理石の階段に腰かけて、スターライトホテルから持ってきたパンと缶詰を口にした。缶詰の種類は豊富で、ほうれん草サラダの缶詰や、ラム肉のステーキの缶詰、チョコレートムースの缶詰などがあった。

食事をおえて駅の男性用トイレで用を足し、手を洗っているときだった。視線を感じたので顔をあげると、車椅子の老人がいつのまにか僕の背後にいて、壁に設置された鏡越しに目があった。

「この世界に来て、何日がすぎた？」

ウーロン博士は値踏みするような目で質問する。僕は緊張して体がすくんだ。

「……二週間くらいでしょうか」

「【週】などという概念はこの世界にないのだよアール・アシュヴィくん。【年】や【月】というかんがえ方もね。アークノアの空が平面におおわれていることと無縁ではないだろう。きみたちの世界では、星のうごきをしらべてカレンダーと呼ばれるものをつくったそうじゃないか。しかしざんねんながら、夜空を運行する天体なんてものに我々は縁がなかったのだ」

「でも、カレンダーがないと、不便じゃないですか？」

「デートの予定を決めるときにも慎重にならざるを得ないよ」

老人は嘆くように言った。僕が返答にこまっているのを見て、老人は満足そうだった。

アークノアは非常に安定した世界だ。この世界の住人は歳《とし》をとらず、いつまでも現在の年齢を生きつづけるという。その世界観を維持するため、創造主はわざと時間の流れに関する概念をつくらなかったのかもしれない。言い換えるなら、アークノアは時間の停止した世界であり、だれも成長しない場所なのだ。

「でも、この世界にないかんがえ方のことを、どうして博士はご存じなんです？」

「これまでに大勢の異邦人と話をした。外の世界を学ぶことで、あらためてアークノアという世界の特殊性に気づかされるよ。長く研究しているが、この世界は不明なことばかりだ」

車椅子を操作し、僕の隣にならぶと、大理石の壁に設置された鏡を見つめる。

「どうしてこの世界のことを？」

「創造主様にちかづくためさ。いつかはお会いしたいとおもっている。創造主様の【アトリエ】をつきとめるために研究しているんだ」

「【アトリエ】？」

「創造主様のお部屋だよ。私とリゼの目的は一致している。あの子も会いたがっているようだからね」

「お会いして、どうするんです？」

「問いかけるのさ。なぜ、世界をおつくりになられたのか。なぜ、私をおつくりになられたのか」

鏡のなかのしわだらけの顔にウーロン博士は視線を注ぐ。不公平なものだ。アークノアの住人たちは歳をとらない。それなら老人の身体ではなく、若々しい身体をあたえられたほうが暮らしやすかったのではないか。

「その腕章。怪物退治を手伝う気だな。よろしくおねがいするよ。怪物が存在しつづけて、世界観の安定性がやぶれたら、この年老いた身体は変化に耐えられないかもしれない」

「え？　世界観が壊れたら、博士、死んじゃうんですか？」

「怪物が長期間、この世界に存在すれば、きみたちの世界観が根づき、分離できなくなる。それにより、すべての法則性が更新されるだろう。古い世界がおわるのだ。そこはもう、現在のアークノアのように安定した世界ではないかもしれない。たとえば人が死に、成長するような、時間経過をともなう世界かもしれないぞ。きみたちにとってのあたりまえの世界が、私たちにとってはたまらない恐怖なのさ」

　ウーロン博士が握手をもとめてきた。しわだらけの手をにぎりかえす。不敵な笑みを浮かべながら博士は言った。

「きみの目には見覚えがある」

「え？」

「似たような目をした少年と前に話したことがあるんだ。また会う機会があれば、そのときにゆっくりおしえてあげよう」

　車椅子を操作して博士は大理石の広い空間へと出て行った。

昼食の時間はおわり、木箱を満載した荷馬車が【星空の丘】にもどる準備をはじめる。潜水艦型のロープウェイは百八十度旋回し、船首を下の階層にむけた。メルローズに手伝ってもらいながらウーロン博士はロープウェイに乗りこむ。

「ああ、メルローズ、私の弟子よ、リゼに迷惑をかけるんじゃないぞ」

「もちろんです。怪物退治がすんだら、お土産《みやげ》を買って帰ります」

「この地方でとれる煙草《タバコ》と酒を買ってきてくれ」

「お体にさわりますので、かわいらしい置物かなにかにしましょう」

うつくしい助手はいっしょには帰らず、僕たちと行動をともにするという。そのせいか、さきほどからビリジアンの男たちが上機嫌《じょうきげん》だった。ウーロン博士がロープウェイの奥に引っこむと、扉が閉ざされてライトが点灯し、天井に設置されたカーテンレールの内部からぎりぎりとワイヤーの引き絞られるような音が聞こえてくる。動力室で滑車の駆動する音が響き、金属の乗り物は、下層方向にむけてトンネルをすすみはじめた。水中へ潜《もぐ》るように暗闇の奥へ沈み、やがてライトの光も見えなくなった。

僕たちは【カーテンレールロープウェイ駅】を出て【星空の丘】への帰路につく。ウーロン博士が調達してくれた物資を積載しているため荷馬車に乗ることはできない。徒歩で何時間もかけて移動することになった。

「メルローズ、こっち！」

リゼ・リプトンがクラシックカーの運転席から声をかける。メルローズはふわふわの亜麻色の髪をなびかせながら後部座席に乗りこんだ。あいている席には彼女の荷物や馬車にのりきらなかった物資などがつめこまれている。リゼ・リプトンが運転席から僕にむかって言った。

「アールくん、特別扱いはしないよ。あるいてもどっておいで」

「わかってるよ」

昔の映画に出てくるような黒色の車は、乱暴な走りですぐに見えなくなった。

いくつかの部屋を通りすぎて【割れた鏡の湖】のほとりをあるいているとき、カンヤム・カンニャムの指揮で作業をしているビリジアンたちの分隊がいた。すこしだけ仕事を手伝うことにする。

【割れた鏡の湖】は、澄みきった湖の底に大量の鏡の破片が沈んでいることで有名な場所だった。それらは湖底の地中から産出されるのではない。湖の透きとおった表面が凝縮して固まり沈殿したものだという。

雲の上から降りそそぐ光が湖底の鏡に乱反射してうつくしかった。素潜りの得意なビリジアンが、おおきな破片にロープをくくりつけ、ドッグヘッドの指揮でそれを引っぱる。大量の鏡もまた今回の作戦に使用する材料のひとつらしい。

なかよくなった新入りビリジアンの青年と会話しながら僕もロープを引く。

「それにしたって、アール・アシュヴィ、大猿をやっつけたら、今度はきみの怪物をどうにかしなくちゃならないな。同時に二体がアークノアに存在しているなんてこと、なかなかないんだぜ。きみの怪物、どんなやつなんだろう？」

「ある程度の知能があるのかもってリゼが言ってたよ。目撃情報がないのは、姿を見せないように気をつけてるせいかもしれないって。ほんとうに、どこにいるんだろう？」

「なあに、心配いらねえ」

いっしょにロープを引いていたベテランのビリジアンが僕たちの会話に口をはさむ。

「リゼ様はとっくに罠《わな》をはってる。ラジオで逐一、情報を流しているだろう？　いつもの手口なんだ。知能が高めの怪物は、情報を得ようとするものだ。そして、いつかは興味がわくんだよ」

「興味？」

「自分を創造し、この世に生み落とした存在にな。そして、会いに行こうとかんがえる。子は親をもとめて探しまわるものさ」

「子は親をもとめて探す……」

ウーロン博士との対話をおもいだす。この世界のことを研究し、いつかは創造主の居場所をつきとめたいと話していた。だれもがおなじようなおもいをかかえているようだ。僕と弟だって、母のところへ帰ろうという意思でうごいている。

「狡猾《こうかつ》なタイプの怪物は見つけ出すまでがむずかしい。だからリゼ様はいつもおびきよせるんだ。おまえを連れて【星空の丘】にいるってことを、わざわざラジオで報道しているのはそのためさ」

「じゃあ、僕の怪物がその放送を聞いたとしたら……」

「【星空の丘】にやってくるだろう。いや、もしかしたら、もういるかもしれないぞ。アール・アシュヴィ、そんな顔をしなさんな。その怪物はきみに危害をくわえない。むしろ逆だ。きみの生命をだれよりも必死に守ろうとするだろう。きみが死ねば自分も死ぬのだと、すでに気づいているとしたらな」

ざばあ、と音をたてて湖底から巨大な鏡の破片が引きずりだされた。ぬれた状態でほとりに横たえられた鏡が、僕の顔を映している。

3-7

はこばれてきた鏡の破片が、スターライトホテルの裏の敷地にならべられていた。ルフナがそれをのぞきこんで自分の顔をまじまじと見つめている。グレイ・アシュヴィは、ホテル支配人のハロッズからもらったチョコレートを食べながら声をかけた。

「これからはあんたのことをナルシストぼうやって呼ぶことにするよ」

「まわりからどんな風に見えているのか、気になったんです」

「あんたは、どこにでもいるような平凡な男の子さ」

「それなら、いいんです」

木の板を組みあわせた数メートル四方のパネルをビリジアンがはこんできて、それに鏡の破片をならべはじめた。接着剤を塗りつけて、ぺたりと板の上にのせる。邪魔しないようにすこしはなれた場所から作業をながめた。

「【森の大部屋】にやぐらを建てて、その上にこいつをのせるんだってさ。シャンデリアの光を反射させて、大猿の顔を照らしておびきよせるつもりらしい。あのくそったれのリゼ・リプトンのかんがえだよ」

森を闊歩《かっぽ》する二足歩行の怪物は、強い光に過敏な反応を示す習性があるらしいことが判明していた。【森の大部屋】内にひろがる湖の一角だけほかの箇所にくらべて被害がすさまじく、何度もくりかえし攻撃されたような形跡があったのだ。どうやらその付近を大猿が通りすぎる瞬間、湖の水面にシャンデリアの光が反射し、大猿の顔面を下方向から照らし出すことが原因ではないかとかんがえられた。顔を照らされた大猿は、途端に凶暴化し、湖面に映りこむ光へとおそいかかったのだという。

大猿はまぎれもなく自分自身だ、とグレイはおもった。教室でいたずらをされた経験がある。授業中、クラスメイトたちが先生の目をぬすみ、三角定規の表面や銀色のペンケースや下敷きをつかって、グレイの顔にむかって太陽の光を反射させたのだ。まぶしそうにしているグレイを見てみんなはわらっていた。ひとりずつ、ぶちのめすことができたら、どんなにかスカッとしただろう。その感情が大猿の習性に影響をあたえていることはまちがいない。

ビリジアンたちは次々と木製パネルをはこんできて、できるだけ隙間《すきま》のないように鏡の破片をはりつける。鏡のパネルは何枚も作成するひつようがあった。これから【森の大部屋】の各地に高いやぐらが何本も建てられて、それぞれの天辺《てっぺん》に設置するのである。作戦決行日には、森の上に突き出たやぐらの上部でビリジアンたちが鏡の角度を調節する。シャンデリアの光を大猿の顔にむかって反射させ、わざと怒らせて林檎《りんご》の園までおびきよせるという計画だった。

「アールは、空班と地上班、どっちに配属されるんだろう」

グレイはつぶやく。緑色の腕章をはめて大猿退治に参加するなんて、兄はどうかしている。

「もしも空班だったら、気球に乗るんですよね。いいなあ、ちょっと乗ってみたいですよね」

ルフナが空を見上げて言った。

【森の大部屋】の木製の空にはこまかな模様が入って見える。しかしそれは模様ではなく巨大な木の梁《はり》だった。幅五十メートルほどの梁が縦横にいくつも重なりあって空が落ちてこないようにささえているのだ。【図書館岬】から取りよせられた設計図はあまりに複雑で膨大《ぼうだい》であるためすべての構造を解析することはできていなかったが、どうやら【森の大部屋】の天井付近は、ジャングルジムや建設途中のビルの工事現場のように、巨大な梁が立体的に入り組んでいるらしい。【森の大部屋】で暮らす住人たちのおおくが、空から木の葉やドングリが落下してくる様を目撃しており、梁の上面にも植物が生《お》い茂《しげ》っているとかんがえられていた。しかしそこに行った者はだれもおらず、実際に天井付近まで気球でのぼってみるまでは、どのような光景がひろがっているのかわからない。

大猿討伐作戦は、空班と地上班のふたつにわかれて準備がすすめられる。まず空班が気球で【森の大部屋】の天井付近まであがり、梁の上にテントを張って何日もかけてシャンデリアを吊《つ》っている鎖に細工をほどこすのだ。作戦本番の日、地上班がやぐらの鏡をつかって大猿を林檎の園におびきよせる。大猿がシャンデリア落下地点まで来たら、地上班が合図を出し、空班が鎖を爆破する。鉄とガラスの巨大な鉄槌《てっつい》は、およそ四千メートルの距離を落下し、怪物の頭上に落ちてくるという流れである。

どの地点にやぐらを建設するべきか、リゼ・リプトンとメルローズが検討した。道のつながり、建設資材の調達や運搬が容易かどうかを考慮しながら決定する。次にカンヤム・カンニャムの指揮のもと、ビリジアンたちがやぐらの建設をすすめた。無線機を活用しながら大猿の位置や進路に関する情報を共有し、あやまって遭遇しないよう気をつけながら資材がはこばれる。兄のアール・アシュヴィもビリジアンの一員として彼らといっしょに活動していた。あいかわらず腕っ節は弱そうだが、次第に精悍《せいかん》さがやどりはじめる。兄はグレイとちがって、こちらの世界で調達した衣類しか着なくなった。外の世界で母に買ってもらったシャツやズボンは、洗濯して乾かしたあと、荷物袋の奥へ大事にしまいこまれている。ボロボロになりすぎて、もう着られやしないのだ。

「おまえもいい加減に、こっちの世界の服を着ろよ」と兄に言われたことがある。

「そんなださいの、ごめんだ。それに、ママが買ってくれた僕の服、まだひとつも穴なんかあいてないいんだから」

ある日、空班と地上班をわける会議がスターライトホテルの大広間でおこなわれた。ビリジアンの全員があつめられ、班決めがおこなわれる。リゼ・リプトンは空班に、カンヤム・カンニャムは地上班に所属し、それぞれの班を指揮することがすでに決まっていた。また、メルローズも空班として参加し、ハンマーガールをサポートすることになっているのだが、それが判明すると大勢のビリジアンたちがいっせいに空班への配属を希望しはじめる。

「ねえ、メルローズ、空班は何人くらいひつようかな？」

　班決め会議の場でリゼ・リプトンが質問する。

「私とリゼ様のほかに、四人くらいいれば充分でしょう。おおすぎてもよくありません。ガス気球にはそれほどたくさんの人数が乗れませんし、人数がふえるとそれだけ食料の確保がむずかしくなります。それに、出発の日には気球を何往復もさせて、人と食料と準備にひつような物資をはこばなくてはいけません。気球の往復回数をへらして時間を節約するためには、体格のおおきな人よりも、小柄な人をあつめたほうが良いのではないか、とおもうのです」

「わかった。じゃあ、空班には小柄な者を優先して採用する。あいたスペースにピーナッツバターの瓶をたくさんつめこめるようにね。筋肉バカたちは地上班でカンヤム・カンニャムといっしょにやぐらを組み立ててほしい」

　ざんねんそうにする大柄なビリジアンたちの姿が大広間のそこら中にあった。ドッグヘッドが体重のかるい者を選抜する。三人はすぐに決まった。そのうちのひとりが兄のアール・アシュヴィだった。ビリジアンのなかで、もっとも体重がかるく、空班にもとめられる体型だったのだ。のこるふたりは、赤毛でそばかす顔のひょろ長い青年と、体つきはがっしりしているが身長はだれよりも低いおじさんだ。

「次に体重のかるい者はだれだ？」

イヌ科の顔が大広間にあつまっているビリジアンたちを見まわした。しかしのこった者たちはどれも一様に体のおおきな男ばかりである。

「手先の器用な者を探してみてはどうでしょう」

メルローズが助言する。

「ついでに小食で体臭もなくて身軽なやつがいいな。だれか、いないか?」

リゼ・リプトンが大広間にあつまった者たちへ問いかけると、グレイのすぐ横にならんで会議をながめていた黒髪の少年が手をあげて前にすすみでる。

「腕章はありませんが、僕でよければ」

ルフナの体格はアール・アシュヴィとほぼおなじだった。しかし、急に登場した少年を作戦に参加させることにためらいがあったらしく、後日、メルローズにより書き取りテストと運動能力テストがおこなわれた。ルフナはそのどちらにも平均以上の得点を出し、正式に空班の一員として参加が決まった。素性《すじょう》をしらべたほうが良いのではないか、と言う者もいたが、それほど重要視はされなかった。素性がわからないのはほかのビリジアンたちも同様だったからだ。そもそもおなじアークノアの住人ならば、怪物を退治して世界観を維持することは共通した目的であり、少年の本心をうたがう者はだれもいなかったのである。

3―8

空班出発の日は慎重に決められた。できることなら無風状態が望ましい。強い風がふいていたら、【森の大部屋】上空四千メートル地点まで到達する前に、気球は風に流されて壁に衝突しかねない。僕が育った世界には、空に壁なんてなかったから、自由気ままに気球は飛ぶことができたけれど、ここでは勝手がちがうのだ。もちろん、当日が晴天で風もないからといって、かならずしも出発できるとはかぎらない。なにせ大猿が地面をゆらしながらあるきまわっている。二足歩行の怪物が出発地点のそばにいたり、活動が活発だったりすれば、気球の準備もできずに延期となってしまう。しかしそればかりは当日になって【森の大部屋】を偵察するまではわからない。

何度目かの延期を経て、ついに条件のそろった日がおとずれる。【森の大部屋】からの無線が、いくつもの中継ポイントを経由して、作戦本部となっていたスターライトホテルの会議室に届いた。ほぼ無風の状態、そして大猿が気球の出発地点から遠い南方の地点にいるとの報告である。早朝に出発の号令が響き、ホテル内が騒々しくなった。僕と弟は飛び起きて素早く身支度をして、荷馬車に乗りこんだ。大勢の人々が見送りのために表まで出てきてくれた。カンヤム・カンニャムにより点呼がおこなわれてすぐに出発する。

【森の大部屋】までの道のりはすっかり見なれたものになっていた。ビリジアンの一員として、やぐらの建設に参加していたからだ。丸太をはこんだり、ロープをむすんだり、泥まみれになりながらはたらいた。

荷馬車の列は【星空の丘】の東側の壁にひらいたトンネルを抜けて、木々のひしめく広大な森へと出た。レンガの道をまずは東へむかう。地震によって道の上に横たわり、行く手を阻《はば》んでいた倒木は、すっかり取りはらわれていた。

林檎《りんご》の園はC5地点にあるが、気球の出発地点はそれよりもすこしはなれたB6地点の広場である。林檎の園からまっすぐに天井へむかって上昇すれば直径二百五十メートルのシャンデリアにぶつかってしまうおそれがある。そのため、距離を置いた場所から出発し、天井付近の梁《はり》に着陸する予定だった。その後は梁の上を移動して、シャンデリアを天井から吊《つ》りさげている鎖に接近する。

森にはまだ朝靄《あさもや》がたちこめていた。見送りについてきてくれた弟は、荷馬車にゆられながら無言で頭上をながめている。林檎の園上空に浮かぶ光の塊《かたまり》が、靄のむこうであわくかがやいていた。僕はこれから、あれを落としに行くのだとかんがえて途方もない気持ちになる。何日もかけて準備し、地上班が大猿を真下に連れてくるまで梁の上ですごすのだという。あまりに突飛《とっぴ》すぎて、まだその任務の現実味がうすかった。

B6地点の広場に到着し、大猿の動向を気にしながら気球の準備がすすめられた。歩行地震は微弱である。怪物は遠くはなれた位置をうろついているようだ。気球の風船部分を気嚢《きのう》と呼ぶらしいのだが、それがつぶれた状態で地面にひろげられる。メルローズの手によって、そこに浮遊ガスと呼ばれる気体が注入された。

「浮遊ガスはウーロン博士が発明した気体なんです。水素やヘリウムよりずっとかるくて、少量でも充分な浮力が得られるんです。つくるのがとてもむずかしくて、これきりしかありませんから、大事につかいましょう」

ふくらみはじめた気嚢が地面から浮きあがり、周囲から歓声がもれる。やがて風船のようにまるくなって、ロープでむすびつけられたゴンドラが持ちあがる。杭《くい》につないでいなければ、そのまま飛びたってしまっていただろう。

ゴンドラに無線機や缶詰などがつめこまれた。砂をつめた袋がいくつも縁《ふち》にぶらさげられる。ガス気球の操縦にひつようなものらしい。空へ持っていくピーナッツバターをリゼ・リプトンがつまみ食いしている間に準備は完了した。さっそく第一陣がゴンドラへ乗りこむことになる。

弟は広場の中央に浮かんでいる球体を見上げていた。テレビなどでよく見かける熱気球は下のほうがきゅっと細い形状だが、目の前に浮かんでいるガス気球はバスケットボールのようにまんまるだった。

「おまえ、おとなしく待ってろよ。みんなに迷惑かけるんじゃないぞ」

グレイはいつもの暗い目で僕を見る。

「ハンマーガールに空から突き落とされないようにしなよ」

「そうだな、気をつけるよ」

「こんなくそったれの世界とは、おさらばするんだ」

「ああ、その通りだ」

「アールもいっしょにだぞ」

僕は弟にうなずいてみせた。

気球のゴンドラへ、リゼ・リプトンが外套《がいとう》をひるがえしながら華麗に乗りこんだ。メルローズが乗りこむとき、何人かのビリジアンが地面に四つん這《ば》いになって足場がわりになる。僕が乗りこむときはだれも手助けしてくれなかったので、ゴンドラの縁に足をひっかけて、苦労しながら這いあがった。ゴンドラ内部はせまかった。本来なら大人が四人までのれるサイズだが、様々な物資をつめこんでいるため、すでに身うごきのとれない状態である。第一陣は僕たち三人だけだ。梁の上に到着したら、僕とリゼ・リプトンと物資をおろして、メルローズは再び地上へむかう。彼女は今日、地上と空を二往復半して、空班の全員と荷物を輸送しなくてはならない。

そのとき、地面がおおきくゆれて周囲の木々が波うった。遠い地点を震源地とする攻撃型地震だ。ビリジアンたちがよろける。気球もまた、浮いているとはいえ、地上にロープでつなぎとめられている状態だったので、引っぱられてぐらついた。

「だいじょうぶだ！　まだ遠い！」

リゼ・リプトンはさけんだ。

「出発するぞ！」

地上につなぎとめていたロープがはずされると、かるく振り子のようにゆれながら気球が上昇をはじめた。見上げている全員の顔が下へ遠ざかる。弟の顔がちいさな点となる。周囲の樹木の枝葉よりも高いところに出ると、不意に視界がひろがった。まだ朝靄のたちこめている緑の海だ。森がはるか遠くまでひろがって、白い霞《かすみ》のなかに消えている。地上の人々の姿が、森のなかに沈んで見えなくなった。


朝靄は地上付近に濃くたまっており、高度が増すと周囲がクリアになった。ゴンドラから下をのぞくと、森のミニチュアを入れた箱のなかに、ドライアイスの白い煙を流しこんだような光景がひろがっている。靄がかかっていなければ、遠くを闊歩《かっぽ》する二足歩行の怪物の姿も見えたにちがいない。

【森の大部屋】は幅四キロメートル×長さ二十キロメートルの細長い形状をしている。比較的、距離のちかい西と東の壁面が、靄のたちこめた森に足もとを沈ませ、そびえている。北と南の壁はかすんで見えない。そのため、垂直に立てられた二枚の壁面の谷間を気球は上昇しているようにも感じられた。

僕たちは荷物によりかかって立っていた。高さによる恐怖を感じているのは僕だけだ。リゼ・リプトンとメルローズはすずしい顔をしている。高所から落ちて死ぬ危険性というものに鈍感なのだろう。飛行機に乗っているのとちがって、身体がむきだしの状態で空にほうりだされたかのような不安と孤独、そして自由がある。エンジン音もなく、とてもしずかだ。すーっと空へあがっていく。

メルローズが気球を操縦してくれた。基本的には風まかせに飛ぶしかないらしいが、操縦者にできることがふたつだけあるという。ひとつはゴンドラにぶらさげた砂を落とすこと。ゴンドラにはちいさな砂袋をいくつもぶらさげている。袋の中身の砂を少量ずつ落とすこともあれば、砂袋ごと一気に落とすこともあるという。そうすることによって重量がかるくなり、気球は上昇スピードを増す。もうひとつは、ガス排気ロープと呼ばれるものを引っぱること。これにより、気嚢上部にあるガス排気口からガスがうわむきに噴き出す。その反動によって上昇速度にブレーキがかかるのだ。

「気球を降下させたいときは、ガス排気ロープを引っぱりつづけて、ガスをたくさん、逃がしてやればいいんです。浮力がゴンドラの重量をささえきれなくなって下にさがりはじめます」

「じゃあ、それからまた上昇したいときは？」

リゼ・リプトンが質問する。

「今度は砂を捨てればいいんです。ゴンドラがかるくなって、また上昇をはじめます」

「捨てる砂がなくなったら？」

「荷物を捨てるしかないでしょうね」

「じゃあそのときは……」

スカイブルーの虹彩《こうさい》が僕にむけられる。

「先にピーナッツバターを捨ててよ！　あの瓶、意外と重いんだから！」

ちなみに操縦のうまい人は、風の流れを読み、上昇と下降をたくみにあやつって意図した方向への風に気球を入れることで、好きな方向へ行くことができるという。

「燃料はだいじょうぶ？　たっぷりあるの？」

「ご安心ください。ガス気球の場合、燃料というのは、気嚢につまっている浮遊ガスってことになるんです。上昇するだけなら燃料の浮遊ガスは消費しません」

「おりるときは？　ガスを抜くんでしょう？　梁の上に到着したら、私とアールくんと、いろんな荷物をおろすから、ずいぶんかるくなっちゃうわけだよね。いっぱいの浮遊ガスを抜かないと地面におりられないんじゃない？　また上昇してくるとき、浮遊ガスを補給しなきゃならないってことになるよね？」

「梁の上になにもなければ、そうするしかありませんね。でも、【森の大部屋】の住人たちの話によれば、梁の上にも木が茂っているようです。天井付近から落ち葉が降ってくるという情報がたくさんありましたから。それなら、リゼ様たちをおろしたあと、梁の上にころがっている丸太などをつめこんで、重しにしてやればいいのです。浮遊ガスをさほど抜かなくても気球は下降をはじめるでしょう」

やがて気球は上空二千メートルほどの地点に到達した。高度計はなかったが、頭上にひろがっている灰色の平面までの距離と、地面までの距離が、ほぼおなじくらいに感じられたことからそう判断する。空気がつめたかったけれど、日差しは刺すように熱い。地面から見上げたときにくらべて、シャンデリアの光が倍くらいのおおきさになっている。まともに見れば目がつぶれてしまうほどの光の塊が、ななめ上方向にぶらさがっていた。空がちかづいたおかげで、梁の詳細も次第にわかってくる。地面から観察したときは、天井の平面に縦横の模様がはりついているだけにしか見えなかった。しかし接近してみれば、太い梁が重層的に重なって天井をささえていることがわかる。

【図書館岬】から取りよせられた図面によれば、シャンデリアは、天井から一本の鎖によって吊りさげられているという。鎖の長さはおよそ三百メートルほどあり、梁の隙間《すきま》をくぐり抜けるようにしてたれさがって、空中に鉄とガラスのかがやく塊を吊っているそうだ。

凍《こご》えるような寒さになり、うすい雲の層に突入した。白いベールに視界がおおわれる。しかし、さらに上昇して雲がなくなると、急に空気のつめたさがやわらいだ。ふわっとしたあたたかい空気につつまれる。

「なんだか、あんまり寒くないね」

僕が暮らしていた世界では、高所になるほど気温が下がるのだと聞いたことがある。飛行機のエアコンが壊れてしまったら、乗客たちは全員、凍死するのだと。

「あら、アールさん、しらないんですか？　あたたかい空気は上にたまるんですよ？」

メルローズがおしえてくれた。

「そもそも天井付近はあたたかい空気があつまりやすいんです。照明器具から発せられる熱が天井をあたためていますから」

天井が視界の上半分を占めるようになった。幅四キロメートル×長さ二十キロメートルの広大な天井である。頭上になにかが存在している、というのは圧迫感がともなうものだった。この世界をつくった創造主が、僕たちに限界をおしえるため、頭を押さえつけているかのようだ。雲の層越しに見える地面はすっかりかすんでいた。真横から刺すように光があたる。シャンデリアとおなじ高度に到達したらしい。【森の大部屋】の空に吊りさがっている十三個の光点が、気球とおなじ高さにならんで浮かんでいた。さえぎるものもなく、横からの光が僕たちに突き刺さって肌がひりひりする。そのため、気球に積んでおいた毛布などで光をさえぎらなくてはいけなかった。

　林檎の園の真上にあるシャンデリアが気球からもっともちかい。風に流されてそれに衝突することをメルローズは心配していたが、どうやらだいじょうぶそうだ。もしもぶつかりそうなコースだったら、ガス排気ロープを引っぱって上昇を停止し、やりすごさなくてはならなかっただろう。それにしても、これほどの高さになっても、風の音が聞こえることなく、空はしずかである。風がまったくないわけでもなさそうだ。たとえふいていたとしても、気球そのものが風に流されてしまうため、それに乗っている僕たちには、無風状態のように感じられるのだ。

【森の大部屋】を照らす光がゴンドラよりも下になると、ついに梁の積み重なっている層へと到着した。幅五十メートルほどの極太の梁が頭上を何本も横切っている。巨大なジャングルジムのなかへ突入するようなものだ。梁は木製で、ところどころに継ぎ目があり、複数の材木を組みあわせて構成されているようだ。梁同士が複雑につながりあいながらおたがいをささえ、ところどころに束《つか》と呼ばれる短い柱が立てられて天井をささえている。

　そのまま上昇をつづければ梁に衝突するコースだったため、メルローズがガス排気ロープを引っぱって上昇速度を下げた。気球は風に流される。衝突するコースからはずれたところで、今度はゴンドラにぶらさげていた砂袋をいくつか捨てた。かるくなった気球はすぐさま上昇を開始。梁の隙間をすり抜ける。

手をのばせば触れられそうなところに垂直な壁があった。梁の側面部分である。ななめ下からの光によってその平面に気球の影が長くのびた。エレベーターで上昇するときのように、梁の側面が下方向へスライドしていく。急にそれが消えて視界がひらけた。梁の上に出たのだ。

「森だ！」

僕はさけぶ。見下ろした先に梁が横切っていた。幅五十メートルの上面に植物が生《お》い茂《しげ》っている。両端部分に木々が密集し、中心部分には芝生の地面と低木が見えた。

「どうします？　おりますか？」

メルローズがリゼ・リプトンに聞いた。

「いや、せっかくだから上を目指そう。天井に一番ちかい梁に着地してくれ」

気球は上昇をつづけ、梁の積み重なっている隙間を抜ける。天井の平面すれすれに接近したところでメルローズはガス排気ロープを引っぱって気球の上昇を停止させる。

【森の大部屋】の空の最高点に到達したのだ。地上から四千メートル。ゴンドラに乗った僕たちの目の前を、あざやかな青色の鳥たちが横切った。鳥はさえずりながら、梁の上の木立へとおりたった。

3―9

気球が出発して一時間が経過した。森にたちこめていた靄《もや》は消え去り、木々の緑があざやかだった。カンヤム・カンニャムは無線機の前で腕組みをしている。グレイ・アシュヴィはルフナとともに、彼の注いでくれた紅茶を味わっていた。黒髪の少年はひと言もしゃべらない。

「カンヤム・カンニャム、あんたは飲まないのかい？」

グレイはドッグヘッドに声をかける。

「俺《おれ》はいい。紅茶をいれるのは好きだが、飲むと気分がわるくなるんだ。タマネギやチョコレートといっしょでね」

「だいたいどうしてイヌ科の頭なんだ？　創造主があんたをデザインするとき、うっかり手元をすべらせてまちがえちゃったのかい？」

「まったくの謎《なぞ》さ。創造主様にお会いすることができれば、直接に問いかけることができるだろう」

アークノアに彼のような頭部の人間はほかにいない。リゼ・リプトンの特殊な体質と同様に唯一の存在である。だからこそ彼はリゼ・リプトンと組んで行動しているのかもしれない。はぐれもの同士、よりそっているのだ。

そのとき無線機がノイズだらけの声をひろった。スピーカーから流れたのはリゼ・リプトンの声だ。カンヤム・カンニャムがマイクに飛びついて返事をする。

「こちら地上班。空班、無事か？」

「こちら空班。無事だよ。トラブルと言えば、アールくんが気球からおりるときに足首をひねったくらいだ」

ノイズまじりの返事がある。報告によると、空班は無事に上空四千メートルの地点に到達し、梁《はり》の上に気球を着陸させたらしい。ビリジアンたちが歓声をあげる。

「梁の上はどんな光景だ？」

「庭園がひろがってる」

「庭園？」

「うん。意外でしょう？　白い石畳《いしだたみ》の道が梁の上面にのびている。芝生のなかに噴水があり水があふれている。彫刻がならび、その足もとを野ウサギたちが跳びはねて追いかけっこをしているんだ。ちょっとひと休みできそうなベンチもある。遺跡のような柱の一群も見えるよ」

リゼ・リプトンと兄は荷物とともに待機し、メルローズはすでに気球で地上へむかっているそうだ。グレイ・アシュヴィは空を見上げて気球を探したが、あまりに遠すぎるのか、それらしい点はまだ見あたらなかった。無線による報告がおわり、リゼ・リプトンの声が途切れる。カンヤム・カンニャムがさけんだ。

「第二陣の出発準備をしておけ！　じきに気球がもどってくるはずだ！」

報告をうけてビリジアンのひとりが木の上で望遠鏡を空にむけた。気球の位置を確認しようとしたのだろう。しかし突然、悲鳴をあげて木から落ちてくる。シャンデリアの強烈な光をのぞいてしまったらしい。

「おい、ナプック、はやく俺の右目をなんとかしてくれ！　やけどしたみてえに熱いんだ！」

木から落ちた男が目を押さえて言った。彼を治療するために救急箱を持って駆けつけたのは、赤毛にそばかす顔の青年だった。

「目は無理だよ。医者じゃないんだ。僕にできることは、落ちたときに打ったところへ湿布をはることだけだ」

ナプックと呼ばれた青年はすまなそうに言った。

「ふざけるなこの野郎！　なんとかしろ！　便所に閉じこめるぞ！」

そこへ背丈のちいさな中年のビリジアンがちかづいてきて声をかける。

「そんなドジ野郎の治療なんか、ほかのやつにまかしとけ。木から落ちたとき、首の骨でも折って死んでりゃよかったんだ」

身長はグレイとおなじくらいのミニサイズだが、がっしりした体つきで、立派なひげをたくわえている。ファンタジー映画に登場するドワーフのような姿だ。

「ナプック、俺たちには重要な任務がある。そっちが優先だろ？　メルローズさんの気球がもどってきたら俺たちの番だぜ。準備はすんだのか？　トイレにも行っておけよ。空の上でしょんべんちびったら、ここにいるみんなに降りかかっちまうぜ」

「やめてください、ビゲローさん！　僕はちびったりしません！」

ナプックとビゲローは、ふたりとも空班のメンバーである。

ほどなくして気球が上空からもどってきた。風に流されて出発地点よりもずれたところにおりてくる。地上二十メートルほどに達したとき、ゴンドラからロープがたらされた。ビリジアンたちはそれを引っぱって気球を出発地点まではこんでくる。着地したガス気球には眼鏡をかけた亜麻色《あまいろ》の髪の女性が乗っており、ビリジアンたちは地響きのような雄々《おお》しい声で口々にさけんだ。

「おかえりなさい、メルローズさん！」

ゴンドラには古い遺跡の破片のようなものがのせられており、その重みを利用して地上までもどってきたらしい。それをおろして、かわりに荷物を積んだ。ナプックとビゲローが乗りこみ、さっそく第二陣が出発する。

「行ってらっしゃい！　メルローズさん！　気をつけて！」

上昇をはじめた気球にむかって男たちが手をふりつづけた。メルローズも困惑気味に手をふりかえす。そしてナプックとビゲローへの声援はなかった。

ルフナがティーカップを置いて背伸びをする。しなやかで猫のような体つきだ。黒髪の少年は、最後に出発する第三陣に乗りこむ予定なのである。

「危険な目にあってもしらないぞ。僕のせいじゃない。きみが勝手に立候補したんだ」

「うん。僕が危険な目にあったとしても、グレイくんが負い目を感じるひつようはないよ。ただ、僕は行かなくちゃならなかったんだ」

ルフナは空を見る。この少年のかんがえていることが、グレイにはよくわからなかった。

やがて無線のやりとりで第二陣が上空四千メートルに到着したことがつたえられ、気球が地上にもどってくる。荷物の入れ替え作業があり、ルフナはメルローズとともに空へあがっていった。

大猿がちかづいてこないうちに片づけがおこなわれて、カンヤム・カンニャム率いるビリジアンの部隊は昼過ぎには【森の大部屋】をあとにする。空班からの無線はところどころに設置された中継器を経て【星空の丘】のスターライトホテルまで届いた。作戦本部となっている会議室で無線のやりとりがおこなわれて空班の状況が把握できた。

ルフナとメルローズが乗った第三陣の気球も無事に上空四千メートルに到達し、空班の全員が梁の上で合流したという。彼らの着地した場所は幅五十メートルほどの梁の上面で、長く何キロメートルものびてほかの梁とつながっているという。シャンデリアからの光が天井に反射して周囲をやわらかく照らし、ちょうどいい明るさをたもっているそうだ。梁の上にひろがっているという庭園の噴水から、きれいな飲料水も確保できたという。

空班は林檎の園の直上へと梁の上を移動しなくてはならなかった。作戦の準備にひつような様々な物資や食料をかかえての移動は大変な労力である。そこで、無人のガス気球に荷物を積み、たらしたロープを引っぱってはこぶという方法がとられた。リゼ・リプトンの命令により、気球を引っぱってあるかされている兄の姿をグレイは想像した。

「石畳の道がのびていたってよ。ガラス張りの植物園があって、なかに入ってみると、たくさんの薔薇《ばら》がひしめいていたってさ」

「気球にカメラを積んでおくべきだったな。あるいは、絵描きでもいい」

ホテル中の人々が梁の上の様子について話していた。カンヤム・カンニャムと空班のやりとりをそばで聞いていたビリジアンたちが情報をひろめたのだ。しばらくすると、ラジオのニュースでも梁の上の様子が紹介され、アークノア中の人間がしるところとなった。

空班が出発して一日目の夜がおとずれる。木製の空が暗くなり【星空の丘】の天井に光の粒がひろがった。夕食会場の大広間でカンヤム・カンニャムは人々の視線をうけながら正式な報告をする。

「空班はシャンデリアの方角へ梁の上を移動し、ついさきほど林檎の園の直上に到着した」

　歓声と拍手が大広間に響いた。シャンパンを開けるような音もある。空班は屋根のある遺跡を発見し、そこを拠点にして今後の作業をすすめることにしたらしい。すべてが順調だった。このままなにごともなくシャンデリア落下の準備がおこなわれることを全員が確信する。しかし翌日の朝、問題がおきた。空班からの連絡の一切が途絶えてしまったのである。

「なあに、心配することないさ。梁の上の移動につかれて、全員、ねむりこんでいるのさ」

　スーチョンがグレイに話しかける。

「それとも、食事中なのかもしれないぞ。缶詰を開ける缶切りでも探しているのかな？」

　ハロッズからもなぐさめられる。

「あんたたち、うるさいぞ。大人だったら、この事態をうけいれなよ。なにか、とんでもない問題がおきたのさ。そうでなけりゃ、あの犬ころが、あんな風にむずかしい顔をするもんか」

　グレイはスーチョンとハロッズに言い返す。ドッグヘッドはだまりこんだまま、無線機の前にすわりつづけていた。

　はじめのうち、無線機が沈黙しているのは、空班の全員が寝坊しているためかとおもわれた。しかし昼ごろになっても反応がない。カンヤム・カンニャムは呼び出しをつづけたが、空班のだれかがそれにこたえることはなかった。機械のトラブルがうたがわれ、ビリジアンの数名が林檎の園へむかうことになった。無線機が故障して連絡できなくなった場合の対処は事前に決められていた。空班は状況を説明した手紙を書き、それに重しをつけて梁の上から投げ落とすのだ。林檎の園へむかったビリジアンたちは、空班からの手紙が地面にころがっていないかどうかを確かめに行ったのである。

　数時間後、ホテルの窓辺《まどべ》にいた者が【森の大部屋】方向からちかづいてくる荷馬車を発見した。空班からの手紙を探しに出かけた者たちがもどってきたのである。しかし彼らが【森の大部屋】で発見したのは手紙ではなかった。

「まさか……、そんなはずは……！」

　望遠鏡をのぞいた者が声をあげた。荷馬車が砦《とりで》のそばまでちかづいて、肉眼でも詳細に見えるようになると、ほかの者たちも声を失った。

正面扉を荒々しく開けて入ってきた人物は、全員の視線のなかを突きすすみ、ホールに待ちかまえていたカンヤム・カンニャムの前で立ち止まった。

「気球が出発したことはすでに聞いている。昨日、無事に梁の上に到着したこともね。だけど、私の頭からそれらの記憶はすっぽりと抜け落ちてしまっているよ」

しずまりかえった大勢の人々がリゼ・リプトンの声を聞く。

【森の大部屋】からの荷馬車に乗っていたのは深緑色の外套《がいとう》に身をつつんだ少女だった。

昨日、気球で空に出発したはずのリゼ・リプトンが、なぜか今、【星空の丘】のホテルに立っている。なにがおこっているのかとグレイは混乱した。

「おそらく零時をまわる前に、上から投げ落とされたんだ。地面に激突して死んだってわけだ。気づいたら朝靄のなかに立っていた。私が寝ぼけて梁の上から落ちたとおもう？　そうじゃないよ、だれかが私を殺したんだ」

前日の記憶を失い、状況のわからなくなった彼女は、【星空の丘】を目指してあるいていたところ、手紙を探しに来たビリジアンたちに発見されたという。話をおえると、外套をひるがえして少女はその場を立ち去った。

現在の状況、現場の混乱は、かくされることなくラジオ局に報告され、アークノア中に報道された。少女の言うことがほんとうで、就寝中の不注意で転落したのではないとするなら、ハンマーガールはいったいだれに殺されたというのだろう？　もどってきた少女の腰には、いつもぶらさげているはずの金槌《かなづち》が見あたらなかった。

「予備の気球と浮遊ガスはウーロン博士のところにもないらしいぜ」

「じゃあ、今後は地上班と行動をともにするのかな。俺たちには心強い話さ」

「空班が心配だな。メルローズさん、だいじょうぶかな……」

リゼ・リプトンとカンヤム・カンニャムが緊急会議をひらいている最中、ビリジアンたちがそのような噂《うわさ》をしていた。ほどなくして、【森の大部屋】で空班からの手紙を発見したとの報告が届いた。上空四千メートルから投げ落とされた手紙は林檎の園からずれた位置に落下していたという。風に流されたのではなく、シャンデリアに引っかからないよう、はなれた位置から落とされたようだ。遺跡の破片らしきものが重しとしてむすびつけられていた。また、遠目からでも見つけやすいようにとの工夫か、あざやかなオレンジ色の布が尻尾《しっぽ》のようにくっついている。気球に積まれていたテントの生地を裂いたものだった。

手紙の筆跡はどうやらメルローズのもので、空班の現在の状況が記述されていた。リゼ・リプトンが朝から行方不明であること。無線機やラジオも何者かに破壊されてしまったこと。ガス気球もばらばらになっていたという。切り裂かれて浮遊ガスはすっかり抜けてしまい、しぼんだ気嚢《きのう》とゴンドラが散乱していたそうだ。

空と地上を行き来する方法がなくなった。兄はどうやって地上までもどってくるつもりだろう、とグレイは心配する。アークノアの住人なら、最後の手段として、梁の上から飛びおりてしまえばいい。リゼ・リプトンのように、翌朝には朝靄のむこうからもどってこられる。しかし兄の場合、そうはいかない。

メルローズの手紙には、予想外の事態がおきていることを認めた上で、事前に決めていた通りの作業をつづける旨《むね》が記されていた。また、今後、空班からの連絡は、手紙を投げ落とすという方法がとられるらしい。地上班からの連絡は、このような事態にそなえてウーロン博士が物資に入れておいた音響ロケット弾をつかうという提案がなされていた。

「この手紙をひろったら、その合図としてひとつ【森の大部屋】に打ちあげてください」

メルローズの手紙にしたがい【森の大部屋】で音響ロケット弾が発射されることになった。殺傷能力はほとんどないが、すさまじい音を響かせる特別製の弾頭である。

耳につめ物をしたカンヤム・カンニャムが、ウーロン博士の製作したロケット砲を空にむけてかまえる。発射と同時に煙を噴き出しながら弾頭が飛び出した。

「キュイイイイイン！」

風を切り裂くようなすさまじい音を発しながら上昇し、最後には飛び散ってポップコーンのはじけるような破裂音を響かせた。耳を押さえるのをわすれていたビリジアンたちの何人かは、音響ロケット弾による高音のせいで、しばらくはなにも聞こえない状態になってしまった。

翌日、グレイ・アシュヴィが家畜小屋の豚《ぶた》や鶏《にわとり》をながめてひまをつぶしていると、厩舎《きゆうしや》にちかづいていく人影を見つけた。リゼ・リプトンだ。少女は木箱や袋を積載した荷車を引っぱっていた。

厩舎から黒い馬を連れてくると、そいつの背中に荷物をうつしはじめた。少女の体にくらべて、馬は何まわりもおおきく、見上げるほどである。荷物をのせるとき、両腕をのばして「よいしょ！」とつま先立ちしなくてはならない。

その馬は、空班が出発するすこし前に【森の大部屋】で保護され、スターライトホテルまで連れてこられたものだった。持ち主はわからなかったが、リゼ・リプトンによく懐《なつ》いていた。兄のアール・アシュヴィによると、そいつはディルマと名づけられたもので、【森の大部屋】で遭難したときにたすけてもらったことがあるとのことだった。

「どっかへ行くのかい？」

リゼ・リプトンの背中に声をかけてみた。荷物をロープで固定しながら、少女はふりかえりもせずに返事をする。

「うん、ちょっと出かけてくる。グレイくん、ほかの子たちとあそんだら？　メリルが、いっしょにかくれんぼしてくれる子を探してたよ？」

メリルというのは、スーチョンの娘である。

「しってるよ。だから、見つからないようにかくれてたのさ」

リゼ・リプトンが、まるで船乗りがするようなやり方でロープをむすぶ。それから馬の横腹に手をあてた。黒色の毛並みはうつくしく、光沢を帯びていた。

「いい子だぞ。また、よろしくたのむ」

少女の言葉に反応するように、ディルマがいななきをもらした。

「【森の大部屋】に行くんだよね？　カンヤム・カンニャムたちなら、もうずっと前に出発したよ」

「地上班とは合流しない。私はちょっとほかの場所でやることがあるんでね」

「やることって？」

「いろいろだよ。話してるひまはないから、もう出発する。グレイくん、また会おう」

ディルマを引っぱって少女があるきはじめた。馬の背中には大量の荷物が積まれているため、乗れるようなスペースがないらしい。少女がどこへ行くのか、荷物の中身がなんなのか、気にはなったけれど、おしえてくれそうな雰囲気ではない。スターライトホテルの城門までついていくことにした。少女の横顔には、かんがえごとをしているような気配があった。スカイブルーの虹彩《こうさい》が、じっと前方にむけられたきり、グレイのほうをふりかえらない。

「アールは無事かな？」

「だれよりも無事だよ」

「どういう意味？」

「私を突き落とした相手は、世界中の人間を殺してでも、きみのお兄さんを守るだろう。そういう存在なんだ」

馬をひいて少女は【星空の丘】をすすみはじめる。ちいさな点になって消えるまでグレイはその背中を見送った。その夜にも、翌日にも、さらにその翌日にも、少女と馬は帰ってこなかった。どこへむかったのか、だれに聞いてもわからなかったし、カンヤム・カンニャムはおしえてくれなかった。

四章

4―1

頭につけたライトの明かりが、暗闇《くらやみ》のなかにロープを浮かびあがらせる。からからと音をたてながら、僕の体をぶらさげた滑車《かっしゃ》が、ロープに沿って前方にすすむ。傾斜がついているため、なにもしなくとも勝手に前進するのだ。宇宙空間をおもわせる闇が自分の体の下にひろがっていた。もしも昼間だったら四千メートル先の地上が見えただろうか。いや、その前にシャンデリアのかがやきのせいで目がつぶれてしまっていたはずだ。命綱を体に巻いているとはいえ、落下の恐怖で泣きそうだ。林檎《りんご》の園の直上、雲よりも高い場所を、僕はロープに吊《つ》りさげられた格好で移動していた。

虚空《こくう》に直立する直径三十メートルほどの太い柱が、前方にむけたライトの明かりに浮かびあがった。ちかづくとそれが柱ではないことがわかる。ダンプカーほどもある鉄の輪っかを数珠《じゅず》つなぎにした鉄の鎖がたれさがっているのだ。暗闇の底に沈んでいるため今は見えないが、鎖の先には直径二百五十メートルの巨大なシャンデリアが吊られており、その重みによって鎖は垂直にぴんとはりつめていた。

極太の鎖に、まるで蛇がからみついているかのように、一本のケーブルがのびている。

それは直径一メートルほどで、表面を黒色の布で被覆《ひふく》されている。【森の大部屋】に吊るされた太陽をかがやかせるための膨大《ぼうだい》な電流がそのなかを流れているという。つまり送電ケーブルだ。

滑車を引っかけているロープは、送電ケーブルを避けて、鎖の表面を終着点としていた。数珠つなぎになっている鉄の輪っかのまるみを帯びた面に僕はおり立つ。象の背中にはりついた蠅《はえ》のように。鎖の輪っかと輪っかの引っかかっているあたりなら、傾斜の角度がゆるやかなので立つことができた。靴の裏側に固い感触を確かめて、ほっと息を吐き出す。

ロープがはられたのは作業初日のことだ。ウーロン博士の開発した特殊なロケット花火をつかって、梁《はり》の上から鎖までの距離にロープをわたしたのである。そのロケット花火は、ロケット砲の研究の過程で開発されたもので、狙《ねら》い通りの場所へほとんど誤差もなく飛ばすことができた。それによってロープの先端をはこんでもらい、鎖の表面に命中した瞬間、内部にしこんであった接着剤のカプセルが破裂して鎖にくっつくという仕組みである。接着剤でくっついているだけのロープなんて、なんだかあぶなっかしくてぶらさがる気がしなかったけれど、メルローズが自信をもって言った。

「ご安心を。固まるのに時間を要しますが、固まってしまえばもう絶対にはずれません」

彼女の言う通りだった。接着剤が固まったころ、全員でロープをおもいきり引っぱってみたが、はずれる気配はすこしもなかったのである。

僕は服の内側からガラス瓶を取り出し、なかに入っていた砂糖水を鎖の表面にふりかける。小指の爪《つめ》ほどのおおきさの昆虫たちが砂糖水にあつまってきた。鎖の表面にばらまいておいた錆《さ》びつき蟻《あり》たちだ。好物を得て蟻たちは活発にうごきはじめる。彼らは、鉄を錆びつかせながら巣穴を掘りすすむという性質を持っていた。

空班の役目は、シャンデリアの鎖に爆薬を設置し、地上班の合図でそれを爆発させ、大猿の頭上にシャンデリアを落とすことである。しかし、【森の大部屋】の設計図や『シャンデリア大全』などの資料からシャンデリアの鎖の強度を計算したところ、用意できる爆薬では破壊できない可能性があると判明した。そこで僕たちは、錆びつき蟻を利用して鎖の強度を低下させる作業をおこなっているのだ。

爆破に使用する爆薬は、ウーロン博士が発明した電気爆弾と呼ばれるものだった。これは電気を流すと爆発するという代物《しろもの》で、流れる電流のおおきさによって威力が増大するという。鎖の爆破にひつような電流はすぐそばにあった。鎖にゆるく巻きついている送電ケーブルである。

僕は鎖の表面を観察した。いつも砂糖水をふりかけている一帯だけ、鉄の表面がぼろぼろになっている。無数のこまかな穴がひらいており、穴のそばには蟻たちのかき出した錆《さび》の小山ができていた。きっちり一平方メートルの面積をはかり、その内側にできた錆の小山をよせあつめて空のガラス瓶に回収する。次に蟻をどけて粘土をはりつけ、表面の型をとる。これらの情報を参考に、虫たちが鎖にあたえたダメージをメルローズが分析してくれるのだ。

鎖へのダメージがちいさすぎても、おおきすぎても、作戦に支障がある。蟻たちの侵食の度合いがちいさければ鎖は電気爆弾の威力に耐えてしまいシャンデリアは落ちないだろう。かといってもろすぎたら、地上班の合図を待たないうちに、シャンデリアの重さに耐えきれず鎖はちぎれてしまうかもしれない。鎖へのダメージがちょうどいいレベルになったとき、蟻たちの侵食を停止させなくてはいけない。そのため僕たちは数時間おきに順番で暗闇をわたり、鎖にはりついて調査しているというわけだ。

「おーい！　いいぞー！　ひっぱってくれー！」

ロープのつながっている先にむかってライトを点滅させる。遠近感をくるわせるほどの視界一面の暗闇に、ぽつんとちいさな明かりが見えた。たき火の明かりである。

体に巻かれていた命綱が引っぱられ、僕の足は鎖の表面からはなれた。滑車がまわり、空中にわたされたロープに沿って僕の体はすべっていく。帰りはロープの傾斜をのぼることになるので、数人がかりで命綱を引っぱってもらわなくてはならない。

闇のなかに横長の直線的な断崖《だんがい》が浮かびあがる。僕たちが拠点としている梁の側面があまりに巨大なため崖《がけ》のように見えるのだ。崖の縁《ふち》に沿って植物の茂みがならんでおり、その一角にひときわおおきな木が生えていた。ちいさな家ならのせられるくらいの太い幹から、首長竜が長い首を突き出すかのように、一本の太い枝をのばしている。全体的に捻《ねじ》れたような姿をしているので、僕たちはそれを捻れ木と呼んでいた。

僕のぶらさがっているロープは、捻れ木の枝の先端につながっている。枝といっても、空班の全員がならんで立てるくらいには丈夫なものだ。大工仕事の得意なビゲローが、地面からひろいあつめた枝を釘《くぎ》で打ちつけて、枝の上に手すりや足場をつくってくれていた。

命綱が引っぱられて、からからと滑車がすべり、僕の体が捻れ木の枝の先端へとちかづく。ビゲローとルフナの姿が見えてきた。彼らのそばに着地する。

「蟻たちは元気だったか？」

小型戦車のような体型のビゲローが僕の背中をたたいた。

「元気でしたよ。何匹か踏みつぶしちゃいましたけど」

「あいつらを体にくっつけてこないように気をつけるんだぞ。滑車にとりつかれて、錆びつかせちまったら、途中で壊れてまっさかさまのズドンだ。俺《おれ》の番のときにそうなったらかなわんぜ」

三時間後にはビゲローが鎖の表面まで行くことになっていた。メルローズ以外の空班のメンバーが、交代で錆びつき蟻の様子をチェックしてくるのだ。

命綱をはずし、幹にぶらさげた縄ばしごをおりる。ルフナはたき火のそばにしゃがみこんだ。小型のナイフで木の枝を削りはじめる。彫刻でもしているのだろうか。

「なにをつくってるんだ？」と僕は聞いてみる。

「枝をとがらせてあそんでるだけです」

ルフナはそっけない。この少年はなぜか僕とはあまり話をしてくれなかった。なぜなのかはわからない。嫌われるようなことをしただろうか。それとも、はずかしがり屋なのかもしれない。

「アール・アシュヴィ、先にもどっててくれ。俺はちょっくら作業してくからよ」

ビゲローは大工道具をかかえて言った。今度は幹に手作りの階段を設置するのだと意気ごんでいる。階段があれば、いちいち縄ばしごをのぼらなくても、枝の先まで行けるようになるだろう。ちなみに、わざわざ木の高い位置にロープをむすんだのは、傾斜をつけて鎖までの移動を楽にするためである。そのかわり、もどってくるときは上りの傾斜になってしまうが、梁側にはいつも何人かが待機しているため、引っぱってもらうことができる。移動する者の負担をへらし、待機している者に仕事をわけているというわけだ。

僕はひとりで捻れ木の作業場をはなれる。ライトで足もとを照らしながら暗い石畳《いしだたみ》の道をすすんだ。倒れてばらばらになった古い円柱を避けて、茨《いばら》のからみついた天使の彫像の前を横切り、低木がまばらに生えている一帯を通り抜ける。【森の大部屋】の地面にくらべて、梁の上は起伏がすくなく、あるきやすかった。だれが想像しただろう。梁の上に庭園がひろがっているなんて。昼間に散歩をすれば、どこかの宮殿か美術館の庭に迷いこんだかのようだった。

石を積みあげたアーチをくぐり抜けたところに遺跡があった。半分が植物におおわれて自然の一部になっている。僕たちが活動の拠点としている天文台遺跡だ。そこを発見したのは、気球で梁の上に到着した日の夜だった。消灯時間がせまってどこでテントを張ろうかとかんがえはじめたころ、この古い遺跡を発見したのである。その形状を見て「まるで天文台みたいだ」と僕が言ったことから天文台遺跡と呼ばれるようになった。しかし、アークノアという世界には天文学などというものはなく、天文台も存在しない。木製の空には月も星も浮かんでいないからだ。だからこの遺跡が天文台に似ているのは偶然だろう。「屋根があるし、内部には小部屋がいくつもある。シャンデリアの鎖もちかいし、都合がいいじゃないか。テントを張るのはやめて、ここを活動の拠点にしよう」。そう提案をしたのはリゼ・リプトンである。しかしその翌朝、少女は姿を消した。

遺跡の正面に広場があり、即席の竈《かまど》が設けられていた。ナプックが竈に鍋《なべ》をかけて、シチューを煮こんでいる。

「おかえりなさい、アールさん。そろそろみんなを呼びに行こうかとおもっていたんです」

「いいにおいだね」

「昨日の探索で発見したカボチャを煮こんでみたんです」

そばかすを顔にちらした細身の青年は、空班の料理番として活躍していた。食事の時間になると、遺跡正面の広場に全員であつまり、彼のつくった料理を皿によそってもらうのだ。おもいおもいに階段や切り株に腰かけて、外の空気を吸いながらおなかを満たすのが日課となっている。

遺跡内部に入り、台座の置かれた広間を抜けて、細い通路をすすんだ先に小部屋がならんでいる。扉はなく、四角い出入り口が連なっていた。だれもつかっていない部屋には倉庫がわりに雑然と荷物をつめこんでいる。メルローズの部屋からうす明かりがもれていた。テントの生地を裂いて入り口にたらしている。

「メルローズさん、アールです。鎖の表面から錆をあつめてきました」

「どうぞ」

テントの生地をよけて室内に入る。殺風景な部屋に、寝袋と彼女の荷物が置いてあった。小説の本らしきものが数冊、寝袋のそばに置いてある。蓄電池につながったライトの明かりのなかで、メルローズは地上班への手紙を書いている最中だった。鎖の表面で採取した錆入りのガラス瓶をわたす。彼女はさっそく中身を天秤《てんびん》にかけて重量をはかった。表面にかき出された錆の量をはかることで、蟻たちがどれくらいの深さの穴を掘ったのかがわかるというわけだ。

「蟻たちの様子はどうでした？」

「元気すぎるくらいです。鎖の表面は、すっかりでこぼこで、ニキビ面《づら》みたいになってましたよ」

鎖に押しつけて型をとった粘土を取り出す。

「順調そうね。明日は巣穴のひとつに水を流しこんでみましょう。へった水の量で、巣穴の深さがより正確に測定できるはずだから」

「あんな蟻がいるなんて、しりませんでした」

「ウーロン博士が【赤茶色の部屋】で発見した希少種なんです。錆びつき蟻の口から出る液体には、高濃度の酸素が含まれているらしいの。それが鉄の酸化を促進させているんです」

眼鏡のむこうにある彼女の目は、室内犬みたいに愛らしい。まじめな眼差《まなざ》しで錆のサンプルを観察している。小さじでわずかな量をガラス片にのせて顕微鏡にセットする。

「アールさん」

「はい」

「危険なことをさせてしまってすみません。アールさんの場合、もしもロープが切れてしまったら、取り返しがつかないのに」

顕微鏡をのぞきこみながらメルローズが言った。

「気にしないでください。ほかの人と同様にあつかってくださってだいじょうぶですよ。それに、なにかしたいんです。弟を家へ帰すことにつながることなら」

顔をあげて、口元をきりっとむすぶと、メルローズは僕の手をにぎりしめた。

「がんばりましょうね。私にできることなら、なんでも手伝います。それに、うれしいんです。科学の力を、なにかのお役にたてられるってことが。この世界は、私たち人間に対してやさしくできていますから、科学の力を発揮できるときって、あんまりないんです。どうかしましたか？」

「いえ……」

ずっと手をにぎられたままだったので、僕はすっかり顔が赤くなっていたのである。


「キュイイイイイン！」

正午ぴったりに、音響ロケット弾の特徴的な音が木製の空に響きわたった。昼間のうち梁の端から地上をのぞこうとすれば、真下にあるシャンデリアの圧倒的なかがやきのせいでなにも見えない。そのため地上からの合図は音響ロケット弾を使用することになったのだ。

「リゼさんは地上にいるみたいですね。梁から落ちて地面に激突死したのはまちがいなさそうです。ともかく、居場所がはっきりして、ほっとしました」

メルローズが言った。手紙投下と音響ロケット弾による返答という面倒なやりとりを経てそのことがわかったらしい。彼女は手紙のなかに「リゼ・リプトンがそちらにいる場合は正午ぴったりに音響ロケット弾を打ちあげてほしい」という一文を書いていたのである。

シャンデリアがかがやいている昼間のうちは、膨大な光と突き刺すような熱線のため、鎖の表面まで移動して作業することを禁止していた。死ぬことはないだろうが、皮膚をやけどするかもしれないし、あまりのまぶしさに視界を失って転落するおそれがある。そこで昼間を自由時間とし、睡眠をとったり読書をしたりと、おもいおもいにすごしていた。僕の場合は、散歩して梁の上の風景をながめて、ひなたぼっこをすることがおおかった。

梁の上面は幅五十メートルの細長い庭園のような場所である。背の高い植物は両端に集中していた。真下からの光をよりたくさんうけとめようと緑が押しよせているのだ。中央部分には芝生と低木と石畳の道がある。約千メートルおきに束《つか》と呼ばれる巨大な柱が立っており、天井が落ちてこないようにささえていた。

束の足もとでナプックが野いちごを摘《つ》んでいた。彼はよく天文台遺跡周辺をあるきまわり、香草を採取したり、芋《いも》を掘ったりしている。僕は彼の野いちご摘みを手伝うことにした。色あざやかな鳥が、僕たちの足もとによってきて、手元から落ちた野いちごをくちばしでつついた。天井に反射したシャンデリアの光が、弱くもなく、強くもなく、ちょうどいい明るさで降りそそぐ。

「アールさんの怪物は、どうやってこの場所に来ることができたんでしょうか？」

「空が飛べるのかな？　それとも、柱や壁を這《は》いのぼったのかもしれない」

「四千メートルも？」

「あるいは、気球の荷物にまぎれこんで、僕たちといっしょにのぼってきたとか……？」

リゼ・リプトンを地上に投げ落としたのも、無線機を壊したのも、気球を切り裂いたのも、僕の心が生んだ怪物のしわざだとかんがえられていた。もしもそうでないとしたら、リゼ・リプトンは寝ぼけて梁の上から落ちたことになるし、破壊されたほかのものについての説明がつかない。

ハンマーガールは僕の怪物に殺されたのだ。理由は想像できる。彼女こそが怪物にとっては生存のための脅威《きょうい》だからである。あの少女は僕を平気で殺すことのできる唯一の人間だった。彼女が僕の頭にハンマーをふりおろせば、問答無用で怪物がどこにいたとしても消滅してしまうという。だから、怪物は僕のそばから彼女を遠ざけたのだろう。

また、リゼ・リプトンを梁の上で殺さなかったことから、その怪物がある程度の知能を持っていることがわかる。もしも梁の上で殺していれば、翌朝にはまた天文台遺跡のそばに現れて、遠ざけたことにはならない。しかし少女は【森の大部屋】の地上で生き返った。つまり、わざわざ生かした状態で梁の上から投げ落とし、翌朝の出現場所が地上になるようしむけて、少女を追いやったというわけだ。そいつはアークノアという世界の摂理《せつり》をよく理解し、なおかつ利用したのである。

だけどわからない。僕の怪物はどうやって梁の上まで僕たちを追いかけてこられたのだろう？　今、どこにひそんでいるのだろう？　のこされた空班のメンバーで、意見の交換がくりかえされたが、答えは出なかった。

「ともかく、アールさんといっしょなら僕は心強いです！　だって怪物はアールさんにだけは乱暴なことはしないはずですからね！　いつでもかかってこいって感じです！」

ナプックは野いちごをかごに入れながら言った。

ふたりであるいて天文台遺跡にもどる途中、メルローズに会った。彼女は髪がぬれていた。すこしはなれた茂みのなかに噴水があり、そこで体を洗ってきたのだろう。

「野いちごですね、おいしそう。味の分析をしてみていいですか？」

「どうぞ、メルローズさん」

彼女がひとつ、かごからつまんで口に入れる。ナプックの頬《ほお》が赤くなっていた。

天文台遺跡にもどると、屋根の上に人影があった。ルフナがドーム上の石の屋根にすわって遠くを見つめていた。黒髪の少年はいつも僕に対してそっけないけれど、わるいやつではない。茨のからまりあっているなかに足を突っこんでしまい、棘《とげ》で怪我《けが》をしてしまった僕に、彼が傷薬を持ってきてぶっきらぼうにほうり投げてくれたことがあった。僕がクラスメイトからうけた仕打ちにくらべたら、ルフナのそっけなさなんて、かわいらしいものである。

ナプックが天文台遺跡の庭で火をおこし、野いちごでジャムをつくりはじめた。僕はその作業を横でながめることにする。遺跡の庭には、何者かに切り裂かれてつかえなくなった気球が置かれていた。それが視界に入るたび、リゼ・リプトンのいなくなった朝をおもいだして、僕は不気味な気持ちにさせられる。

「なあ、アール・アシュヴィ。おまえの怪物は、今も梁の上にいるとおもうか？」

ビゲローに話しかけられた。彼は捻れ木の幹に階段を設置しおえて、今度は怪物探しを日課にしていた。

「なにかを食った形跡も、クソも見あたらねえ。どうもおかしい。怪物なんかいやしねえみたいだ。足跡くらいはあったっていいはずだがな」

「僕のそばからリゼ・リプトンを引きはなすことができたから、ほっとして遠くへ行っちゃったのかもしれませんね」

「そんなら、すくなくともリゼ様が殺された晩はいたってことだろう？　俺はその次の日、地面をしらべてあるいてみたんだ。リゼ様の足跡を探していたのさ。だが、なにかが俺たちのそばにいたような形跡はなかった。そんなものは皆無だったんだ。梁の上には、俺たちの足跡しか見あたらなかったんだ。わからねえことだらけだ。わかっているのは、そいつが馬鹿《ばか》じゃねえってことくらいだ。気球を破壊したのはよお、きっと、移動の手段をうばいたかったんじゃねえかな」

「気球があったら、メルローズさんが地上におりて、リゼを連れてもどってくることが、かんたんにできちゃいますもんね」

ナプックが鍋に野いちごを入れて煮立たせている。

ふと、おもいついたことがあって、僕はそのかんがえを口にする。

「もしもまだ、そいつが梁の上にいるのだとしたら、遠くが見えるような場所にかくれているんじゃないでしょうか」

「どうしてそうおもう？」

「そいつがおそれてるのはハンマーガールです。彼女がここにもどってくることを危惧《きぐ》してるはずです。だから、彼女がウーロン博士にもうひとつ気球をもらって、ここまで上がってこないかどうかを見張ってるかもしれないでしょう？」

「たしかにな！」

「気球が見えたら、到着する前になんらかの攻撃をしかけるはずです。牙《きば》や爪《つめ》でガス気球の球体を切り裂けばいい。牙や爪を持たないタイプだとしたら、なにかとがったものを投げて気球に穴をあければいい。そうすればかんたんにリゼ・リプトンを地上に追い返すことができるはずです」

「よし！　こうしちゃおれん！　俺はそいつを探しに行くぞっ！」

彼はそうさけぶと、どこかへ走り去った。

ビゲローは直情型の男である。純粋な子どもみたいだ。でも、だからこそ危険だった。一度、信じてしまったら、なかなかうたがいをはらすことができない。いつまでも怪物の姿を発見できず、足跡さえ見つからない状況に困惑し、やがて彼はひとつの解答を導き出した。

ある晩、ビゲローが暗闇のなかを滑車で移動し、鎖の表面で錆びつき蟻たちのはたらき具合を調査した。無事に捻れ木までもどってくると、彼はほっと息を吐いた。幹に設置された手作りの階段をおりて、僕とビゲローはたき火にならんであたる。ゆらめく明かりに顔を照らされながら彼は言った。

「なあ、アール、俺は暗闇のむこうで、ぼろぼろの鉄の鎖の上で、こんなことをかんがえたんだ。たくさんの蟻たちが足もとにむらがって、ちいさな穴を出入りしているのを見ながら。つまりな、これだけ探しても怪物のいる形跡が見つからねえってことは、最初からそんなやついなかったんじゃねえかなって。それなら、リゼ様がいなくなった朝に、怪物の足跡が見あたらなかったことの説明がつくだろう？　じゃあ、だれがリゼ様を殺したのかって？　アークノアの住人には無理さ。殺人は罪だ。目覚めの権利を失っちまう。そんなことをしてまでリゼ様を殺す理由なんて俺たちにはないのさ。だから……、いや……、もうちょっとかんがえさせてくれ……、メルローズのとこに行かなくちゃならんからな……」

ビゲローは錆のサンプルを持って天文台遺跡のほうにむかってあるき去った。口ごもって最後まで言わなかったが、彼の言いたかったことを僕は察していた。ビゲローはこう言いたかったのだ。「リゼ・リプトンを殺したのは、アール・アシュヴィ、おまえなんじゃないのか？」と。

4－2

空班が梁《はり》の上に旅立ち、リゼ・リプトンがもどってきて、またいなくなり、それから十日後のことだ。その変化にいちはやく気づいたのは、【星空の丘】のスターライトホテルに避難している者たちだった。

「最近、地震がすくないとおもわねえか？」

「前はもっとゆれを感じてたものね」

大猿の引きおこす地震には、歩行地震と攻撃型地震とがある。そのうち歩行地震の頻《ひん》度《ど》が減少しているようにおもわれた。地面のゆれがあったとしても微弱なものである。大猿がおとなしくなったのだろうか。人々はそのようにかんがえてほっとしていたが、実際のところはちがっていた。

「どういうことだ、これは……」

カンヤム・カンニャムは、調査へむかったビリジアンからの報告をうけて言った。報告によれば、歩行地震がへったように感じられたのは地理的な要因だという。【森の大部屋】は幅四キロメートル×長さ二十キロメートルの南北に細長い部屋である。これまで大猿はその全域を闊《かっ》歩《ぽ》していたが、ここ最近、大猿の活動場所が南部地域にかぎられているというのだ。

「あの怪物は、寒い地域よりも、暖かい地域のほうを好んでいるのかもしれません」

調査に出むいていたビリジアンがそう口にする。【森の大部屋】は北側が【冷気の洞《どう》窟《くつ》】と隣接しているために気温が低く、南側が【炎の沼】と隣接しているために気温が高い。

「特に最近は南側の壁の付近を歩行することがおおかったので、【星空の丘】は歩行地震の影響範囲からはずれていたのでしょう」

当初、大猿の活動範囲が限定されたことは都合が良いとされた。大猿を林檎《りんご》の園までおびきよせるため、ビリジアンたちは【森の大部屋】の各地に、鏡をのせたやぐらをいくつも建設しなくてはならなかったからだ。大猿が闊歩しているなかで材料となる木材を切り出し、はこび、組みあげる作業は危険と背中あわせである。建設を予定しているやぐらのうち、はたして何本が無事につくりおえられるだろうかと心配されていた。大猿が南側の壁の付近からうごかないとすれば、やぐらの建設は容易になるだろう。

しかし、ある日、突然にそれは、はじまった。

ドーン……。

ドーン……。

ドーン……。

地面や空の全体がふるえているかのような、低い音が断続的に遠くから聞こえてきた。その不気味な音に、スターライトホテル内のすべての人々が話を中断し、作業の手を止め、窓の外を見つめた。

ドーン……。

ドーン……。

ドーン……。

音にあわせて、コップに注いでいた水に波紋がひろがる。ほとんど被害のない程度のゆれだったが、不気味さがただよっていた。

　カンヤム・カンニャムは調査班を編成し、大猿がいるという南側の壁付近へとむかった。そこで目にしたものは、巨大な腕をふりおろし、壁を攻撃する怪物の姿だった。壁の表面はえぐれており、大量のがれきが地面に積みあがっていた。構造材をまき散らしながら、怪物は一心不乱に南の壁面にこぶしをぶつけていた。数日間、行動を観察しつづけたが、大猿は日課のようにおなじことをくりかえした。位置は日によって微妙にちがっていたが、かならず南の壁面のどこかを攻撃した。そのため、まるで散弾銃の射撃をうけたかのような巨大なへこみが地上から百五十メートルほどの見上げた位置にならんだ。風がふくと、そのへこみから破片が崩れ落ちて、飛んでいる鳥たちの群れをかすめて地面に降りそそぎ土煙をたてた。

　グレイ・アシュヴィは次のようにかんがえた。おそらく大猿は、ずっとおなじ部屋にばかり閉じこめられてあきあきしているのだ。ほかの場所に移動したがっているのだろう。もっとちがう景色をながめるため、壁に穴をあけようとしているのだ。

「いそがねばならない」。イヌ科の頭部は眉間《みけん》にしわをよせる。「世界を区分けしている巨大な壁は今のところ大猿の力に耐えている。【炎の沼】の壁は耐熱性のレンガをつかってつくられているから、ほかの場所にくらべて高い強度を持っている。しかし、亀裂《きれつ》でも入ったら【森の大部屋】に甚大《じんだい》な被害が出るだろう。なぜなら、壁をはさんで反対側にあるのは、【炎の沼】の火山から流れ出た溶岩のプールだからだ。亀裂から流出した溶岩は森を焼き、部屋中に煙を充満させるだろう。煙は梁の上にいる空班たちも例外なく、すべての生物を燻《いぶ》し殺《ころ》すかもしれないぞ」

グレイ・アシュヴィがスターライトホテルの庭先をぶらついているとき、ドリルがついた小型の機械をいくつもビリジアンたちがはこんでいた。グレイでもかかえられるほどのミニサイズである。

「それって何の機械？」とグレイは聞いてみる。

「穴を掘る機械さ。【森の大部屋】の地面にところどころ穴を掘るらしいんだ」

「わかったぞ、くそったれの溶岩をその穴に流しこむって作戦だな。壁が壊れたときのための用心ってわけか」

「それはどうかな。だってこの機械は、大猿が南側の壁を攻撃しはじめるよりずっと前にウーロン博士からお借りしたんだ。それに、穴を掘る場所も決まってる。林檎の園の周辺さ。溶岩対策だとしたら、南側の壁のそばに穴を掘るはずだろう？　そのほうがずっと森の被害がすくなくなるとおもわねえか？」

「なるほど、筋肉バカにしてはかしこいことを言うんだね」

「小僧、おまえの頭に穴をあけたっていいんだぞ。しかし、おかしいな……」

ビリジアンが書類を取り出して目を通しながら首をかしげる。

「どうしたんだ？」

「数が足りないんだ。備品管理用の書類によれば、もうひとつあるはずなんだ。だれかがなくしちまったのかな？」


梁の上から投げ落とされるメルローズの手紙によると、シャンデリア落下の準備は順調にすすんでいるようだった。地上班もまた、大猿が引きおこす地震に苦労させられながら、やぐらの建設作業をつづけた。グレイ・アシュヴィは特にやるべきことがなかったので、一日中、なにもせずにすごすことがおおかった。階段にすわってぼんやりしていると、スターライトホテル支配人のハロッズに呼ばれて、ホテル内の掃除を手伝ってくれないかとたのまれた。

「ただでやってくれとは言わんよ。報酬として、甘いお菓子をあげよう」

「人にこきつかわれるなんてまっぴらごめんさ」

「そうかい。今まできみに、チョコレートやキャンディーをあげていたけれど、今度からはほかの子にあげることにしよう」

「そうすりゃいいよ。僕はチョコレートやキャンディーなんかで買収されないぞ。それに、甘いものばっかり食べてたら、あんたみたいなおなかになっちまう。僕はおでぶちゃんになんかなりたくないんだ」

「やれやれ、わかったよ。きみがひまそうだったから、気になって話しかけただけなんだ。そこまで言われるとはおもっていなかった」

「僕はいけすかないガキなんだ。嫌えばいいよ。そのほうが、たとえ僕を処刑することになったとしても、心が痛まないだろう？」

グレイはその場を走って逃げだした。ほかにもいろいろな相手に悪態をついた。あそびにさそってくる子どもたちにも、食事をつくってくれる料理長にも、配膳《はいぜん》してくれるおばさんたちにも、洗濯してくれるおねえさんたちにも、「ふん！　ほっといてくれ！僕はひとりでいたいんだから！」と言い放つ。グレイに対し眉《まゆ》をひそめる大人たちもいた。はっきりと面と向かって「おまえなんかとっととハンマーガールに頭をつぶされちまえばいいんだ！」と言う大人もいる。そのたびにグレイは、ほっとしたような、せいせいしたような気持ちになるのだ。

「どうしてわざと嫌われるようなことを言うんだ？」

スーチョンにそう話しかけられたとき、グレイはそっぽをむいて返事をした。

「なれなれしくしないでほしいな。あんたは他人なんだぞ」

ロビン・フッドを想像させる森の男は、肩をすくめる。

「まあ、そう言うな。俺《おれ》はおまえの命の恩人じゃないか」

「あんたが僕のなんだって?」

「わすれたのか?　おまえの兄貴とハンマーガールが川に流された日のことさ。落ちる橋の上からジャンプしたおまえの腕を、俺が手をのばしてつかんでやったじゃないか」

「おぼえてるよ。でも、たすけてくれだなんて僕は言ってないぞ。あんたが勝手にそうしたんじゃないか」

「クソガキめ、俺の子だったら殴ってるところだ」

「ふん!　あんたの子じゃなくて、ほっとしてるよ!」

グレイはスーチョンの前から走って逃げだす。もしも兄がその場にいて「どうしてそんな態度をとるんだよ」と聞いてきたら、グレイは次のようにこたえただろう。嫌われてるほうが楽なんだ。ずっとずっと楽なんだ、と。


林檎の園の地面で大量の虫の死骸《しがい》が見つかった。シャンデリアのある直上から降りそそいだものらしい。ビリジアンたちが調査している間にもぱらぱらと頭上から降ってくる。それは錆《さ》びつき蟻《あり》の死骸だった。これがなにを意味するのかを全員が即座に理解する。空班の作業がおわろうとしているのだ。

空班から投げ落とされる手紙には、オレンジ色のテントの生地がむすばれており、ビリジアンたちに見つけやすい工夫がなされている。ビリジアンは空から降ってくる手紙を双眼鏡でとらえて、さっそく回収すると、カンヤム・カンニャムに届けた。ドッグヘッドはメルローズの筆跡をながめて「ふむ……」とうなずき、イヌ科の毛並みをクシでなでつけた。

準備の完了を示す手紙だった。シャンデリアを吊《つ》っている鎖は、錆びつき蟻によって侵食され、爆破の一撃でシャンデリアを落下させられる程度のもろさになっているという。それ以上の侵食を防ぐため、メルローズは、鎖にはりついていた錆びつき蟻たちを全滅させたらしい。すでに電気爆弾も設置が終了し、スイッチを押せばいつでも巨大な鉄とガラスの質量を解き放つことができるそうだ。

地上班の建設していたやぐらも大半が完成している。空班、地上班、双方の準備が整い、あとは作戦決行日を決めるだけとなった。メルローズの手紙によれば、地上班が【森の大部屋】の天気を考慮して運命の日を決めてほしいとのことだった。今回の大猿討伐作戦は晴天の日でなければいけない。大猿を林檎の園までおびきよせるため、光への過敏反応という性質を利用する。シャンデリアの光を鏡で反射させて大猿の顔面を照らし出すのだ。そのとき空が曇っていては、充分な光量を浴びせることができない。

【森の大部屋】の住人に、雲のうごきや湿気から、翌日の天候を言いあてられる者が何人かいた。彼らの意見を聞いて、作戦決行日をいつにするのかをカンヤム・カンニャムはさぐった。

無線機がつかえなくなったことで、地上班と空班の意思疎通や連携《れんけい》がむずかしかった。梁の上からはシャンデリアの光が邪魔をして真下が見えないという。作戦決行の日取りを決めるのも、シャンデリアを落下させるタイミングを決定するのも、音響ロケット弾による合図にたよらなくてはいけない。目かくしの状態でキャッチボールをするようなものだ。作戦の最中、大猿を林檎の園までおびきよせる前に、だれかがまちがえて音響ロケット弾を撃ってしまったら、空班はそれを合図だとおもいこんで鎖を爆破し、大猿がいもしないうちにシャンデリアを落下させてしまうかもしれない。

「無線機をなんとかして空班に届けるべきでは？」

そのような声がビリジアンたちの間から聞こえてくる。使用できる無線機が一台、梁の上にあれば、ずいぶんとやりやすくなるはずだ。

「わかっている。しかしどうやって送り届ければいい？　風船をつけて飛ばすのか？　もうひとつ気球を手に入れて持っていくのか？　梁の上には、ハンマーガールを突き落とした怪物がいるかもしれないんだぞ？　そいつに覚《さと》られずに空班の手元へ届けられる方法があるのか？」

カンヤム・カンニャムがそう言うと全員がだまりこんだ。ドッグヘッドは、口にぞろりとならんだ牙《きば》の隙間《すきま》からため息を吐き出す。

「実を言うと、その方法ならあるんだ。実際、新品の無線機を怪物に覚られないルートで届けようとはしている。もしかしたら、間に合わないかもしれないがね。待っている余裕が、もう我々にはないようだからな」

ドーン……。

ドーン……。

ドーン……。

大猿による不気味な音は夜通しつづき、【森の大部屋】の南の壁にいよいよ亀裂が入りはじめたとの報告がよせられた。まだ溶岩がもれてくる気配はないが時間の問題だろう。

ある日、天候の予測に長《た》けた【森の大部屋】の住人数名が、森の上空にただよう雲を見上げ、全員一致で翌日の天気は晴天であるとカンヤム・カンニャムに告げた。ドッグヘッドは号令を発した。無線によってすべてのビリジアンたちに連絡が届き、すぐさま【中央階層】のアークノア特別災害対策本部のオフィスが彼の決断を把握した。わずか十分ほどののちにはラジオ局の電波により世界中の人々がそれをしる。

カンヤム・カンニャムは数名のビリジアンたちとともに林檎の園に立ち、音響ロケット弾を三連続で打ちあげた。メルローズの手紙に指示されていた「翌日に作戦決行」の意を示す合図である。木製の空に音響ロケット弾の高音が遠くまで響きわたり、残響が消えると、次を打ちあげる。三度目の音が空の彼方《かなた》に消えて、ドッグヘッドは咳《せき》ばらいすると、同行していたビリジアンたちのために紅茶をいれはじめた。

「大猿の行動パターンが変化したのでしょう。なにがおこっているのかは推測の域を出ませんが、どこか特定の箇所を攻撃しつづけているような音ですね」

メルローズは緊張した面持《おもも》ちで言った。しばらく前から【森の大部屋】の壁や天井に不気味な音が反響して聞こえるようになった。この音の正体はなんだろうかと全員で話しあっていたのだ。

「音は南の方角から聞こえるような気がします。壁を壊そうとしていなければいいのですが……」

不気味な音と呼応するように梁《はり》もゆれた。捻《ねじ》れ木が空中にむかって長くのばした枝も、上下左右にふりまわされる。僕たちは落ちないように気をつけながら、枝の先につなげたロープをわたり、シャンデリアの鎖にはりついて作業をした。

4-3

鎖の表面には虫たちのあけた穴が無数にあった。一定面積における穴の数を調査し、その深さを計測し、ある日、メルローズは準備が整ったことを宣言した。彼女の指示により錆《さ》びつき蟻《あり》たちの苦手な塩水を撒《ま》くと、虫たちはもだえ苦しみながらうごかなくなる。そのおおくは鎖の表面にとどまっていることができずに地上へと落下していった。

次は爆弾の設置である。シャンデリアの鎖を破壊するための電気爆弾は、スーツケースほどのおおきさの箱である。送電ケーブルへの取りつけ作業は、くじびきで負けたナプックが担当することになった。そばかす顔をこわばらせながら電気爆弾をかかえてロープをわたり、鎖にはりついて送電ケーブルへ手をのばす。ケーブルは絶縁体によって被覆《ひふく》されているため、素手で触れても感電の心配はないが、念のためゴムの手袋をはめていた。メルローズが捻れ木のそばで望遠鏡をのぞき、ランプの明かりのなかでおこなわれるナプックの作業をチェックする。電気爆弾を無事にケーブルに固定しおえて、一本の細い電線をつなげた。捻れ木の枝の上で僕とビゲローが彼の命綱を引っぱると、電線をのばしながらナプックがもどってきた。

遺跡のホールに台座があり、そこに起爆スイッチが置かれた。電気爆弾につなげた電線を長く引っぱってきてそれにつなぐ。それですべての作業がおわりだった。

あとは作戦決行日に地上班の合図を待って起爆スイッチをオンにするだけでいい。その信号は電線を通じて電気爆弾まではこばれる。その瞬間、電気爆弾の箱から、牙《きば》と呼ばれるとがった針が押し出され、送電ケーブルの絶縁体の被覆をつらぬいて深々と刺さる。すると膨大《ぼうだい》な電流が牙を通って電気爆弾に流れこみ、大爆発が生じるのである。

「爆破の際は、全員、天文台遺跡に避難しておくこと。決して外には出ないでください。爆破の見物をしようと、捻れ木のそばにいるのは危険です」

メルローズは僕たちに言い聞かせた。電気爆弾は、流れた電気の量によって威力が増大するという。シャンデリアの光へと変換されているすさまじい量の電流が電気爆弾に流れこんだとき、爆風で捻れ木の周辺はふき飛ぶだろうと推測された。

「天文台遺跡まで避難していれば、おそらくだいじょうぶです」

メルローズは地上班にむけて手紙を書いた。作業が終了したことや、作戦決行日の選定を地上班にまかせる旨《むね》などをしたためて、シャンデリアからはなれた地点で地上にむかって投げ落とした。

三発の音響ロケット弾の音が「翌日に作戦決行」の意を示す地上班からの連絡である。ナプックのいれてくれた紅茶を飲みながら、何日もその合図を待った。やるべきこともないので、それぞれが好きなことに時間をついやした。メルローズはノートに梁の上の光景をスケッチし、生息している昆虫の種類や、生えている植物の種類を調査していた。地上にもどったらウーロン博士に報告するのだと彼女は言った。

「作戦がおわったら、はなればなれになってしまうのがざんねんです」

ナプックが顔を赤らめながらそう言うと、メルローズはやわらかいほほえみを浮かべ、亜麻色《あまいろ》の髪をふわふわさせながら「ありがとう、ナプックさん。あなたの料理の味、いつまでもわすれません」と返事をした。

ルフナは木の上や天文台遺跡の屋根の上ですごしていることがおおかった。いつも遠くをながめながら、小型のナイフで木片を削ってなにかを彫刻している。ルフナがどこかへ行っている間に、こっそりと屋根の上にのぼり、彼のつくった彫刻をながめてみた。おがくずのなかにころがっていたのは、木片から削り出されようとしている蛇の頭の部分だった。まだ未完成だが見事な彫刻だった。いつもそっけない態度をとる黒髪の少年が、このように芸術的な才能を持っていることにおどろいた。

ビゲローは細い木を切り倒し、幹の部分を組みあわせてなにかをつくっていた。

「こいつはな、おまえさんの怪物をつかまえるための罠《わな》さ」

リゼ・リプトンを空から突き落とし、無線機や気球を破壊したとおもわれる怪物は、結局まだ見つかっていなかった。そいつがいったいどのような姿をしているのかさえ僕たちはしらないのだ。ビゲローは探し出すのをあきらめて、罠をつくり捕獲する作戦に切り換えたようだ。

「キュイイイイイン！」

「キュイイイイイン！」

「キュイイイイイン！」

ある日、ついに合図がある。空を切り裂くような高音が三連続で響きわたった。天文台遺跡の屋根にのぼっていたルフナがおりてくる。ナプックはせっかく採取した木の実を落としながら駆けつけた。ビゲローは罠づくりの手を止める。集合した全員を見まわしてメルローズが宣言した。

「明日の夜明けを待って、地上班は大猿のおびきよせを開始します。作戦本番です。今晩はみなさん、よくねむってくださいね。いつものトランプも、今晩は禁止ですよ」

夕飯はカボチャのシチューだった。ナプックの得意料理である。彼が皿にシチューをよそってみんなに配る。スプーンでひとすくい、口に入れると、オレンジ色のカボチャはとろけて甘い味になった。地上から持ってきたパンは底をついていたが、梁の上では様々な野菜を収穫できた。明日でここでの生活もおわりかとおもうと感慨深かった。リゼ・リプトンの計画通りに作戦がすすみ、大猿を退治することができたら、弟は外の世界にもどれるのだ。母のもとに帰ることができる。明日の今ごろには結果が出ているはずだ。そうかんがえて緊張してきた。

石を積んでつくられた即席の竈《かまど》に、シチューをあたためるための火が灯《とも》っている。消灯時間の十八時をすぎていた。その火がなければ周囲は完全な闇《やみ》である。木製の空に、星や月が浮かぶことはない。竈の明かりをうけて、僕たち五人の顔が染まっている。

「なあ、アール、ちょっといいか」

ビゲローがちかづいてきて声をかける。彼は人よりおおく食べるほうだったが、今日は食がすすまないらしい。シチューが器にのこっていた。

「罠が完成したんだ。そいつをはこびたい。あとで手伝ってくれないか？」

食事がおわると、メルローズやナプックは睡眠をたっぷりとるために自室へもどった。ルフナはどこかにいなくなる。体を洗いに行ったか、また屋根の上だろう。僕はビゲローとともに、木の幹を組みあわせた格子《こうし》状のものをはこぶことになった。どのような仕組みの罠なのかはよくわからない。隙間《すきま》だらけの筏《いかだ》のようにも見えた。

「どこにはこびます？」

「遺跡の奥へ」

「僕はてっきり、外に仕掛けるのかとおもってました」

ビゲローの指示にしたがって天文台遺跡の内部に入り、電気爆弾からのびたケーブルをまたいで台座の前を通りすぎる。小部屋の入り口が通路にいくつもならんでいた。テント生地のぶらさがっているところは個人のつかっている部屋だ。

「よし、アール、そこの小部屋に入ってくれないか」

ビゲローが指示したのは空っぽの部屋だ。僕は木の格子を持って後ろむきに部屋へ入る。しかし格子が入り口よりもおおきくてつっかえてしまった。

「だめです。入りませんよ」

「そうか、ちょっと待ってろ」

ビゲローは格子を入り口に立てかけた。そばに置いてあったロープを取り出し、なにかの作業をはじめる。たった今、気づいたが、入り口の周囲にはすでに何本も杭《くい》が打ちこまれていた。テントの設置に使用する鉄の杭だ。そこに格子を引っかけてロープで固くむすびはじめた。

「ビゲローさん、なにをしてるんです？」

「ああ、気にするな。こいつをしっかりと固定してるだけさ」

僕は小部屋のなかを見まわす。窓はない。空っぽの石の部屋である。

「僕、どこから出ればいいんです？」

唯一の出入り口には、ビゲローが作成した木の格子が立てかけられていた。それを固定してしまったら、僕は部屋から出られないではないか。

「そりゃあ、そうさ。言ったじゃないか。こいつは罠なんだ。アール、おまえを閉じこめるためにつくったんだ」

「はは、冗談やめてくださいよ。まったくもう、おかしいなあ」

しかしビゲローは表情を崩さない。むっつりとだまりこんだままである。格子をゆすってみたが、すでに固定されておりうごかなかった。

「ビゲローさん！　いい加減にしてください！」

メルローズが腕組みをして言った。眼鏡の奥の目は困惑しきっている。蠟燭《ろうそく》の炎によって天文台遺跡の内部が照らされていた。ゆらめく明かりのなかでメルローズとビゲローが対峙《たいじ》し、すこしはなれたところに不安そうな顔のナプックがいる。ルフナは壁によりかかって成り行きを静観していた。

「こいつを出すつもりはねえ。なあに作戦の間だけさ。無事に終了したらこいつは解放するよ」

小部屋の入り口に立ちはだかったままビゲローはうごかない。

僕とビゲローの口論が聞こえて全員があつまってきて、それからずっとメルローズとビゲローのにらみあいがつづいている。格子の隙間から手を出して、固定しているロープをほどこうとしたら、ビゲローが僕の手をナイフで傷つけようとした。彼は本気で僕を出さないつもりらしい。

「リゼ様を突き落としたのは、こいつかもしれねえ。無線機やラジオを破壊したのも……。だって、そうだろ、メルローズさん。そうかんがえりゃあ、いろんなことが納得できるんだ。たとえば、怪物の足跡がどこにもねえことにもな。怪物がどうやってこんな場所まで来られたのか、不思議だったろ？　ようするに、怪物なんていなかったんだ。ここには俺《おれ》らしかいねえ。そんなかで、リゼ様を殺すことができるのはこいつだけなんだ。俺たちアークノアの住人が、人殺しなんかするはずがねえ。目覚めの権利を剥《はく》奪《だっ》されちまうからな」

「アールさんに、リゼさんを殺す理由がありますか？」

「こわかったんでしょうよ。リゼ様のことがこわくない異邦人なんていやしねえ」

「アールさんは弟さんを助けようとしているんです！　計画を阻止するようなことをするとおもいますか!?　無線機やラジオを破壊して何の得があるんです!?」

「予想外のことだったんじゃねえかな。リゼ様を殺そうとしたとき、乱闘になって巻きこんじまったのさ。無事に作戦が終了すればこいつは解放するよ。すまねえな、アール、念のため、しばらくそこにいてくれ」

格子をはさんで背の低い筋肉質のビリジアンが僕に声をかける。

「わかりましたよ、ビゲローさん。僕がここにいることで、あなたが納得してくれるんなら、それでいいですよ。ただ、言っておきますが、僕はだれよりも作戦が成功することを祈ってるんです。だって、グレイの命がかかってるんですから」

「このこと、地上班に報告するべきでしょうか……」

ナプックがメルローズに聞いた。

「いいえ。作戦は夜明けにはじまります。手紙を送ったところで、回収して目を通すひまなんてないでしょう。読まれたとしても、いたずらに動揺させるだけです」

ルフナが口をひらく。

「僕も同意見です。だまっているのがいいって。作戦がおわったら解放するそうですから、アールさんはしばらくそこにいればいいんじゃないでしょうか。それより、明日にそなえて僕はもう寝ます」

黒髪の少年はさっさと自分の部屋にもどっていった。

僕は格子の隙間からメルローズに声をかける。

「メルローズさんも部屋にもどってください。今は睡眠をとるべきです。僕はだいじょうぶですから。寝不足のせいで音響ロケット弾の合図を聞き逃すことのほうがずっとおそろしい」

彼女は眼鏡のむこうで逡巡《しゅんじゅん》するそぶりをみせたが結局はうなずいた。

「わかりました。アールさんにはわるいけど、それが賢明のようですね。ごめんなさい、アールさん……」

「気にしないでください。さあ、ナプックも自分の部屋にもどりなよ」

そばかす顔に戸惑いをうかべながら彼はうなずいた。

「うう、心配だけど、そうさせてもらいます。おやすみなさい。ビゲローさんも、おやすみなさい」

「おう。また明日な」

僕とビゲローをのこして全員が部屋にもどっていく。小型戦車のような男は、ほっとしたように息を吐き出した。

「アール・アシュヴィ、俺を軽蔑《けいべつ》したってかまわないぞ」

「もういいです。僕たちも寝ましょう」

「いや、俺は寝ずの番だ。おまえがなにをしでかすかわからんからな」

「なにもしませんってば……」

ビゲローは天文台遺跡の柱によりかかってすわり、格子をはさんで僕を監視しはじめた。一晩中そうしているつもりらしい。彼の輪郭《りんかく》を蠟燭の明かりが縁取《ふちど》っている。僕はつめたい石の床に横たわった。毛布のない状態で寝るのは困難だった。大猿もまた休んでいるらしく、梁がゆれていないことだけが救いである。

零時をすぎた。この瞬間から先、作戦で死んだ者は、今日の記憶が失われるのだ。今日、おそらく大勢の人が死ぬ。地上で大猿を林檎の園までおびきよせる役目を担うビリジアンたちは、はたしてどれくらいが生きのこれるのだろう。この世界の住人にとって死は通過点でしかない。とはいえ、その瞬間に感じる痛みは本物だろうから、死ぬのはできるだけ避けたいはずだ。それでも戦ってくれるのは、僕の弟のためだろうか。それとも世界観を守るためだろうか。

僕たち空班は、明日、じっと耳をすませて待機するだけでいい。大猿が林檎の園の半径三キロの地点までちかづいたら、まず一発、音響ロケット弾が打ちあげられる予定だった。大猿がシャンデリア直下に来たら、さらにもう一発が発射される。僕たちは二度目の合図を聞いたら、天文台遺跡の台座にのっている起爆スイッチをオンにする。地上班のやるべきことにくらべたらかんたんだ。

　大猿がおもうようにうごいてくれず、地上班が作戦失敗を判断した場合、音響ロケット弾の打ちあげはおこなわれない。合図なしのまま日没に入った段階で、僕たちはようやく作戦失敗を覚《さと》る。シャンデリア落下はまた後日に見送られ、再び作戦決行日の選定がおこなわれるという流れだ。そのときビゲローは、僕をどうするつもりだろう。部屋から出してくれるのだろうか。

　グレイは元気にしているだろうか。いつもふてくされたような顔で、いけすかないことばかり言う弟のことが、僕は心配でならない。あの大猿が、弟の胸の内でふくれあがったわるい感情の塊《かたまり》だというのなら、そいつを殺したとき、弟の心にもなにかしらの変化はあるのだろうか？　たとえば、癌《がん》の除去手術でもおこなうみたいに、すっかり弟の心のわるい部分は消え去り、性格が一変し、良い子になってしまうのだろうか。それもまた、いやなものだ。

　やがて眠気の波が押しよせてきて、僕はねむりのなかへ沈んでしまう。

4－4

夜明けとともに作戦が開始されるため、スターライトホテルの内と外はあわただしかった。深夜だというのに人々が行きかい、避難者家族の子どもが起きてしまうのもかまわずに準備がおこなわれた。グレイ・アシュヴィは部屋を抜け出し、通路に積みあがっている荷物にかくれながら移動して外にむかう。ホテルの敷地に荷馬車がならんでいた。馬たちに押されてつぶされないように注意しながら荷馬車の間をすすむ。荷台の側面にペンキでそれぞれの行き先が書かれていた。

【三番やぐら・林檎《りんご》の園行き】

その文字を見つけて荷台をのぞきこむ。まだだれも乗ってはいなかったが、ライフル銃やロケット砲の入った木箱、缶詰の入ったおおきな袋などが積んであった。グレイは袋のなかにもぐりこんで息をひそめることにした。

「きみは【星空の丘】にのこるんだ。料理長がケーキを焼いてあげよう」

ハロッズがそう言ったのは昨日のことである。

「そうかい、わかったよ。ケーキなんか、ほしかあないけれど、【森の大部屋】には行かないことにする。作戦をこの目で見ようなんておもわないよ。危険だからね」

グレイはそう言って部屋にもどってみせたが、もちろん言う通りにするつもりはなかった。大猿が殺されるところに立ち会わなくてはいけないような気がしていた。なぜなら大猿は、自分の心が生み出した怪物なのだから。安全な場所に待機して、ただ報告を待つだけだなんて馬鹿《ばか》げている。自分はその最期《さいご》を見届けなくてはならないのだ。

袋のなかはまっ暗で、缶詰のつめたくてごつごつした感触が痛かった。周囲に人の話し声がふえてくる。荷馬車に乗りこむような気配、意気ごむように発される男たちの声、馬のいななき、それらが渾然《こんぜん》一体となり高まっていく。出発の時間がちかづいているのだ。グレイのかくれている荷馬車にも数人が乗りこんでくる。荷台の床板をがんがんと踏むような靴音がおおきく聞こえた。

遠くからカンヤム・カンニャムの声がした。ビリジアンたちに対し、出発をうながすかけ声だ。彼が高らかに吠《ほ》える。その瞬間ばかりは、雄々《おお》しい犬の声だった。

周囲で男たちの雄叫《おたけ》びが巻きおこり、馬の蹄《ひづめ》の音と、荷車の車輪のまわりはじめる音がした。グレイは袋の口から外を見たかったが、見つかってしまうおそれがあるのであきらめる。荷馬車がうごきだした。見送りの者たちの応援する声が遠ざかり、車輪と蹄の音しか聞こえなくなると、スターライトホテルが後方にはなれていったことをしる。

突然、グレイのおなかの上に重いものがのしかかった。蛙《かえる》の鳴き声のような声をもらしてしまう。

「なんか言ったか？」

「いいや、なにも」

同乗しているビリジアンたちの会話が聞こえてきた。缶詰の入った袋を足置きがわりにつかっているようだ。

「俺《おれ》たち、今日は生きのこれるだろうか」

ビリジアンのひとりが言った。全部で五人か六人くらいが乗りこんでいるらしいと気配でわかる。

「三番やぐら担当だから、むずかしいかもな。作戦が順調なほど、大猿は俺たちのいるところにちかづいてくるわけだから。大猿の攻撃をまぬがれたとしても、シャンデリアの落下地点だ。衝撃でふっとんじまう確率が高いよな」

「カンヤム・カンニャムさんもいっしょだからこわくねえ」

「死ぬのがこわいやつなんかここにはいねえ。どうせ明日の朝にはもどってこられるんだ」

「でも、俺たちがこんな会話をしたってのはおぼえてないだろ？　それなら、今こうして話している俺たちは消滅しちまうってことじゃないのか？」

「そんなこたあどうでもいいんだ」

「ああ、どうでもいい」

車輪のたてる音が変化した。部屋と部屋の境界、アークノアを区分けしている分厚い壁にひらいたトンネルをすすんでいるようだ。そしてついに荷馬車は【森の大部屋】に入る。音の反響が消え、広いところに出たらしいとわかった。石畳《いしだたみ》の道を踏むようなこきざみな震動があり、袋のなかで缶詰がおどってグレイの体のあちこちを打った。

荷馬車は森をすすんだ。外が見えなかったので、どのあたりにいるのかはわからなかった。やがてビリジアンたちの口数がすくなくなり、蹄の音が止まった。体にのしかかっていた重みも消え、がんがんと荷台の床板の踏みならされる音とともに人がおりていく。グレイ・アシュヴィは袋の口からおそるおそる外をのぞいた。まだ夜明け前のつめたい空気のなかに、白い靄《もや》がたちこめている。荷馬車にとりつけられたランプが周囲を照らしていた。

林檎の木が間隔をあけてならんでいた。足の踏み場もないほどの林檎が地面いっぱいにころがって腐っている。くりかえされる地震のせいで、すっかり木から落ちてしまったのだ。あたりに甘ったるい香りがたちこめ、羽虫《はむし》の飛びまわる音がする。数台の荷馬車がとまっていたけれど、スターライトホテルの敷地で見た数よりもずいぶんすくない。ほかは【森の大部屋】に散開しそれぞれの持ち場にむかったのだろう。

目の前に、高さ三十メートルほどのやぐらが直立していた。縦長の四角柱である。以前にテレビで見たロケットの発射台を想像させる外観だ。丸太を組みあげて建造されたもので、この近所で伐採された意味なし階段が外周に設置されていた。最上部に足場があり、ぐるりと四方をながめられるようになっている。可動式の台座がやぐらの天辺《てっぺん》にのせられ、その上には鏡をはりつけた巨大な板が帆船の帆のようにロープで固定されていた。

「おい、ここでなにしてる！」

突然、腕をつかまれて、袋から引きずり出されてしまう。緑色の腕章をつけた男がグレイの顔をのぞきこんだ。


【森の大部屋】の各地に散開したビリジアンたちは、自分の持ち場であるやぐらの周囲で夜明けを待った。風もなく、鳥のはばたきの音さえ聞こえず、まっ暗な森に静寂《せいじゃく》がたちこめていた。彼らは息を殺し、周囲を埋めつくす闇《やみ》に目をこらす。歩行による震動もない。目標の怪物は、広大な部屋のどこかで活動を休止しているのだろうと推測された。ランプの明かりで時計を確認し、針が午前六時をさす瞬間、大勢のビリジアンたちが頭上を見る。はるか高いところに光が生じ、暗闇をはらいのけるようにしながら、ゆっくりとかがやきを増していく。周囲にたちこめている濃い朝靄が、光に照らされて白さを浮かびあがらせた。林檎の園の三番やぐらにいるカンヤム・カンニャムから全員にむけて無線が飛ばされる。

「作戦開始。健闘をいのる」

短い言葉だった。やがて朝靄がうすくなってきたころ、【森の大部屋】の地面に不気味な震動が走る。木々がゆれ、いっせいに鳥の群れが舞った。やぐらの上で双眼鏡をのぞきこんでいたビリジアンのひとりが、森のむこうに起きあがり、空にむかって高くなる巨人のシルエットを発見して無線機に飛びついた。

「こちら十四番やぐら！　B19に目標を確認！」

「こちら十三番やぐら！　おなじく、B19に目標を確認！」

大猿の巨大な姿はいくつもの地点から同時に観測された。湖のそばのやぐらからは、湖面に映りこんでいる怪物の姿が目撃された。無人の村に建てられたやぐらからは、家々の屋根のずっとむこうに、森のなかにそびえる塔のような姿が目撃された。朝食のパンを口にはこんでいる最中のビリジアンたちは、口のなかのものを飲みこむのもわすれて、巨大な姿を見つめた。全身を体毛におおわれている様は猿のようであるが、背筋をまっすぐにのばして直立している様子は人間のようでもある。全員がそのおおきさに言葉を失った。これまでの準備期間中に何度もその姿を見ていたがなれるということはない。はるか遠くの地平に二本足で立っている姿は、見るものに畏怖《いふ》の感情を植えつける。今からそれを殺そうとしている自分たちの行為が、おそれおおいことのようにおもえてくる。

大猿がゆっくりとした動作で一歩を踏みだすと、地面にむかって大砲でも撃ちこまれたかのような音が響きわたり、足もとで土煙が爆発した。森はどんなに高いところでも大猿の腰くらいまでしかない。樹木を足でなぎ倒しながら大猿の歩行が開始された。ひとたび活動がはじまると【森の大部屋】のどこにいても歩行による震動が地面から感じられた。

空班が落とす予定のシャンデリアの真下に、カンヤム・カンニャムの待機する三番やぐらがあり、グレイ・アシュヴィはその最上部にいた。そこからのながめはスリルがあった。転落防止用の柵《さく》にしがみついてグレイは遠くに目をやる。林檎の園の平野部分を囲むように、針葉樹の丘がひろがっていた。それが遮蔽物《しゃへいぶつ》となり、南の方角はあまり遠くまで見えない。

「B19ってどのあたり？」

無線機のスピーカーから流れる報告はグレイの耳にも聞こえていた。

「ずっと南のほうだ。暖かくて、おいしいマンゴーがとれる地域さ。妻のローズや、娘のメリルといっしょに、よくマンゴーを収穫しに出かけたよ。今じゃあ、すっかり踏みあらされているだろうけどな」

グレイの質問にこたえてくれたのはスーチョンだった。彼は柵のそばにグレイとならんでナッツを口にほうりこんでいる。

【森の大部屋】は幅四キロメートル×長さ二十キロメートルの縦長の部屋である。ハンマーガールはこの部屋を一キロメートル四方に区分けして、アルファベットと数字の組みあわせで位置関係を表現するようにした。【森の大部屋】の地図に直線を引いて、横を A から D まで、縦を 1 から 20 までのマス目に置き換えたのだ。B19 は、左から二行目、下から二列目のマス目のはずだから、ほとんど南の端である。

「それにしたって、おまえの子守をするはめになるとはなあ」

「僕がたのんだんじゃない。いやなら、さっさと帰りな」

「そんなわけにはいかねえよ」

スーチョンは荷馬車の御者《ぎょしゃ》としてビリジアンたちを連れてくる役目を担っていた。本来なら今ごろ荷馬車に乗って【森の大部屋】をあとにしている予定だったが、グレイのつき添いとして居のこることになったのである。

発見された直後、グレイは【星空の丘】へ連れもどされそうになったのだが、ありとあらゆる口汚い言葉で大人たちをののしり、あばれ、逃げまわった。

「わかった、グレイ・アシュヴィ。そのかわり約束しろ。大猿が接近して、いよいよ危険になる前に、ここから避難すると」

ドッグヘッドはしかたなくそう言うと、帰り支度をしているスーチョンをつかまえ、居のこってグレイが避難する際の手助けをしてほしいと依頼したのである。

大猿の歩行地震がつたわってきた。やぐらを構成する丸太が軋《きし》むような音をあげる。ビリジアンたちが緊張した面持《おもも》ちでそれぞれの持ち場についている。複数台の無線機の前には、腕組みしたカンヤム・カンニャムが立っていた。グレイは南に視線をむけ、聞こえてくるやりとりに耳をすます。

「こちら十四番やぐら！　目標がＢ20へ移動！　南へ進行しています！」

「今日も日課にはげむつもりのようだな」

カンヤム・カンニャムが犬のようなうなり声をもらして指示を出す。

「こちら林檎の園！　十四番やぐら！　用意はいいか！　目標を南の壁にちかづけるな！」

「こちら十四番やぐら！　行動を開始します！」


朝靄はうすれて視界は良好だった。空には雲が見あたらず、木製の空の幾何学《きかがく》模様がはっきりと見えた。それはただの模様ではなく、縦横にはられた梁《はり》とその影である。空には十三個の光の塊《かたまり》が浮かんでいた。送電ケーブルから流れこむ膨大《ぼうだい》な電流が光に変換され広大な森に降りそそいでいる。

【森の大部屋】に建てられたやぐらは全部で十四個あり、北に位置するものから順番に番号が割りふられていた。十四番やぐらは、Ｂ19とＣ19の境界付近に建てられたもので、最南端に位置したものである。周囲を熱帯性の植物に囲まれ、色あざやかな昆虫が飛びかっているような場所だった。大猿との距離があまりにちかいため、十四番やぐらは歩行地震の影響をもろにうけていた。やわらかいものの上に建っているかのようにぐらぐらとゆれる。しかし建設中も似たようなものだった。南の壁を攻撃する際の衝撃波に苦労しながら丸太は組みあげられたのである。

十四番やぐらを出発した数名のビリジアンは、歩行地震におびえる馬に苦労しながら、森の道を南下した。倒れてくる木を避け、壁にむかって直進する大猿へとちかづく。途中でついに大猿へのおびえから馬がうごかなくなった。ビリジアンたちは馬をおりると、ロケット砲をかかえて、ゆれる熱帯性の森のなかを移動する。

南の壁の付近には大量のがれきが積みあがっていた。大猿が拳《こぶし》で破壊した壁の表面部分である。二足歩行の怪物が、雷でも鳴っているかのようなすさまじい音を響かせながら、がれきの山を踏みつぶし、世界を区分けしている巨大な壁の前に立つ。地上から百五十メートルほどの位置に、壁のえぐれた箇所がならんでいた。破壊のひどい場所は、深さ何十メートルにもなっており、内部構造が完全に露出している。無数の柱と漆喰《しっくい》の破片、世界を形づくり、ささえている様々な構造物がむきだしの状態となっている。

大猿が腕をふりあげて、壁に拳をたたきつけた。すさまじい音と震動が巻きおこり、大猿を中心として、がれきが爆発するように四方八方へと飛び散る。

ビリジアンたちはロケット砲をかまえた。もうもうとたちのぼる土煙越しに、大猿のシルエットを探して狙《ねら》いをさだめた。音響ロケット弾ではない。破壊力抜群の通常弾がセットしてある。

発射した瞬間、閃光《せんこう》と煙を放ちながら、弾頭は空中を直進する。黒色の固い毛におおわれた高層ビルのような背中にそれは突き刺さった。爆発して火球が発生する。大猿は咆吼《ほうこう》をあげるわけでもなく、突然の攻撃におどろいた様子もない。些細《ささい》な圧力を背中に感じた程度だったのかもしれない。しかし大猿はその攻撃を無視しなかった。山がうごくようなスケール感でゆっくりとふりかえる。ビリジアンたちは大猿のうごきを見上げながら、大気全体が鳴動するような音を聞いた。

目標達成である。南の壁にむいている大猿の顔を、北にある十四番やぐらのほうへふりかえらせることが彼らの任務だった。すぐさま退避行動にうつる。

そのとき、十四番やぐらの天辺に設置された鏡がうごきだした。双眼鏡で大猿の行動を観察していた者が号令を発したのだ。鏡をのせた可動式の台座が回転し、角度が微調整され、シャンデリアの光を反射する。森の上空を光が直進し、ついに大猿の顔面への照射がはじまった。

4－5

毛布がなかったので、肌寒さのせいで僕はねむりから覚めた。蠟燭《ろうそく》がずいぶんと短くなっている。ビゲローは最後に見たときとおなじ状態だった。ねむってはいない。宣言通りずっと起きていたらしい。やがて蠟燭が完全に溶けきって炎が消えるころ、天文台遺跡の入り口から朝日が差しこんできた。十秒ほどかけてゆっくりとシャンデリアのかがやきは強さを増していく。

「作戦開始の時間だな、アール・アシュヴィ」

格子《こうし》をはさんで厳粛《げんしゆく》な顔つきのビゲローが言った。

地上でおこなわれていることを僕たちは想像するしかない。カンヤム・カンニャムが吠《ほ》えるようにビリジアンたちを指揮しているのだろうか。地上に落とされたリゼ・リプトンも、今は彼らとともに行動しているはずだ。ディルマにまたがって【森の大部屋】を駆けまわる姿が目に浮かぶ。

メルローズ、ナプック、そしてルフナもすでに起きていた。全員、緊張した面持《おもも》ちである。ナプックが朝食をつくっている間、メルローズは電気爆弾の爆破スイッチにしっかりと電線がつながっているかどうかをチェックしている。天文台遺跡の台座にのせたそいつはブリキの箱みたいな外観で、いくつものスイッチとボタンがついている。だれになにがおきても起爆できるように、操作方法に関しては全員がメルローズからおそわっていた。

「朝食ができましたけど、アールさんの分は、どうしましょう?」

ナプックが皿を持って部屋の前に立つ。入り口を塞《ふさ》いでいる格子には、皿を入れられるような広さの隙間《すきま》がない。

「スプーンくらいは入るよな。よし、じゃあ、俺《おれ》が食べさせてやるよ」

ビゲローが皿をうけとり、野菜の煮こみスープをスプーンにすくうと、格子の隙間から僕にむかって差しこんだ。小型戦車のようなおじさんに食べさせてもらうのは気分の滅入《めい》ることだった。ひとくち食べるごとにかなしい気持ちになっていく。

「私、食事をおえましたから、交代しましょうか?」とメルローズがやってきて言った。

「ビゲローさんもおなかがすいたでしょう?」

彼女にスープを食べさせてもらえるのなら、何日でも監禁されたっていい。しかしビゲローは首を横にふる。

「あんたはほかのことに集中していろ。そのうち合図があるだろう。いつでも対応できるようにしといてくれ」

「それもそうですね」

納得した顔でメルローズは背をむけると、遺跡の外に出ていってしまった。音響ロケット弾の合図を聞き逃してはならないので、すこしでもよく聞こえるように外で耳をすましているつもりらしい。僕はため息をついて、ビゲローの差し出すスプーンを見つめる。ふと、そのなかで、スープがゆれて波うった。上下左右に梁《はり》がゆれだす。同時に、大猿の咆吼《ほうこう》が遠くから聞こえてきた。壁や天井に反響して、それは不気味な音のうねりとなる。二度、三度と、地響きのような音がする。

「地上はきっと地獄さ。しかし、まだまだ、こんなもんじゃないぞ」

ビゲローが言った。僕たちは耳をすませて外からの音に神経を集中させる。メルローズやナプックが落ち着かない様子で遺跡を出入りしていた。ルフナはどこにいるのだろう？　咆吼とゆれがひっきりなしにつづいた。しかし合図のないまま時間が過ぎていく。そのうちにナプックが庭で昼食の用意をはじめた。

震動は朝よりもおおきくなっている。大猿が林檎《りんご》の園にちかづいている証拠だろう。やることがないので、石の小部屋で僕は膝《ひざ》をかかえているのだが、震動が生じるたびにおしりが痛かった。天井から砂埃《すなぼこり》が降ってくる。まるで戦争がおこなわれていた時代にタイムスリップして、防空壕《ぼうくうごう》のなかで爆撃機が通りすぎるのを待っているかのような気分だ。

「地上班のみんな、だいじょうぶでしょうか？」

格子をはさんでビゲローに話しかけてみた。

「なんてことねえさ。いつだって逃げずに戦ってきた。たよりになる仲間さ」

「ビゲローさんは、どうしてビリジアンに？」

「戦いのためだ」。ビゲローは胸の前でにぎり拳《こぶし》をつくった。腕の筋肉がもりあがる。

「どうして怪物なんかがこの世に現れるんだとおもう？　創造主様はどうしてそのよう

な世界にしたんだ？」

「怪物なんてもの、創造主も予想してなかったんじゃないでしょうか」

「もしも、怪物が現れることさえ、すべて創造主様のデザインのうちだとしたら？　つまりな、意図的に怪物ってやつを、異邦人ってやつを、この世界に呼びこんでるんだ。なぜかって？　恐怖をわすれさせないためさ。俺たちアークノアの住人は、自分が望めばいつまででも生きられるし、飢えや貧困とも無縁だ。不幸なことは滅多におこらねえ。だからわすれちまうんだ。死ってやつのことを……」

ビゲローは立ちあがり、格子をはさんで僕とむきあう。光の加減のせいなのか、目がどんよりと曇っているように見えた。

「なあ、しってたか。おれたちは歳《とし》をとらない。しかしおまえたち異邦人は、アークノアにいる間も成長するんだ。おまえたちにとって死は、逃れられない借金の取立人みたいなもんさ。つらいよな。おそろしいよな。でも、だからこそおまえたちは成長するんだろう」

彼の手にいつのまにか見覚えのあるものがにぎられていた。リゼ・リプトンが腰にぶらさげていた金槌《かなづち》だ。柄《え》のところに金や銀で装飾がほどこされており、ハンマーヘッドに宝石が埋めこまれている。リゼ・リプトンが消えたあと、壊れた無線機やラジオといっしょに発見され、倉庫に保管されていたものである。僕の視線に気づいてビゲローは言った。

「きれいだろ。これをつかって、しかたなく処刑するときは、ほとんどの場合、だれにも気づかれず、寝ているときにやるって噂《うわさ》だ」

ビゲローは無表情にそいつをながめている。床や壁がこきざみに震動した。梁の上に生息している鳥たちが飛びたち、逃げ惑っている気配がある。翼をいそがしくはばたかせる音が四方八方から降ってきた。

「頭を割られた子どもたちの体は、きれいに洗われて、カンヤム・カンニャムさんの手によって布につつまれる。秘密の場所にはこばれ、そこに穴が掘られ、埋められる……。この世界に唯一の、人間用の墓地さ……」

唾《つば》を飲み、にじみでる汗をぬぐった。

リゼ・リプトンの禍々《まがまが》しい金槌から視線をそらすことができない。

「僕は、聞きたい……。どうして、そんなものを、今、持ってるんです……」

ぐらぐらと天文台遺跡がゆれる。柱や壁の装飾がひび割れ、砕けて、破片のころがり落ちる音がする。ぶつぶつと、ひとり言をつぶやくようにビゲローは言った。

「お……、俺は、命なんて惜しくねえ。それよりも、リゼ様の手をこれ以上、血で汚させるのが、かなしいのだ。リゼ様は、この世界の全員からおそれられている。どいつもこいつも自分勝手なもんさ。リゼ様にばかり過酷な仕事を押しつけている。だが、俺は、たった今、決意したぞ！　俺はためされている！　リゼ様が梁の上からいなくなったのは、俺にこの決断をさせるためだったのだ！　俺は、そうだ、死をうけいれたってい い……！　たとえ！　目覚めの権利を剝奪《はくだつ》されようと！　俺は！　あの子のかわりに手を汚したっていい！　死とむきあう！　俺はその恐怖をのりこえるぞ！」

僕は気づいた。彼が今からなにをするつもりなのか。僕を殺せば、アークノアのどこかにかくれひそんでいる僕の怪物も消え去る。リゼ・リプトンのかわりに、彼がその仕事を遂行するつもりだ。

「アール・アシュヴィ、ゆるせ！」

ビゲローはあらい息を吐きながら、格子を固定しているロープをほどきはじめる。僕は周囲を見まわして逃げられるような隙間がないかを探したけれど、そんなものがあればとっくに抜け出している。

「だれか！　たすけて！」

天文台遺跡の外にはメルローズやナプックがいるはずだ。しかし彼らが駆けつけてくるよりも先に格子がはずされて、小部屋の出入り口がひらかれてしまう。リゼ・リプトンの処刑道具をぶらさげてビゲローが室内に入ってきた。

僕は意を決して突進する。ビゲローの横をすり抜けて小部屋を脱出し、そのまま天文台遺跡から外に出るつもりだった。しかし彼の横を通りすぎる際に足をひっかけられてしまう。前のめりにころがって部屋の外の壁に頭をぶつけた。頭が割れそうに痛い。しかしうずくまってうめいているひまはない。立ちあがってさらに逃げようとした、まさにそのとき、視界の端に金槌の禍々しい姿が出現する。

悲鳴をあげて僕はころがった。さっきまで僕の頭があった地点をいきおいよくハンマーが通りすぎていった。ぶん、と風を感じる。壁の装飾が粉砕されて粉々に散らばった。避けていなかったら、きっとその一撃で僕の頭蓋骨《ずがいこつ》にひびが入っていただろう。足から力が抜ける。

「ゆるせ……、ゆるせ……」

熱にうかされるようにビゲローがくりかえしている。大猿の引きおこす地震によって、天文台遺跡全体が波うっている。植物がのびるみたいに、石造りの床や壁にひび割れが成長していった。壁や天井の一部が割れ落ち、破片をまき散らす。

金槌をぶらさげたビゲローがちかづいてくる。悪夢でも見ているようだった。恐怖でうごけない。僕の目の前に立つと、彼はゆっくりと金槌を持ちあげる。次の一撃で僕は死ぬだろう。あっけないものだ。ビゲローはくちびるを噛《か》みしめていた。ふりおろされる瞬間、声が聞こえる。

「パパ、たすけてあげる」

ビゲローの足もとに血が滴《したた》る。金槌を落とし、彼が背後をふりかえると、その背中に

突き刺さった包丁の柄が僕のほうにも見える。声が出なかった。遠くから破壊の音が聞こえて、ゆっくりと梁がゆれつづけていた。悲鳴が静寂をやぶった。騒動を聞いて駆けつけてきたメルローズが天文台遺跡の入り口に立っている。

ビゲローの小型戦車のような体が、白く発光する煙となった。彼は死んだのだ。体に刺さっていた包丁が落ちて音をたてる。煙がちりぢりになると、そのむこうから、そばかす顔の青年が現れた。

「あぶないところだったね。パパ、ぼくがまもってあげる」

4-6

光の照射に対する大猿の反応はすさまじいものだった。その様子を望遠鏡や双眼鏡で観察することのできたビリジアンたちは、大猿から解き放たれる力のおおきさに圧倒された。十四番やぐらのあった場所からは土煙がふきあがり、あたりにたちこめている。地面は深くえぐれ、木々が散乱し、いくつかの白い煙の筋が空にのぼっていくのが確認された。内側から発光するようなその気体は十四番やぐらから逃げ遅れた者たちだった。

しかしまだ怪物の憤《いきどお》りはおさまっていない。機嫌《きげん》をそこねた大猿は、雄叫《おたけ》びをあげ、当たり散らすように地面を殴っていた。背中をまるめたような格好は、戦闘態勢を意味していた。

「こちら十三番やぐら！　十四番やぐらは跡形もありません！」

「問題ない。順調だ」

ドッグヘッドが無線機に返事をする。光を照射したやぐらが大猿の手により破壊されることはあらかじめ想定されていた事態だ。十四番やぐらが破壊されたことは、大猿を南の壁から引きはなすことに成功し、一キロメートル以上の距離を北上させたことを意味する。

「十三番やぐら！　準備はいいか！」とカンヤム・カンニャムは無線でさけぶ。

「こちら十三番やぐら！　ＯＫです！」

大猿がいる地点よりも北に位置するやぐらから光を照射する。破壊衝動の塊《かたまり》となった怪物は、再びやぐらにむかって突進し粉々にするだろう。それがおわれば、さらに北に位置するやぐらの出番である。何度もそれをくりかえし、大猿にやぐらを次々と壊させながら北上させ、林檎《りんご》の園に招き入れることが地上班に課せられた任務である。

「もう二度と南下させてはならない！　わかってるな！」

破壊されたやぐらはもうつかえない。やり直すことはゆるされないのだ。

林檎の園にそびえる三番やぐらの上でグレイ・アシュヴィは大猿の爆発的な咆吼《ほうこう》を聞いた。針葉樹林におおわれた丘が南側の視界をさえぎっているため、一連の作戦を肉眼で追うことはできなかった。

「僕はあそこに行くべきだった。あそこからなら、遠くまで見えたかもしれないのに」

グレイは丘の上に建っているロケットの発射台のような建造物を指さす。一・五キロメートル南に位置する四番やぐらだ。

「あそこに行ったって、はっきりとは見えやしないさ。空気の湿気や鳥の群れのせいで、遠くのほうはぼやけるんだ」とスーチョンが返事をする。

地面がふるえた。丸太を組みあげてつくったやぐらが、ぎしぎしと軋《きし》む。カンヤム・カンニャムは足場の柵《さく》からイヌ科の頭部を突き出すと、林檎の園の地面に待機しているビリジアンたちに声をかけた。

「最終チェックをしておけ！　いつ大猿が来てもいいようにな！」

やぐらの周囲には閃光《せんこう》爆弾が設置されていた。空班への最後の合図が出された瞬間に発動し、シャンデリアが落下するまでの間、数秒おきに強い光が放たれるような仕掛けがほどこされている。

天井付近から落下するシャンデリアが、地上に到達するまでの時間を計算したところ、およそ二十七秒かかるという。大猿が林檎の園の三番やぐらを破壊したあとも、およそ二十七秒の間、その場所からうごかないように足止めしなくてはならないというわけだ。

そこでリゼ・リプトンが考案し、ウーロン博士に開発を依頼したのが時限式の閃光爆弾である。音響ロケット弾を発射したあと、数秒おきに発せられる閃光は、大猿の両目を光で射貫《いぬ》いて攻撃衝動を刺激し、ほかの場所に行ってしまうのを防ぐだろう。破壊されたやぐらのがれきが閃光爆弾をおおってしまうリスクをへらすため、複数の箇所に分散して配置されていた。

「こちら八番やぐら！　九番やぐらの崩壊を確認しました！　目標はやぐらのあった場所を攻撃しつづけています！」

「こちら七番やぐら！　目標が八番やぐらへ接近中！　光の照射はつづいています！」

やぐら崩壊の無線連絡が、カンヤム・カンニャムのもとに次々と入る。作戦は順調に進行していた。大猿の通るルートに入らないであろうやぐらがふたつあった。林檎の園よりも北に位置する一番と二番のやぐらである。大猿が北方にいた場合のことをかんがえて建設されたものだったが、どうやらひつようなくなったらしい。そこを持ち場とするビリジアンたちは、所持しているロケット砲や物資をかかえて早々に引きはらい、ほかの場所へと移動していた。ある者は大猿をおびきよせるための手伝いに行き、またある者は怪我《けが》をしたビリジアンたちの回収に奔走《ほんそう》した。

時間経過とともにゆれがひどくなる。グレイは大猿の接近を感じていた。やぐらが震動し、スーチョン、カンヤム・カンニャム、そしてビリジアンたちはふり落とされないように柱や柵にしがみつく。

「この様子じゃあ、大猿がここまで来る前にやぐらは壊れちまうよ」

足場から転落しそうになっているところをスーチョンにたすけられながらグレイは言った。そのときまた地面がゆれて、丸太の固定につかわれているロープが数カ所で同時に切れてしまう。

「鏡を死守しろ！」

カンヤム・カンニャムがさけんだ。上から長いロープがたれさがっている。鏡を固定していたものが切れてしまったようだ。鏡が落下して失われてしまっては作戦の失敗が決定的となってしまう。ビリジアンたちがおおあわてでやぐらをのぼり修復にむかった。右往左往するビリジアンたちの様子は、まるで大嵐に見舞われた船の船員たちのようだ。

グレイの目の前にカンヤム・カンニャムがやってきて、牙《きば》のならんだイヌ科の口で言った。

「グレイ・アシュヴィ。おまえは午後のティータイムまでここにいるつもりか？　ここはもうじき跡形もなくふっとばされて消滅するだろう。そうなる前にやぐらをおりて安全なところまで避難したまえ」

「俺《おれ》もそうおもうぜ。ここはあまりに危険すぎるからな」

スーチョンがグレイのちいさな体を抱きかかえて連れて行こうとする。グレイは足をめちゃくちゃにうごかしてあばれた。

「いやだ！　もうすこし見ていたいんだ！　僕は、ほんとうなら、いつまでだって見ていたいんだ！　だって大猿は僕の怪物なんだぞ！」

「いてて！　やめろって！」。スーチョンがこらえきれずにグレイの体をはなす。「このクソガキめ！　もうしらん！　勝手にしろ！」

またひとつ、やぐら崩壊の連絡が無線機から流れる。

「スーチョン、たのんだぞ」

カンヤム・カンニャムは無線機の前にもどった。スーチョンはグレイの前にかがみこむ。

「わかってるのか？　みんな、おまえの命を守るためにうごいてるんだぞ？　だったら、一刻もはやく、安全なところに避難すべきだろ？」

「ああ、その通りだよ。でも、逆に聞くけどさ、僕がわがままだってことに、まだ気づいてないわけ？」

スーチョンがあきれたような顔をした。

咆吼が大気をふるわせる。光を浴びせられて憤っている声だ。大猿はすこしずつ自分が北上させられていることに気づいているのだろうか。死に場所にむかって誘いだされていることに。グレイは丘のむこうに目をやる。まだ、自分の心が生み出した怪物は姿を見せない。

「僕は、あいつのことをおもうと、やるせない気持ちになるんだ」

「やるせないだって？」

「そうさ。だからすこしでも、ちかくにいてあげたいんだ。だからまだ、ここをはなれたくないんだ。だってあいつは、たぶん、僕自身なんだ。顔に光をあてられて、怒ってるなんて、教室にいるときの僕にそっくりなんだ。僕だって、あんな風にあばれたかったんだ。腕をふりまわして、みんなをめちゃくちゃに殴ってやりたかったんだ。でも、そんなことできやしなかったから、ずっとこらえてたんだ。みんなをにらみつけることしかできなかったんだ。大猿を最初に見たときの興奮はわすれられないよ」

はじめて目にしたような気がしなかった。ずっとそれが出現するのを待ちわびていたような気がした。あの怪物はたしかに自分のなかから出てきたものだ。

「あいつがいなくなるのが、僕はさびしいんだ」

たとえそれが自分の生み出した破壊衝動の塊だとしても。大人になっても、あいつのことをおぼえていたかった。だからすこしでも長い時間、おなじ部屋にとどまっていたかった。

丘のむこうで土煙があがる。空がわずかに曇った。風に流されてきた粉塵《ふんじん》のせいだろう。無線機からの報告で、大猿が五番やぐらを破壊したことをしる。五番やぐらはＣ８の地点に位置し、林檎の園から三キロの距離だった。

「音響ロケット弾、用意！」

カンヤム・カンニャムはビリジアンに指示を出す。大猿がシャンデリア落下地点から半径三キロの範囲に入ったら一発目の合図を打ちあげる手はずになっていた。それによって空班は作戦のおわりがちかづいていることを覚《さと》るだろう。

「全員、耳をふさげ！」

ロケット砲をかまえたビリジアンが地上にいる。彼は耳につめ物をしていた。カンヤム・カンニャムがやぐらの上から腕をふって合図を出す。火薬が燃えて閃光を放ち、金属製の筒から煙を吐き出しながら音響ロケット弾が射出された。空気を切り裂き、高音を発しながら空へのぼっていく。大猿の咆吼にはおよばないが、耳をふさいでいてさえ、鼓膜がやぶれてしまいそうな音だ。

「キュィィィィイン！」

カンヤム・カンニャムがグレイをふりかえる。そろそろ行ったほうがいい。イヌ科の頭を持った男はそう言いたげな目だ。グレイ・アシュヴィの肩にスーチョンが手を置いた。

「おまえの感情は俺たちアークノアの住人には理解しづらい。創造主側の気持ちだろうからな。だが、いいさ。やぐらをおりてはなれた場所から大猿を見ようじゃないか。少々、危険だが、この際、しかたねえ。おまえの怪物の最期《さいご》を見届けてやるんだ。それならいいだろう？」

「……わかったよ、くそったれ」

グレイはしたがうことにした。スーチョンに先導されながら、やぐらの側面に設置された階段をおりはじめる。移動しながら丘に目をやると、四番やぐらの鏡が角度を変えはじめているのが見えた。大猿に対して光の反射を開始したらしい。

地面にたどりついたとき、ひときわ強い衝撃が走った。視界が一回転して、スーチョンとともに投げ出される。

「あれを見ろ！」

時限式閃光爆弾の管理をしているビリジアンたちが南を指さしてさけんでいる。グレイは起きあがり、そちらに目をむける。丘の上にたちこめる土煙が風に流されていくと、黒色の体毛におおわれた頭部と肩が丘のむこうに現れた。まるで空をおおいかくすかのように、ぐんぐんと頭部の位置が高さを増していく。丘のむこうにそいつの胸や腹、腰や足がそびえた。巨体のうごきによって風が巻きおこり、土煙が渦を巻いた。体重をのせた地面が地響きを轟《とどろ》かせ、土の層がしわよせされるようにせまってきて林檎の木がいっせいに倒れる。丘の上に建つ四番やぐらは、そいつにくらべたらマッチ棒で組みあげた玩具《おもちゃ》のようなものだった。

腕のひとふりで丘がえぐられた。四番やぐらは、まるで藁《わら》の家のようにばらばらになって空高くへふき飛ぶ。怒りと憎しみのこもった顔で大猿は咆吼した。あらゆる生命がその前ではひれ伏すような声だ。音の圧力で大猿を中心として森がたわみ、ふるえる。体毛におおわれたその顔は、猿のようでもあり、狼《おおかみ》や熊《くま》のようでもある。牙をむきだしにして、怒りという怒りを凝縮したような、見る者を魂の底からおびえさせる形相《ぎょうそう》だった。

「来るぞ！」

スーチョンがさけび、グレイの手首をつかんで走りだす。

次はカンヤム・カンニャムのいる三番やぐらが光を照射する番だ。それによって大猿はシャンデリアの落下地点に到達するだろう。間もなく林檎の園にシャンデリアが降ってくる。その前に安全な場所へ避難しなくてはならなかった。

4－7

地上の震動が【森の大部屋】の壁をつたわってきて梁《はり》の上をふるわせる。石造りの遺跡はぐらぐらと歪《ゆが》み、ひびを成長させながらも、まだ持ちこたえていた。僕はしりもちをついた状態のまま、目の前の青年を見上げる。

「もう、だいじょうぶだよ、パパ……」

彼はなにを言っているのだろう。赤毛でそばかす顔のビリジアン青年は、ほこらしげな表情で立っている。ビゲローに殺されるところだったのをたすけてもらっておいてなんだけど、ナプックの言動がおかしい。

「きみは、今、パパって言ったのか？」

聞きまちがいだろうか。しかし、ナプックはうなずく。

「そうさ。あんたはぼくのパパなんだ」

入り口で立ちすくんでいるメルローズが、おどろきに目を見ひらいていた。

「ほら、ナプック、わるい冗談はよせったら。メルローズもこまってるじゃないか！」

そうか、わかったぞ、ビゲローは死んでなんかいない。手品で煙になって消えたんだ。事前に打ちあわせしてたんだね？」

「そうじゃないよ。ビゲローはほんとうに死んで煙になったんだ」

「わらわせようとしてる？」

「ちがうよ、パパ。ジョークはまだ練習中さ」

まっ暗な洞穴に風がふいているような、得体のしれない音が地上から聞こえてくる。大猿の咆吼《ほうこう》と破壊の音楽が、地面や木製の空に反響して輪郭《りんかく》を失ったなれの果ての音だ。

「パパがぼくをのぞんだ。だから、ぼくはここにいる。ナプック、という名前も、ほんとうはぼくのじゃない。この体のもちぬしの名前なんだ。ほんとうのナプックは、港町で郵便配達をしているよ。ぼくにころされたことも、今はもうおぼえてないだろうけど」

「アールさん……」。メルローズが恐怖を浮かべて言った。「手品なんかじゃありません。私、見てました。ビゲローさんは、たしかに……。この世界で、ためらいなくだれかを殺《あや》められるのは、リゼ様か、異邦人か、それともあるいは、怪物だけです」

怪物？　彼女も僕をわらわせようとしているのだろうか。大猿討伐作戦の真っ最中だというのに。いったい、みんなどうしたというのだろう。ナプックは僕とメルローズを交互に見ながら、ゆっくりと台座にちかづいた。そこには電気爆弾の起爆スイッチが置いてある。

「今ごろ、ぼくのいとこは、どんなふうにあばれているのかな」

「いとこ？」

「背丈のおおきな、おつむのよわい、乱暴もののあいつのことさ」

そばかす顔の青年は、シャンデリアの鎖を爆破するための金属製の箱を手に取る。

「ナプックさん！　それにはさわらないで！　下に置いてください！」

「メルローズさん、ぼく、なんだかこいつを起動させてみたくなっちゃった」

彼は箱の前面パネルにならんだスイッチのいくつかをＯＮにした。メルローズからおそわっていた爆破手順通りに操作する。前面パネルにならんだいくつかのランプに光が灯り、いつでも起爆できる状態になった。メルローズが息を飲む。

　この作戦に二度目はない。地上班からの合図を待たずにシャンデリアを落下させ、作戦が失敗となったら、大猿を消すために弟は処刑されてしまう。しかし、メルローズや僕がつかみかかるよりも前に、あっけなくナプックは起爆スイッチを押してしまった。

　目をつむって衝撃にそなえる。かすかにゆれた。しかしそれは地上で大猿があばれていることによる地震だった。ゆっくりと目を開けて周囲を見る。遺跡の入り口から差しこむ外の明るさに変化はない。シャンデリアが落下したなら、うす暗くなっているはずだ。メルローズと目があった。彼女も状況が飲みこめていないようだ。

「ジョークって、むずかしいや」

　ナプックは肩をすくめた。貧弱そうな細い腕のどこにそんな力があるのかわからないが、おりがみでもにぎりつぶすように、持っていた爆破スイッチを両手で押しつぶす。金属がひしゃげて、火花を散らしながら、がらくたになる。

「これは、いったい……」

　戸惑うようにメルローズがつぶやく。

「偶然だけど、電気爆弾の取りつけ作業をしたのは、このぼくさ。でもね、電線は爆弾につなげてないんだよ。爆弾は送電ケーブルのところに引っかけてあるだけなんだ。遠くからは、ちゃんと設置してあるように見せかけてる。メルローズさんが、望遠鏡でのぞいていたからね、取りつけたふりをしていたんだ」

　僕とメルローズは、言葉を失う。最初から電気爆弾は爆発しない状態だったというわけだ。このままでは地上班から合図をもらっても、鎖を爆破することができない。弟の、グレイ・アシュヴィの死は確定的じゃないか。

「ぼくは、作戦のじゃまをして、いとこをたすけようとおもったんだ。だって、あの、おつむのよわい乱暴ものは、ぼくとおなじような、はみだしものだから。すこしでもながく、いきていてほしかったんだ。こんなぼくでも、そうおもうのさ。どのみち、ハンマーガールが、あの子のパパをころすことで、おわってしまうかもしれないけど」

「きみは、いったい、何者なんだ……？」

「ぼくのほうこそ、しりたかったんだけどなあ。パパにあえば、わかるとおもっていた。でも、そうじゃないんだね。わかっていることはひとつだけ。あんたは、ぼくのすべてだ。パパがそうのぞむのなら、ぼくは世界だってこわしてあげる」

　鼻梁《びりょう》の周辺にそばかすをちらした青年の顔を僕は見つめる。

　こいつの言葉は冗談なんかではない。そうおもった。おなじ台詞《せりふ》を聞いたことがあった。アークノアに流れ着いて、キーマンの家のベッドで目覚める直前、夢のなかでおなじ台詞をだれかが口にしたのである。

　僕の表情を見て、彼はうれしそうにとびはねる。

「ぼくのパパ！　ずっと言いたかったんだ！　ようやくあえた！　ぼくのパパ、ぼくのパパ、ぼくのパパ！」

　そのとき、天文台遺跡の入り口に立っていたメルローズが、方向転換して外にむかって走りだした。入り口の短い階段をおりて、メルローズが地面に一歩を踏みだす。庭に鍋《なべ》や野菜やまな板がころがっている。さきほどまでそこで食事の用意がなされていたらしい。いつも通り、ここにいるナプックが支度をしていたのだ。

　ナプックの体がうごいた。落ちていた包丁が足のつま先ではねあげられる。ビゲローの背中に刺さって肉体を白い煙にしてしまった包丁だ。ナプックはそれを空中でつかむ。次の瞬間にはもうメルローズの太ももに刺さっていた。あまりにはやすぎて、包丁が投げられて一直線に飛ぶ瞬間さえ見えなかった。メルローズが地面に二歩目を踏み、そのまま前のめりに倒れこんだ。

「メルローズさん……！」

　駆けようとしたが、足がもつれてしまい、よろけてしまう。ナプックが僕よりもはやく外に出てメルローズのそばに立つ。外の白い光に照らされて、彼の赤毛が燃えるようにかがやいた。

「あなたは、まだまにあうっておもったんだね。いますぐシャンデリアのところにいって、電気爆弾をちゃんととりつけたら、おつむのよわい、ぼくのたいせつないとこをころすことができるって」

　メルローズの太ももから流れた血が地面にひろがっていく。

「でも、させてあげないよ。いつかは、あの子も、ハンマーガールにけされるだろうけど。でも、すこしでもながく、げんきでいてほしいって、ぼくはそうおもうんだ」

　メルローズが、地面に両手をついて起きあがろうとする。太ももの裏側に包丁が刺さったままだ。遺跡の入り口で立ちすくんでいる僕に、苦しげな表情をむける。

「アールさん……爆弾を……まだ間に合います……！」

　赤毛のビリジアン青年が、病人にベッドをすすめるように、ゆっくりと彼女の肩を押して地面に横たえさせた。メルローズは彼を見上げる。ほとんど真上に視線がむくような格好だ。

「ぼくはジョークを言ったかな？」

　青年は首をかしげる。メルローズが、信じがたいことに、わらっていたからだ。

　彼はメルローズの顔を、壊れものにでも触れるようにやさしく両側から手のひらではさんで、それからいきおいよくひねった。首の骨の折れる音が聞こえる。彼女は白い煙になった。肉体や服の輪郭が一瞬で曖昧《あいまい》になり、内側から発光する煙となって形を崩し、風にふかれて拡散する。地面にひろがっていた血溜《ちだ》まりもまた、蒸発するように消えてしまった。

すこしはなれたところに突っ立っている僕を、そばかす顔の怪物がふりかえる。

「ふしぎなものだね。ふくまできえてしまうなんて。ささっていた包丁はここにのこってるのに。じぶんと、そうでないもののちがいって、いったいどこにあるんだろう？　ぼくは、どこまでが、じぶんなのかな？」

「おまえ……、なんてことを……」

胃液が喉《のど》までせりあがってくる。メルローズの首の骨の折れる音が耳の奥にこびりついていた。

「メルローズさんは、やさしいひとだったね。ぼくが空班にはいれたのはぐうぜんだとおもう？　メルローズさんにていあんしたんだ。空班には体重のかるい人がはいるべきだって。それだったら、ぼくとパパが、いっしょにえらばれるとおもったんだよ。ここでしばらくいっしょにくらそう。ふたりでいきのびるためには、そうするのがいいとおもったんだ」

僕は呼吸をくりかえし、心を落ち着ける。明日になればメルローズはもどってくる。そう言い聞かせると、すこしは気持ちが楽になる。

「……いっしょに暮らす、だって？」

「ここは、ぼくとパパにとってすてきなところさ。ハンマーガールを、とおざけてしまえば、ひっそりとくらせるはずだよ。だれもちかづいてはこられないからね。パパをころそうとするやつなんかここにはいないし、気球であがってこようとすればすぐにわかるはずだし」

「だめなんだ。きみが長いことといると、世界観が壊れるんだよ。この世界にとって、僕たちは異物なんだ。なんとしても、みんながきみを探しだして、殺そうとするはずだ」

「ぼくの身をまもるだけならかんたんさ。でも、パパがころされないようにまもるのは、ほねのおれることだよ。だから、パパは、ぼくといっしょにいるのがいいんだ。すぐそばで、まもってあげられるから」

赤毛の青年は、僕にむかって手を差し出す。手を取りあって、いっしょに行こうとさそうように。しかしその手は、たった今、メルローズの首の骨を折った手だ。

そのとき、空を切り裂くような高音が聞こえてくる。

「キュイィイイイン！」

音響ロケット弾による一発目の合図だ。その高音は長く大気に尾を引いた。しかし、ナプックから目をそらせなかった。青年は手を差し出した状態のままうごかない。残響が完全に消えてもまだそうしている。その目は期待感に満ちていた。僕という人間のことを、こんなにも無条件でうけいれてくれる相手は、家族以外にいなかった。父と母、そして弟……。僕はグレイのことをおもう。

「いっしょには行けない。その手を引っこめてくれ。ねえ、リゼ・リプトンを梁の上から突き落としたのも、きみなのか？」

　ナプックはすこしざんねんそうに手を引っこめた。

　いそがなくてはいけない。さきほどの音響ロケット弾は、大猿がシャンデリア落下地点から三キロ圏内に入ったことを示すものだ。もうじき二発目の合図があるだろう。そのタイミングで電気爆弾を爆発させなくてはいけない。大猿が林檎《りんご》の園へとどまっているうちに。

　メルローズは言った。まだ間に合うと。目の前にいる怪物の隙《すき》をついて、シャンデリアの鎖にむかって走るのだ。捻《ねじ》れ木から空中をわたり、電気爆弾を設置しなおして、爆風の届かない位置まで逃げなくてはいけない。僕は遺跡の入り口の短い階段をおりてナプックにちかづく。

「もう一度聞く。リゼ・リプトンを殺したのは、きみなんだな？」

「うん。でも、しかたなかったんだ。ハンマーガールが、パパの頭をつぶそうとしていたんだよ。ぼくがひとばんじゅう、みはっていたおかげで、パパはいのちびろいしたんだ」

「それって怪物ジョーク？　わらえないよ？」

「あれはさいしょの晩のことさ。天文台遺跡をみつけて、それぞれのへやでねむったよね。でも、夜中にハンマーガールがパパのへやにはいっていったんだ。こっそりのぞいたら、ハンマーをパパの頭にふりおろすところだったよ。だからぼくは、とびかかってやめさせたんだ」

「ばかだなあ、リゼがそんなことするわけないじゃないか」

などと言ってみたが、確証はない。彼女はこれまでに何人もの子どもの頭を金槌《かなづち》で砕いてきたという。自分がそのなかのひとりになったとしてもおかしくはないのだ。

地面がゆれると、鍋や食器や昼食になる予定だった食材たちが足もとにころがってきた。かすかな音を響かせながら、遺跡の入り口あたりに小瓶が降ってきた。その青色のラベルには見覚えがあった。いつも食卓に常備されており、それがないときはだれかさんが怒っていたピーナッツバターの小瓶である。赤毛にそばかす顔の怪物は、その小瓶には気づいていないようだった。どうしてそれが上から降ってくるのだろう？　まるで、天文台遺跡の屋根の上に置いてあったものが、地震のゆれで落ちてきたかのように見えた。

さきほどのメルローズの表情をおもいだす。彼女は死ぬ直前、ほとんど真上にある怪物の顔を見てわらった。しかし彼女が見ていたのは、そのむこうにあるものだったのではないか。つまり彼女は、視界に入った天文台遺跡の屋根の上を見て、あのような表情をしていたのではないか。

「どうしたの、パパ？」

「……いや、なんでもないよ。ただ、ちょっとだけ」

僕はそう言うと、赤毛の青年にちかづいて、抱きしめた。ほっそりした貧弱な体に腕をまわす。いつも料理をつくってくれたナプックの姿や、いっしょに野いちごを摘《つ》んだ記憶が頭をよぎる。

「僕は、たしかに望んでいたんだ。きみが生まれるのを。クラスメイトたちを憎んでいた。みんなをぶち殺してくれるだれかが現れるのを待っていた。でも、その感情に形をあたえてはいけなかったんだ……」

ぎゅっと強く抱きしめながら、彼の肩ごしに、天文台遺跡の屋根に視線をむける。こうしていれば、僕がどこに視線をむけているか、ナプックにしられないですむ。屋根の上にふたつの人影があった。なにをしようとしているのかも理解する。それにしても、彼女はどんな手品をつかってここまでのぼってきたのだろう？　ナプックがうごかないようにしっかりと抱きしめて僕はさけぶ。

「今だ！」

ふたつの人影が天文台遺跡の屋根から降ってきた。ひろげられた網《あみ》が、ナプックと抱きあっている僕もろとも、頭からかぶせられる。一瞬、なにも見えなくなってもがいた。網の目の隙間から視界を確保して、僕とナプックは外をのぞく。ふたりの人物が直立して僕たちを見ていた。片方は黒髪の少年だ。ルフナが先端をとがらせた木の棒をかまえ

て、前髪の隙間から怪物をにらんでいる。

赤毛の青年は、ルフナの横にいるもうひとりの顔を見ている。

深緑色の外套《がいとう》に身をつつんだ少女がそこにいた。

「アールくんにしては上出来《じょうでき》だ。よく気づいたじゃないか」

「屋根の上でピーナッツバターをなめてたんだね。瓶が降ってきたよ」

リゼ・リプトンは不敵な笑みをこぼし、僕といっしょに網のなかに捕らわれている怪物をにらんだ。スカイブルーの目が、すっと細められる。

「さあて、ようやく見つけた。逃がしはしないよ、蛇くん！」

蛇？　彼女が口にした言葉を、僕は胸のなかでくりかえす。

4−8

グレイ・アシュヴィはスーチョンに腕を引かれて走った。地面にころがった林檎《りんご》を踏んでしまい、足をとられて何度もころびそうになる。あえぐように息をすると、腐った甘い香りにむせた。木の間を抜けながら大猿のいるほうをふりかえる。林檎の木の枝葉のむこうに、意思を持ってうごく山のような姿があった。

全身を体毛によっておおわれた巨人が、丘の上から林檎の園を見おろしていた。木製の空をすっかりおおいかくしてしまいそうなほどのおおきさだ。たちこめている土煙によって、遠くの森や丘や木製の空とおなじようにかすんでおり、遠景のなかに溶けこんでいた。

「なにをしてる！　走れ！　巻きこまれたいのか!?」

スーチョンがさけぶ。大猿の巨大さに圧倒され、足が止まっていたらしい。シャンデリアが林檎の園へ落ちてくれれば、衝撃で周囲一帯はすべてふき飛ぶ。カンヤム・カンニャムとビリジアンたちは逃げずにその場で命を落とすつもりらしいが、グレイは彼らと事情がちがう。なんとしてもこの場所からはなれておくひつようがあった。

前方に一定の間隔で杭《くい》がならんでいる。そのむこう側には林檎がころがっておらず、植物の種類も異なっていた。林檎の園とその外側をへだてる境界にちがいない。杭のそばを通りすぎようとしたとき、スーチョンが注意した。

「穴があるぞ。気をつけろ」

よく見ると杭のそばに井戸のような穴がひらいていた。言われなければ気づかずに落ちていたかもしれない。まだ掘られて間もないらしく、かきだされた土がそばに盛られている。穴はひとつではない。ならんでいる杭のそばにひとつずつ、点々と林檎の園を囲むように存在した。

「これは？」

「ビリジアンたちがカンヤム・カンニャムに命令されて掘っていたんだ」

そういえば穴を掘るための機械がはこばれていた。なんのための穴だろう？　かんがえている時間はなかった。シャンデリア直下にある三番やぐらの鏡がうごきはじめたからである。台座がゆっくりと回転し、鏡の破片をはりつけた板が光を反射しはじめた。

「はじまるぞ！」とスーチョンがさけぶ。

白い光の直線が、土煙のなかに浮かびあがった。それは林檎の木々の上を通過し、丘の上に立つ怪物の顔面へと命中する。眼球に突き刺さった光は、大猿の過剰反応を引きおこした。

大猿は腕をかざし、顔を守ろうとした。そのはげしいうごきにより、周囲一帯の地面がたわむ。うごきにあわせて鏡の角度が調整され、反射した光が大猿の顔を追いかけた。うるさい羽虫《はむし》を追いはらうように大猿が腕をうごかす。世界がはりさけるようなすさまじい声が発せられた。大猿からちかい距離にいたら、その声の衝撃で体がはじけとんでいたかもしれないとグレイはおもう。

林檎の園を出た。丘の斜面が前方にある。あとはそこをのぼって安全な場所まで遠ざかるだけだ。なんとか生きのびられそうだ。ほっとしてそうかんがえた直後、どん、という衝撃が地面を突きあげた。

四番やぐらのあった丘の形が、大猿の腕のひとふりで、おおきく変化した。土砂が林檎の園の上空を飛ぶ。貨物列車ほどのおおきさの樹木がいくつも、根っこに泥をつけた状態で空をよぎった。放物線を描きながら三番やぐらの周辺へと降りそそぐ。まるで大砲の一斉射撃でもうけているかのような音がグレイのところまで聞こえてきた。

飛んできた樹木の一本が運わるく三番やぐらの足もとに命中した。ロープで固定していた丸太の柱が、細々とした破片をまき散らしながらふき飛んだ。それでも一瞬、持ちこたえたかに見えたが、柱のへし折れるような音を響かせながら、三番やぐらはゆっくりとかたむきはじめる。

大猿の顔にむかって照射されていた光は、やぐらのかたむきとともにあらぬ方向へとむけられ、ついには降りそそぐ土砂によってシャンデリアの光もさえぎられて消えた。三番やぐらは、大猿をシャンデリア直下へ導く手前で、林檎の木々の枝葉のむこうへと完全に沈んでしまったのである。

4-9

「あんたは、ぼくのこと、蛇とよんだのかい?」

そばかす顔の青年が言った。

「呼んだよ、蛇くん。さあ、正体を現すんだ。変身能力のある怪物は、はじめてじゃあないぞ」

深緑色の外套《がいとう》を羽織った少女は余裕たっぷりの口調である。蛇と呼ばれた青年は今のところ逃げようとする気配を見せない。僕といっしょに捕まったまま立っている。

「そのままうごかないでください。今、とどめをさしてあげます」。木を削ったお手製の槍《やり》をかまえてルフナが言った。「あなたは、いつからナプックだったんです?」

「はじめからそうさ」

「そんな能力があったなんて、どうりで、わからないはずです。スターライトホテルにいるときから、ずっと見張っていたんです、蛇が這《は》いずってこないかどうかを。まさか、二本足でしのびこんでいたとは」

「もしかして、ルフナ、あんたはあのときの……」

「話をしてるひまはありません。死んでください」

ルフナが槍をかまえてちかづいてくる。僕は巻き添えにならないよう、そばかす顔の怪物のほっそりした体から距離をとろうとした。しかし網《あみ》がまとわりついてきて身うごきがとりづらい。ルフナが槍のとがった先端を、ナプックにむけて突き出そうとする。しかしそばかす顔の青年は、まだおどろいたままだ。

「そんなかっこうしてるから、わからなかったよ、ルフナ」

地面がゆれた。大猿の強大な力が壁をつたって梁《はり》をふるわせる。弦楽器《げんがっき》の弦《つる》のように、梁が上下左右にこきざみに震動した。ルフナのかまえていた槍の先端がぶれる。ナプックの姿をした怪物はその瞬間を逃さなかった。網越しに蹴《け》りを入れると、ルフナの体がふき飛び、後方にかまえていたリゼ・リプトンにぶつかってふたりとも地面にころがった。

頭上でなにかの砕ける音がした。天文台遺跡の屋根の一部が崩落する。僕たちのそばに大量の破片が降りそそいで、灰色の砂埃《すなぼこり》がもうもうとたちこめてなにも見えなくなる。

「パパ、にげて、あんぜんなところへ」

視界ゼロの状況でその声を聞いた。ナプックの声とはすこしちがう。おさない印象の響きだ。直後に、布を切り裂くような音や、液体の滴《したた》る音や、水分の蒸発するような音が聞こえる。網が裂けた。するどいもので切り裂いたというよりは、力まかせに破ったという印象だ。砂埃のなかで僕は見た。むきだしの内臓、むきだしの背骨、それらを一瞬でつつみこむ筋肉の繊維。膨張し、何倍ものおおきさになり、その表面を鱗《うろこ》がおおった。色は錆《さ》びた銅をおもわせる青色。鱗の一枚一枚がぬめるような光沢を放っている。木の幹ほどもある太さの蛇が目の前にあらわれた。全長二十メートル以上はありそうだ。しかし、おどろきはすくない。以前からそいつのことをしっているような気がしたからだ。しゅるしゅるとかすかな音をたてて、鱗の表面が目の前をよぎり、砂埃の奥へと消えていった。

ゆれがおさまり、風がふいて砂埃をはらった。視界がクリアになる。しかしもう蛇の姿はどこにもない。すぐ足もとに異様なものが横たわっていた。その正体に気づいて僕は後ずさりする。さきほどまでナプックの身体だったものが、中身をごっそり抜き取られ、空っぽの袋みたいな状態でのこされていた。腰まわりや腕や足は骨までのこっているようだが、背骨や肋骨《ろっこつ》や内臓部分が抜き取られている。そのため全体的にひしゃげて見えた。首から上はくっついていない。赤毛の生えた頭の皮膚と、そばかすのある顔面は、ばらばらの肉片になってそこら中に散らばっていた。

僕が吐きそうになっていると、リゼ・リプトンとルフナが駆けよってくる。僕たちの見ている前で、ナプックの身体は、しゅううぅぅぅ、と音をたてながら溶けはじめる。煙と泡を吐き出し、地面に黒い染みがのこった。

ルフナが武器をかまえた状態で、茂みの奥へと目をこらす。鱗におおわれた長い体を探しながら、僕は黒髪の少年にたずねる。

「きみはあいつを前にも見たことあるの？」

「いそがしいから話しかけないでくれませんか」

「あ、はい……」

少年の横にならんで、無言で蛇探しをしていると、リゼ・リプトンが天文台遺跡から出てきた。彼女の手には、装飾のあしらわれた金槌《かなづち》がにぎられている。そいつを腰のベルトにさしながら少女は言った。

「ルフナ、蛇退治は後まわしだ。電気爆弾をなんとかしよう」

「わかりました」

　メルローズとナプックの会話を屋根の上から聞いていたのだろう。地上班が二度目の合図を発射する前に、電気爆弾を再び設置しなおさなくてはならない。僕たち三人は天文台遺跡の前をはなれて、捻《ねじ》れ木の作業場へとむかった。

　迷路状になっている生け垣を抜け、倒れた石柱を飛び越え、梁の上にひろがる庭園を走る。起爆スイッチの信号を送るための電線が地面に長く横たわっていた。それに沿って移動しながらリゼ・リプトンに聞いた。

「どうやってここに？　もうひとつ気球を調達したの？」

「ちがうよ。気球と浮遊ガスは、もう手元にない。別のルートを行くしかなかったんだよ。怪物に覚《さと》られないようにちかづきたかったしね」

「別のルートって？」

「上の階層から穴を掘っておりてきたんだ。遠まわりだったし、迷ったりもしたから、到着がぎりぎりになっちゃったね」

　僕のおどろいた様子を見て、少女は満足そうだった。どうして今まで気づかなかったのだろう。梁の上にのぼる方法が、気球だけではないことに。彼女は創造主のつくったこの世界の床に穴を貫通させ、上の階層から【森の大部屋】の天井部分へとおりてきたのである。

「無線機を持ってきたよ。地上班と通信する前に、こんな事態になっちゃったけど」

天井裏からおりてきた彼女を最初に発見して合流し、現状を説明してくれたのはルフナだったという。そういえばルフナはいつも木の上や天文台遺跡の屋根にのぼってすごしていた。上からのルートでリゼ・リプトンがもどってくることを想定していたのかもしれない。

「怪物の正体が蛇だっていうのも、さっき屋根の上でおそわった。ルフナは、ずっと前に蛇の姿を目撃したことがあるみたい。あとで問いつめなくちゃね」

黒髪の少年はお手製の槍をかかえて僕たちの前を走っていた。

「最初の夜、きみが僕を殺そうとしたってのはほんとう？」

「記憶が失われてしまってるから、なんとも言えないけど。たぶん事実だ」

茂みを飛びこえながら少女は言った。僕にはそのようなジャンプ力がないため、よろけながら茂みをかきわける。

「だけどふりおろす気はなかったとおもう。たぶん殺すふりをしたんだ。たまにやるんだ、そういうひっかけを」

「ひっかけ?」

「怪物をさそいだすためだよ。かしこい子ほど、おもわず飛び出してくる。自分の創造主を守るためにね。かくれて見張っているような子も、親を守ろうとしてぼろを出すわけ」

まんまと蛇は引っかかったのだ。しかしリゼ・リプトンのほうも虚をつかれてしまった。仲間だとおもっていたナプックが急におそいかかってきたのだから、さすがの彼女も反応が遅れてしまったのだろう。

「私がほんとうにアールくんを殺すとおもった? 殺すけどね。でも、処刑するには時期尚早だ。あと三百日くらいは安心していい。その先はざんねんながら死んでもらうけど」

梁の上は細長い庭園になっており、両端に植物が生《お》い茂《しげ》っている。電線はその奥へとのびていた。

「ところで、どうやって電気爆弾を爆発させるんです?」とルフナがリゼ・リプトンにたずねる。

「手動でやるんだ。電気爆弾の構造は頭に入ってる。牙《きば》を押し出す機構に黒色火薬がしこんであるから、そこにライターで火をつけてやればいい」。黒色火薬が発火すれば、そのいきおいで、牙と呼ばれる二本のするどい金属針が押し出される。牙が送電ケーブルに刺さり、電流が流れこむことによって、電気爆弾が大爆発をおこすという。「蓋《ふた》を開けて火薬に点火してやれば、牙が飛び出してドカンさ」

そういえば【森の大部屋】で遭難したとき、彼女は金属製のオイルライターで火をおこしていた。それが今回も役に立つというわけだ。

「でも、リゼがそれをやるってこと？　爆風に巻きこまれて死んじゃうよ？」

「そのつもり」

「今こうしてしゃべってるきみはいなくなるの？」

「今日の記憶は失われる。だから、しっかり見ておいてね、これからおきることを。なにがあったのかを、また今度、聞かせてもらうから」

リゼ・リプトンは電線に沿って木々の密集地帯に入っていく。草が生い茂り、蔦《つた》がたれさがり、まるでジャングルのようだ。僕やルフナは何度も通った道である。前方の幹の間から光がもれてきた。そこで唐突に地面がおわっている。その先は包丁でカットされたかのような断崖《だんがい》絶壁である。

直径二百五十メートルの超巨大なシャンデリアが、崖《がけ》の下のほうで爆発するようにかがやいている。そこから放たれる光の奔流《ほんりゅう》が、垂直な崖に沿って立ちのぼり、光の壁をつくっている。

直角な縁《ふち》の部分に張りつくようにして木々が根ざしていた。まぶしさに目がなれてくると、ひときわおおきな木が見えてくる。僕たちが捻れ木と呼んでいた、首長竜をおもわせるシルエットの大木である。

4－10

林檎《りんご》の園にそびえていた三番やぐらの姿はもうない。グレイ・アシュヴィはやぐらのあった場所にむかって走った。呼び止めるスーチョンの声が後ろから聞こえてくる。

林檎の園はすっかり荒れ果てていた。土砂をかぶり、どこもかしこも灰色である。やぐらにつかわれていた丸太が地面に刺さり、積みあがっている。折れた柱をまたいだり、くぐったりしながら、ドッグヘッドの男を探した。彼に逃げる余裕はなかっただろうから、やぐらといっしょに地面へたたきつけられたはずだ。

ビリジアンの男が血を流しながら、やぐらの下敷きになっているロケット砲を掘り出そうとしていた。「ちくしょう！　大猿にぶちこんでやるんだ！」。しかし折れた柱が上にのっていて回収するのは不可能だった。「くそっ！」。舌打ちするビリジアンの横腹から腸《ちょう》のようなものがたれさがっている。そばを通りすぎるとき、男は地面に倒れてうごかなくなり、白い煙になって消えてしまった。

丘の上にとどまっている大猿のシルエットが見えた。まだシャンデリアの落下地点からは遠い。土煙越しだったので、はっきりとした姿ではなかったが、前傾姿勢をたもった状態で周囲に首をめぐらせているようだ。崩壊した三番やぐらにちかづいてくる様子はない。顔面への光の照射がなくなっても、地響きのような低いうなり声があたりに響いている。

カンヤム・カンニャムを見つけた。がれきに上半身をあずけてすわり、数名のビリジアンに介抱されている。駆けよってみると、苦しそうに顔を歪《ゆが》めながらグレイを見る。牙《きば》の連なった口の端から、血の泡をたらして彼は言った。

「まだ、逃げてなかったのか?」

カンヤム・カンニャムの腹に、折れた柱が突き刺さっている。あとどれくらいもつかわからない。

「逃げるもなにも、やぐらが壊れちゃったら、作戦は失敗じゃないか」

「いいや、まだおわってはいない」

ドッグヘッドは体の横にあった音響ロケット弾に手をのばす。

「いつでも二度目の合図を空班に送れるぞ」

「大猿はあそこに立ち止まったままだ。おびきよせる方法なんかないぞ」

そばにいたビリジアンたちが、地面に散らばっていた鏡の破片をひろう。やぐらにのせられていたものが、落下の衝撃でばらばらになってしまったのだ。土埃《つちぼこり》のついた鏡の表面を、彼らは服の裾《すそ》でぬぐう。唾《つば》をつけて、ごしごしときれいにする。

「なにをするつもり？」

グレイの質問に、ビリジアンのひとりが答える。

「やぐらは壊れちまったからな。大猿の足もとに接近して、この破片で直接に顔を照らしてやるのさ。言っておくが、おまえをたすけたくてやってるんじゃないぞ。リゼ様の手を汚させたくないから、俺《おれ》たちはこれをやるんだ」

手のひらに刺さるほど強く、鏡の破片をにぎりしめて、彼は大猿のいるほうに走りだす。ひとり、またひとりと、それにつづいた。無茶だ、とグレイはおもう。近距離から鏡の破片で顔を照らせば、逃げる間もなく暴力の嵐に飲みこまれるだろう。死んでしまっても、どうせ明日には生き返れる。だからといって、恐怖がうすまるものだろうか。

そのとき、地響きの音が聞こえた。丘の上で大猿は前傾姿勢をやめ、背筋をのばした状態になる。直立すると余計に人間くさい姿となり、大猿というよりも巨人と呼んだほうがちかいシルエットだ。地面をゆらしながら方向転換し、そいつは南の方角をむいた。崩壊した三番やぐらに背中をむけるような格好である。

舌打ちが聞こえた。イヌ科の目が大猿の背中をにらんでいる。

「ロケット砲はあるか？」。カンヤム・カンニャムが、そばで介抱しているビリジアンに言った。「持っていってやれ。攻撃してふりかえらせるんだ。こちらをむかせないかぎり、顔に光をあてられないぞ」

「わかりました」

ビリジアンがうなずいて行こうとする。それをグレイが引きとめた。

「ロケット砲はないよ。やぐらの下敷きになってるんだ」

大猿が南にむかって一歩を踏み出すと、地面に大砲が撃ちこまれたかのような衝撃がひろがる。林檎の園から遠ざかろうとしていた。

「ほんとうか、グレイ・アシュヴィ」

「ああ、そうさ。ロケット砲はつかえない。ショベルカーでもないと掘りおこせないだろうね。作戦は失敗したんだ」

グレイが首を横にふると、ドッグヘッドはこれまでに聞いたことのないほどやさしい声で言った。

「どうしてそこであきらめるんだ、グレイ・アシュヴィ」

「もう充分さ。みんなよくがんばったじゃないか。あんたも、イヌ科のくせに、よくやったよ。惜しいところまでいったけど、やっぱりだめだったんだ」

「負けん気の強いクソガキはどこへ行った？」

「どうせ僕は口だけなんだ。学校じゃあ泣かされているだけの弱虫さ」

「変わればいいさ」

「変われないのが人間さ。犬にはわからないだろうけど」

「いいや、外の世界の住人は成長するものなんだ。我々、アークノアの住人とちがってね」

「勝手なことを言うな」

「グレイ・アシュヴィ、最後の手段があるんだ」

「最後の手段？」

「おまえがこの場所にいるのは都合がいいぞ。あるいは、ここへ来たのも、なかなか避難しようとしなかったのも、すべてこのためだったのかもしれないな」

「ロケット砲もなしに、どうやってあいつを立ち止まらせればいい？　どうやってふりかえらせるんだ？」

カンヤム・カンニャムは、咳《せ》きこんで血を吐きながら言った。

「呼ぶのだ」

「呼ぶ？」

「そう、おおきな声で。おまえが出せる、せいいっぱいの、おおきな声だぞ」

「無理さ！　聞こえるわけないじゃないか！」

「聞こえるさ。そういうものなんだ。そして、一目散に逃げたまえ」

地面をゆらしながら、また一歩、大猿が南へと歩みをすすめる。このままでは取り返しのつかない位置まで遠ざかってしまう。グレイ・アシュヴィはうなずいた。イヌ科の口元にぞろりとならんだ牙を見せてドッグヘッドは笑みを浮かべる。

「カンヤム・カンニャム、礼を言うよ。ありがとう」

「その言葉、明日の朝にはわすれてしまうのが、ざんねんでならないよ、グレイ・アシュヴィ」

グレイは三番やぐらのがれきに背をむけて走りだした。たちこめていた土煙が、風にふかれてうすまり、真上から光が降りそそいだ。

荒れ果てた林檎の園をグレイ・アシュヴィは駆けた。巨大な怪物は丘のむこうへ遠ざかろうとしている。そいつが一歩を踏み出すごとに地面がゆれて、ころびそうになるのをこらえた。太い樹木が横たわってグレイの行く手をはばむ。飛びついて、出っ張りに足をかけ、乗り越えて先へすすんだ。

負傷してうごけなくなったビリジアンが、そこら中にすわりこんでいる。それぞれの手に鏡の破片がにぎられていた。さきほどの仲間たちから手わたされたものだろうか。うごけなくともその場所から大猿の顔に光を照射するつもりらしい。南にむかうグレイの姿を目にすると、彼らは一瞬、痛みをわすれておどろいたような顔になる。大猿の創造主が、なぜ避難もせずにまだこんな場所にいるんだ？　と言いたげだ。

林檎の園のおわりが見えてきた。一定間隔で杭《くい》がならんでおり、そのむこうはのぼり斜面の丘である。神殿の柱のように荘厳《そうごん》な針葉樹がならんでおり、大猿の歩行にともないぐらぐらとゆれて、針のような葉を降らせていた。

針葉樹の隙間《すきま》から大猿の後ろ姿が見えた。黒色の体毛におおわれた背中と肩と後頭部が灰色の空にむかって高くそびえている。

息を切らしながらグレイは斜面をのぼり、怪物の後ろ姿にちかづこうとした。足がもつれて何度もころび、膝《ひざ》や手のひらに怪我《けが》を負って血をにじませる。泥まみれの髪や服に、針のような枯れ葉がくっついて、ぼろぼろのハリネズミのようになる。

しかし、どんなに走っても、そのおおきな背中は遠ざかるばかりだ。歩幅があまりにちがいすぎた。くたびれて、その場にへたりこみそうになる。怪物が一歩を踏み出すたびに、地崩れが生じた。それを避けてすすまねばならない。体中が痛かった。皮膚が切れたし、いろいろな場所を打って痣《あざ》ができていた。くちびるを切ってしまい、口のなかに血の味がひろがった。あえぐように息をしながら、丘のむこうに消えようとするおおきな背中を見上げ、グレイは、死んでしまった父のことをおもいだした。

ねむったとき、いつも見る夢がある。夢のなかでグレイは空港にいた。これから飛行機に乗って旅立つ父を家族と見送りに来たのだ。それが一生のおわかれになることを夢のなかでしっている。搭乗口にむかう父の背中にむかってグレイは呼びかけるのだ。しかし父はいつも立ち止まらずに行ってしまう。

「止まれえええええ！」

グレイは、力のかぎりさけんだ。しかし、樹木のへし折れる音や、逃げ惑う鳥たちの鳴き声で、その声はかき消されてしまう。おおきな背中に変化はない。グレイから遠ざかろうとしている。

「止まれったら、止まれ！　それ以上、行くな！　置いて行くな！」

さけんでいるうちに、いつのまにか頭のなかは、父のことでいっぱいになっていた。いくつもの、たいせつなおもいでが、ひと塊《かたまり》になって押しよせる。おもいださないようにしていたことや、もう、わすれようとしていたことまで、全部が胸のなかにふくらんだ。大猿にむかってさけんでいるのか、それとも夢のなかの父にむかって呼びかけているのかわからなくなる。

「行くなったら、行くな！　どうして行っちゃうんだよ！　もどって来てよ！　みんな、待ってるんだ！」

声は届くと信じていた。祈っていた。頭のなかを真っ白にして、喉《のど》から血が出るほどにふりしぼる。

「行っちゃうなんてバカだ！　置いてかないで！　ずっといっしょにいて！　そばにいてほしいんだ！　おねがいだよ！　帰ってきてよ！　話したいことがいっぱいあるんだ！　大好きなんだ！　愛してる！　ずっとだよ！　ずっとだ！」

服の袖《そで》で顔をぬぐう。泥や枯れ葉の破片が、涙と鼻水にくっついていた。気づくとあたりがしずかになっている。針葉樹林はゆれるのをやめている。いつからその状態だったのかわからない。

丘のむこうに遠ざかろうとしていた巨大な怪物が、立ち止まっていた。木々よりもずっと高い位置にある頭部と目があう。一切の身うごきをやめ、咆吼《ほうこう》もせず、その怪物はふりかえり、しずかに丘の斜面を見下ろしていた。おそろしくはなかった。あばれまわり、破壊のかぎりをつくしていた怪物の顔は、あいかわらず凶暴なものだったが、なぜかおそろしくはなかった。

「グレイ・アシュヴィ」

スーチョンが横に立っている。大猿に視線をむけたまま彼はグレイの腕をとり、立ちあがらせた。

「探したぞ。さあ、はやいところ、ずらかろう」

大猿の体に無数のちいさな白い光があてられた。黒色の毛におおわれた体は星空のようになる。怪物の足もとにひそんでいたビリジアンたちが、両手に鏡の破片を持って大猿がふりかえる瞬間を待っていたのだ。

「逃げるんだ、グレイ・アシュヴィ、巻き添えを食っちまうぞ」

グレイは顔をぬぐって大猿を見あげる。自分は父のことが好きだった。それなら大猿もまた自分のことを好きだろうか。乱暴者で言葉を発することのできない怪物の心を想像すると胸が痛んだ。自分は大猿にあやまらなくちゃならない。

「逃げるんだ！　おまえが死んだらアールがかなしむぞ！」

大猿の体の表面にあてられた無数の光が、すべるように顔面へ移動してそこに集中した。しずかな時間はそれでやぶられる。腕で光をさえぎりながら、大猿は牙をむきだしにした。怒りが一瞬で頂点に達し、爆発的な咆吼をあげた。足もとにひそんでいたビリジアンたちが、木陰《こかげ》から出てきて三番やぐらのほうに移動を開始する。最後のおびきよせがはじまった。

腕のひとふりで巨大な樹木と大量の土砂が宙に舞う。木がなぎ倒され、ビリジアンたちが押しつぶされる。生きのびた者たちは林檎の園にむかって走りながら鏡を大猿にむけた。土煙のなかをいくつもの細い光の線がのびて怪物の顔面にあたる。

「僕は家に帰る。ここでおわかれだぞ、僕の怪物」

グレイは、スーチョンとともに移動を開始した。大猿と三番やぐら跡地をむすぶ直線上にいる。じっとしていたら、怒りに身をまかせた大猿に、踏みつぶされるおそれがある。しかし、大猿を追いかけたときの疲労のせいで足がおもうようにうごかない。

後方からすさまじい破壊の音が聞こえた。ふりかえると、針葉樹林をなぎ倒しながら、体毛におおわれた巨大なつま先が現れ、逃げ惑う鳥たちのなかを足首が通過する。そいつのふりまわした腕がシャンデリアの光をさえぎって、グレイとスーチョンのいる一帯をうす暗くさせた。砕けた木片が飛んできたので、その場にふせてやりすごす。破壊の嵐が遠ざかったのを確認し、再び走りだす。

大猿が林檎の園の地面に最初の一歩を着地させた。衝撃で足もとのあらゆるものがふき飛ぶ。林檎の木や、杭や、ビリジアンたちのはこんできた様々な機材や、壊れた荷馬車の車輪が宙を舞う。負傷してうずくまっていたビリジアンたちが鏡の破片をチカチカと反射させ大猿を刺激した。こざかしい蟻《あり》にむかって制裁を食らわせるかのように彼らを踏みつぶしていく。怪物はシャンデリア落下地点へと前進をつづけた。

「くそっ！　ペースがはやすぎる！」

くたびれてあるけなくなったグレイを背負ってスーチョンが舌打ちをする。丘の斜面をのぼっている途中だった。シャンデリア落下の衝撃がどれほどのものになるのか想像もつかないが、もっと林檎の園からはなれておいたほうがよさそうだ。しかし、充分な距離をとらないうちに、大猿は、崩壊した三番やぐらの跡地へとちかづく。

作戦開始からほぼ六時間後のことだった。荒れ果てた林檎の園の中心に、二足歩行の怪物が立つ。直上からの光により、そいつの影は真下にできた。

スーチョンに背負われながらグレイは斜面を見下ろす。針葉樹の幹の隙間から景色が見わたせた。怪物の頬《ほお》をかすめて、まっすぐに木製の空へ、白い煙の直線が引かれていた。カンヤム・カンニャムが撃ったのだろうか。それともすでにドッグヘッドは死んでおり、だれか別の者が発射したのだろうか。音は【森の大部屋】の大気にひろがった。

「キュィイイイイン！」

空を切り裂くような高音。音響ロケット弾によるものだ。

逃げるのもわすれて、空の光を見上げた。ほかの場所にいるビリジアンたちの生きのこりも、全員が息をつめてシャンデリアに目をむけていることだろう。これからおきることを見逃すまいと。

大猿はすさまじい音にも動じた様子がない。あれ以上の音でいつも咆吼しているのだから、音への耐性があるのだろう。大猿は音響ロケット弾の発射地点を殴りつける。地面が爆発して土煙がおこった。前傾姿勢で攻撃する大猿の鼻先で、唐突に光がふくれあがった。稲光でもおきたかのような青白いかがやきである。大猿をシャンデリア落下地点から移動させないための閃光《せんこう》爆弾だ。その仕掛けはうまくいった。大猿はさらに激昂《げっこう》し、その場所であばれる。鏡の反射による光は見あたらない。林檎の園に生きている人間はもうだれもいないのかもしれない。さらに何度か閃光爆弾がまばゆい光を放つ。

スーチョンの腕から力が抜けてグレイは地面におりたった。おたがいに顔を見あわせる。数十秒が経過してもシャンデリアが落ちてくる様子はなく、木製の空でかがやきつづけていた。

4―11

捻《ねじ》れ木の幹には、ビゲローが作業の合間につくってくれた階段や足場が設置されていた。高い位置にある太い枝が、梁《はり》の縁《ふち》から外にむかって首を長く突き出すようにのびている。

「あそこからシャンデリアの鎖まで行ける。滑車《かっしゃ》をつかえば、あっという間さ」

僕は枝の先端を指さす。そこに固定されたロープは、光の奥へとつながっており、まぶしさのむこうに消えている。

「了解！」

深緑色の外套《がいとう》をひらめかせて少女が駆けだし、幹に設置された階段をのぼりはじめた。

僕とルフナは捻れ木の足もとで蛇の接近を警戒する。地上からつたわってくる震動のせいで、周囲の木々がざわざわとゆれている。捻れ木のそばの地面には、僕たちが作業中にたき火をした跡がのこっていた。お湯をわかしてお茶を飲むためのヤカンやコップがころがっている。ふと、シャンデリアの鎖にはりついて作業していたときのことをおもいだした。命綱を引かれて梁の上へもどってくるとき、闇《やみ》のなかに浮かぶたき火の明かりにほっとさせられたものである。いっしょに準備し、メルローズに対して頬《ほお》を赤らめたり、野いちごでジャムをつくったりしていたそばかす顔の青年が、蛇の怪物だったなんて、まだ実感がない。

落ち葉が降ってきた。見上げると、枝からたれさがる無数の蔦《つた》の間をなにかが通りすぎる。ルフナが走りだした。僕はリゼ・リプトンにむかってさけぶ。

「伏せて！」

リゼ・リプトンは捻れ木の中腹あたりを越えようとしていた。僕の声を聞いて階段の上へ腹這《はらば》いになる。その直後、上から巨大な顎《あご》が降ってきた。牙《きば》のならんだ上顎と下顎はいっぱいにひらかれており、少女の頭のすぐ上で、ばちん、と閉じた。伏せていなければ今ごろ上半身はなかっただろう。顎の正体は青銅色の鱗《うろこ》におおわれた蛇の頭部である。細長い体を大木へ巻きつけるようにしながら、リゼ・リプトンの頭上にぶらさがっていた。少女を丸呑《まるの》みするくらいなんでもないくらいのおおきな顎だ。

「ちぇー」と蛇は言う。階段に伏せたままのリゼ・リプトンの髪に触れそうな位置で、細長い舌がちろちろとおどった。直後、一切の予備動作もなく、外套におおわれた少女の背中に食らいつこうとする。はじけるような俊敏なうごきだ。しかし顎がとらえたのは階段の一部である。木材の破片をばきばきと食いちぎり、ガムでも捨てるようにぷっと吐き出した。

少女は顎が突進してくる寸前に階段を蹴《け》って数段上の位置に移動している。

ばちん！　ばき、ぽき。

再度、蛇が攻撃する。しかし、顎が嚙《か》み砕いたのは少女がよりかかっていた階段の手すりだった。今度も寸前に少女は体をそらして避けている。

「このっ！」

少女の細い腕が、腰のベルトから金槌《かなづち》をはずして横にふり抜いた。蛇は難なくそれを避けて反撃に転じる。階段の上で一進一退の攻防がおこなわれる。少女の金槌が蛇の体をかすめることはあったが、鱗に傷をつけることさえできなかった。

ビゲローの設置した階段や足場は、ひろいあつめた枝を釘《くぎ》で打ちつけただけの即席のものである。ところどころに枝のとがった箇所が突き出ていた。そのうちのひとつにリゼ・リプトンの外套が引っかかってしまう。少女は舌打ちをしながら外套をひっぱったが、なかなかはずれてくれなかった。

蛇の顎がひらかれ、縁にずらりとならんだするどい牙が、唾液を滴《したた》らせながらリゼ・リプトンにねらいをさだめた。頭を嚙み砕こうとする殺気に満ちている。しかしそこにルフナがたどりついた。

階段を駆けあがり、そのままのいきおいでルフナは槍《やり》の先端を蛇の頭部に突き刺そうとした。蛇はリゼ・リプトンに注意をむけている。接近する槍の先端に気づいていない様子だった。そのとき、ルフナのすぐそばをなにかがよぎる。

どん、という音がした。黒髪の少年のほっそりした体が、大木の幹にたたきつけられる。ルフナのにぎりしめていた槍がふっ飛んできて地面に突き刺さった。ルフナの立っていたあたりの階段や手すりがごっそりとなくなり、破片となって周囲に散っている。

幹に張りついていたルフナの体は、幹の表面に血の跡をのこしながらずるずるとさがりはじめて、途中ではがれて自由落下をする。うけとめようと僕は駆けて、地面に激突する寸前でキャッチした。ルフナの体はかるかったものの、僕は筋力がないため重みでころんでしまう。少年がうめき声をもらした。まだ生きているようだ。白い煙になっていないことから、生きていることは明白だったけれど。

蛇の尻尾《しっぽ》が、ひと仕事おえたという印象で僕たちの頭上を通りすぎた。しゅるしゅると紐《ひも》が巻き取られるかのように大木の表面をすべる。蛇は接近するルフナに気づいていないふりをしながら尻尾の部分でひそかに攻撃のタイミングを見計らっていたようだ。

「そうだ、いいこと、かんがえた」

おさない少年の声がする。天文台遺跡の前で聞いた蛇の声だ。ナプックの姿のときはナプックの声だったが、今はちがう。

「いいことって？」

リゼ・リプトンが蛇をにらみながら聞いた。大木に設置された足場の上で蛇の頭部とむきあっている。引っかかっていた外套はすでにはずれていた。ルフナの攻撃は失敗したが、それによって蛇の気がそれてくれたのか、その隙《すき》に自由になることができたらしい。

「からだのおおきな、おつむのよわい、あばれんぼうのあの子をたすける方法がわかったぞ」

「大猿を？　どうやって？」

「ハンマーガール、あなたを毎日、ここでころすのさ。あさもやのむこうからもどってきたら、ぼんやりしているところを、がぶり、とひと噛みすればいい。毎日、それをやるんだ。それなら、あの子も、ぼくも、いつまでもいきてゆける。あなたを殺してから、あさごはんをつくるってわけ」

　青銅色の鱗におおわれた蛇の体は二十メートルほどの長さである。大木の幹に巻きつくような格好で、階段や足場の上にものしかかっている。常にゆっくりとうごいており、捻れ木をしめつけているのか、ばきばきと枝が軋《きし》んで折れるような音が聞こえてくる。少女に鼻先をむけて、細い舌をちらつかせていた。

　リゼ・リプトンは神経を研ぎ澄ませて蛇の攻撃してくるタイミングをうかがっている。すこしでも気を抜いて、避けるのが遅れたら、顎に噛み砕かれておわりだ。

　ルフナが攻撃されたとき、階段の一部が壊れてしまった。両者のいるところまで行けそうにない。ルフナは怪我《けが》をしているようだし、運動神経のない僕は木のぼりなんて無理だ。

「……弱点をつくんです」

体をささえられながら、ルフナが僕にむかって苦しそうに言った。意識は、はっきりしているようだ。

「弱点？　弱点って？」

「アールさんの苦手なものは？」

「モナリザかな。なんだか、不気味だろ？」

「しりませんよ、なんですそれ。ほかには？」

「ピエロもこわいな」

ルフナがため息をつく。モナリザも、ピエロも、今この場には見あたらない。

「打つ手なしですね」

黒髪の少年が木の上に視線をむける。

巨大な顎からのぞく紐のような舌は、挑発するようにちろちろとゆれていた。

「私を毎朝、殺す？　そいつはなかなか、いいおもいつきだね」

リゼ・リプトンは感心するような表情だ。

「でも、そんなのはごめんだ。死ぬのはきみのほうだよ、蛇くん」

蛇の尻尾が不穏なうごきを見せた。地面からはそれがわかったけれど、リゼ・リプトンの位置からは死角になっているため、おそらく気づいてはいないだろう。声を発して注意をうながそうとしたが間に合わず、少女の背後から青銅色の尻尾が鞭《むち》のようにせまる。

「危ない！」

僕のさけびは一瞬、遅かった。それよりも前に衝撃音がおこる。蛇の尻尾は圧倒的な破壊力を見せつけた。ばきばきと階段や足場を一瞬で押しつぶす。リゼ・リプトンの立っていた場所が粉々にはじけとんだ。しかし少女は尻尾の攻撃をまぬがれ、飛散する破片とともに空中にいる。寸前に手すりを蹴って跳躍していたようだ。少女の回避行動は成功したかにおもえた。

しかし、跳躍したリゼ・リプトンにむかって顎が突進する。空中でリゼ・リプトンは身をよじることしかできなかった。

僕の目には、次のように見えた。リゼ・リプトンは空中で顎に追突され、姿勢を崩し、破壊されずにまだのこっている階段へ落ちてころがっただけだと。だけど、少女の様子がおかしい。階段の上でよろよろと立ちあがり、苦しげな表情を見せた。僕とルフナの上に、赤い血の飛沫《しぶき》が降ってくる。

リゼ・リプトンの左腕が見あたらなかった。

肩から先がずたずたになって噛みちぎられていたのである。

地上の震動がつたわってきて、梁の上の植物たちがおどると、大量の葉が散って風に飛ばされていく。それらは雨のように地上へと降りそそいでいるのだろうか。それとも四千メートルの高さを落ちる間に、風に流されてどこかへ消えてしまうのだろうか。

僕とルフナは捻れ木を見上げたまま身うごけなかった。長い体を幹に巻きつかせた蛇は、口のなかのものを飲みこんだ。ごくり、と喉《のど》もとの筋肉がうごく。満足そうに口の端をつりあげ、紐のような舌で口のまわりの血をぬぐった。

蛇の鼻先でリゼ・リプトンはよろめき、階段の手すりに体をあずける。外套の左腕周辺が破れている。本来ならそこから少女の左腕がのぞくべきなのに、血で汚れた脇腹《わきばら》しか確認できない。左腕は、たった今、蛇の腹へと飲みこまれてしまったのである。

苦しそうな顔でリゼ・リプトンがうめき声をあげた。背中をまるめ、痛みをこらえるような格好だ。蛇が上下の顎をひらく。少女を頭から飲みこもうとちかづいた。僕はさけぼうとした。蛇にむかって、やめろ、と。しかし、そのとき、脂汗《あぶらあせ》を流しながらリゼ・リプトンがうっすらと笑みをうかべる。

「……上出来《じょうでき》さ」

少女は言った。同時に金属製のかすかな音が聞こえてくる。

カシャン！

小気味のいい、聞きおぼえのある、この音はなんだっただろう。おもいだした。リゼ・リプトンが所有しているオイルライターの蓋《ふた》が開閉される音だ。外套の内側にかくされて見えなかったが、まだのこっている右手で少女はライターの蓋を開けるか閉じるかしたようだ。

蛇の表情が一変した。なにがおこったのかわからなくて、僕とルフナは戸惑う。突然、捻れ木に巻きついた状態で蛇はのたうちまわり、足場や階段を破壊しはじめたからだ。焦るようにめちゃくちゃにうごきまわり、幹にしがみついていることができず、ついに剝《は》がれ落ちる。長い胴体の中間部分から先に落ちて、それから頭と尻尾が地面に激突した。しかし蛇は落下の衝撃を気にすることなく、ぐるぐるとその場でのたうちまわった。巻きこまれないよう、僕とルフナはできるだけ距離をとった。

そいつがなにをしているのか、最初はわからなかったが、どうやら飲みこんだものを吐き出そうとしているらしい。蛇はおおきく口を開け、何度も胴体を地面にぶつけ、うげ、おげ、と声をもらす。ほどなくして口の奥から、リゼ・リプトンの左腕がころがり出てきた。噛みちぎられたその手が、円筒状のものをにぎりしめている。導火線らしきものがのびており、音をたてて燃えていた。ダイナマイトだ。

リゼ・リプトンは、蛇と会話をしている最中、深緑色の外套の裏側でこっそりと導火線に火をつけていたようだ。攻撃を避けきれずに片手を食いちぎられたのではない。蛇にそいつを飲みこませるため、わざと左腕を食いちぎらせたのだ。

僕とルフナはあわてて伏せた。直後に乾いた爆発がおこる。爆竹を何倍にもおおきくしたような音だった。全身を空気にぶたれるような衝撃がある。一瞬、頭がくらっときて、音がこもって聞こえるようになった。自分とルフナの無事を確認して、顔をあげる。爆発の際に生じた煙がたちこめていた。

「ミスった……。導火線、もっと短くてよかったな……」

木の上から苦しげな声が聞こえてきた。右手で左肩を押さえながらリゼ・リプトンは半壊状態の階段をあがっている。深緑色の外套に血の赤黒い染みがひろがっていた。最上部の足場にたどりつくと、そこにひっかけてあった滑車をのこったほうの手でつかむ。

爆発から距離があったので僕とルフナに怪我はない。しかし蛇はそうもいかなかった。体内での爆発をまぬがれたとはいえ、ダイナマイトは鼻先にころがっていたのである。衝撃で青銅色の鱗がえぐれていた。ずたずたにひび割れた体から赤い血が染み出している。こいつの血も赤色をしているのか、と僕はそんなことに感心する。傷を負ってはいたが、蛇は死んでおらず、ゆっくりと苦しそうに頭を持ちあげた。すぐそばにいる僕を見て、ルフナに目をやり、最後に捻れ木の上のハンマーガールへ視線をむける。

空中にむかって長く突き出た太い枝の先端に、シャンデリアの鎖へつづくロープが張られていた。その枝の上をリゼ・リプトンは移動している。ふらつくような足取りだった。ビゲローが設置してくれた手すりや足場が枝の上にのこっていなかったら転落していただろう。

ルフナがうごいた。地面に刺さっている槍を取りに行こうとする。しかし黒髪の少年は、負傷した箇所が痛むのか、地面に膝《ひざ》をついてしまった。

「くそっ……！」

胸を押さえて舌打ちする。肋骨《ろっこつ》が折れているのかもしれない。僕がかわりに走った。槍を地面から引き抜いて、捻れ木のほうにむかおうとしている蛇の前に立ちはだかり、先端をそいつの鼻先にむける。

「うごくな！　ここでじっとしているんだ！」

蛇の怪我はひどいものだったが、瀕死《ひんし》の重傷というわけではなさそうだ。捻れ木を這いあがってリゼ・リプトンを攻撃することなんて造作《ぞうさ》もないだろう。

「ここを通すわけにいかない！」

蛇のふたつの目が、僕の顔に注がれる。おさない声でそいつは言った。

「パパ……」

どこかさびしそうな声色《こわいろ》だ。ひび割れた鱗の皮膚に血をにじませ、そいつの顔はおそろしい。しかし僕にはまるで、帰る家を失って途方に暮れている子どものようにも見えた。

僕はくちびるを噛みしめる。こいつをどうするべきか、決まっているではないか。母の待つ家へもどるには、こいつを消さなくてはならないのだ。僕と蛇は見えないへその緒《お》のようなものでつながっている。こいつが生きたままだと、僕は、この世界を出て行くことができないのだ。しかし、かまえた槍の先端がゆらゆらとさまよってしまう。

視界の端で捻れ木のほうを確認する。首長竜の首のように、シャンデリアのほうへ突き出している太い枝は、途中から光の奔流《ほんりゅう》に飲まれている。そのなかへついにリゼ・リプトンが足を踏み入れた。

「アールさん！」

ルフナがさけぶ。蛇に視線をもどした瞬間、鼻先で、ぶん、と空気のうごく気配がした。気づくと、かまえていた槍が折れて短くなっている。蛇が攻撃したのだ。

「パパ、どいて。十秒もあれば、ぼくは、ハンマーガールのいるところまでのぼってゆける」

「行かせやしない！」

折れた槍を捨てて僕は言った。蛇は創造主である僕を攻撃することができない。だから、こいつの前に立ちはだかったとしても危険なことはなにもされないはずだ。蛇にとって創造主である僕は、もっともやっかいな壁なのだ。

そのとき、空を切り裂くような音が聞こえてくる。「キュイイイイイン！」僕たち空班が、何日も待ち望んでいたものだった。高音の残響が長く尾を引いた。天井にはねかえり、幾層も重なっている梁の間にその音はひろがる。

紐のような舌先で、鱗のひび割れから滴る血をぬぐい、蛇はつぶやいた。

「カンヤム・カンニャムさんは、うまくやったようだね。二度目の合図だよ」

地上班は大猿を林檎の園までおびきよせることに成功したらしい。二足歩行の巨大な怪物が、今、シャンデリアの真下にいる。しかし、いつまでもその場にとどまってくれはしないだろう。

「行くんだ！　はやく！」

僕は捻れ木にさけぶ。リゼ・リプトンは枝の先端に達し、ロープへ車輪を引っかけたところだった。

蛇がうごいた。僕を避けるようにおおきく迂回《うかい》して地面の上をすすむ。鱗の体をつかまえようと横に飛んで手をのばしたが、指先すれすれのところで鱗の体に届かなかった。長い胴体は僕をのこして捻れ木にむかってしまう。俊敏なうごきだった。あっという間に幹に張りついて螺旋《らせん》を描くようにのぼりはじめた。

蛇が到達するよりもはやく、リゼ・リプトンが枝の先端から空中へ踏みだす。真下から照射されるシャンデリアの圧倒的な光のなかで、左手をなくした少女が外套をひらめかせながら空中に舞った。はられたロープには傾斜がつけられているため、滑車にぶらさがるだけでリゼ・リプトンの体は一直線に光の奥へと滑空する。下からの強い光が、少女の姿をかがやかせた。

しかし蛇はあきらめようとしなかった。いっしょに作業をしたからしっているのだ。滑車をつかって移動したとしても、シャンデリアの鎖までたどりつくのに多少の時間がひつようだ。その間にロープを切ってしまえば、少女を落とすことができるのだと。

蛇を引き止めなくてはならない。どうすればいい？　答えはすぐに出た。

「もどってこい！　こっちを見ろ！」

僕は起きあがり、そして、走りだす。捻れ木のほうに蛇を追いかけたのではない。行き先はまったく別の方向だ。ルフナがおどろきに満ちた目をするのがわかった。蛇はすすむのをやめた。捻れ木を途中までのぼったところで、ひび割れた鱗の顔をこちらにむけている。

僕がむかったのは垂直な崖《がけ》のほうである。梁の上面と側面とが直角をつくり、地面が途切れている場所だ。崖の縁《ふち》に立って、真下から立ちのぼる光の奔流を鼻先に感じた。皮膚がひりひりするような強い光だ。地上から四千メートルの上空が目の前にひろがっている。

「パパ、ほんきじゃないよね？」と、捻れ木にはりついた状態で蛇が言った。

「ジョークだとおもう？」

助走をつけるために数歩後ろにさがる。深く息を吸って吐いた。地面を蹴って走りだす。崖の縁が接近してもスピードをゆるめない。僕にできることは、もうこれしかないのだ。靴の裏で崖の縁を蹴って、空中へおもいきりジャンプした。足の下から地面が消えた。

光のなかへ突入し、そのなかを落下した。木々の枝がはりだして、たくさんの蔦がたれさがっていた。それらの間を、僕の体は一直線に地上を目指す。いや、地上へ激突する前に、シャンデリアに引っかかってしまうかもしれない。恐怖はあった。しかし、あいつのことを信じてもいた。僕の怪物のことを。殺そうとしている相手なのに、それを信じるというのも、不思議な話だけれど。

さきほどリゼ・リプトンが言ったのだ。

かしこい子ほど、おもわず飛び出してくるんだ。

自分の創造主を守るために。

がくん、と落下が止まる。僕の体は宙づりになってゆれる。足首にするどい痛みが走った。崖からはりだした木の枝に尻尾をからませ、青銅色の鱗におおわれた長い体がぶらさがっていた。蛇は僕の生命を守りに引き返してくれたらしい。僕の右足首をくわえている。牙が肉に食いこんで骨にまで達しているようだ。しかし痛みよりも安堵《あんど》のほうがおおきかった。

「アールさん！」

　崖の上からルフナの声がする。蛇は僕の体を持ちあげると、平らな地面におろした。痛みが強くなってきて、僕は地面にころがったまま立てない。リゼ・リプトンの痛みにくらべたら些細《ささい》なものだろ、と自分に言い聞かせる。

　ルフナがちかづいてくる。僕を心配しにきたのかとおもったら、懐《ふところ》からちいさなナイフを取り出して蛇に先端をむけた。木を削って槍や彫刻をつくるのに用いていたナイフである。怪我をしている上に、そんなちっぽけな武器でこの怪物に対抗できるとはとてもおもえなかった。蛇がルフナに牙をむけようとする。僕はなんとか起きあがり、蛇を背中で押さえこむようにしながらルフナの前に立ちはだかる。

「どいてください！」

「逃げたほうがいい。大爆発がおこるんだ」

　充分な時間が経過していた。まぶしさのせいで確認できないが、リゼ・リプトンは今ごろ滑車での移動をおえて鎖の上に着地しているだろう。あとは送電ケーブルにしがみついて、電気爆弾を手動で爆破するだけだ。命綱もなく、片手しかつかえない状態でそれをやってのけるのはむずかしいだろう。しかし、あの少女ならそれができるような気がした。

「パパ、ぼくは、こいつをころしたい」

蛇が言った。

「たたかいかたを見られたから、記憶をけしておきたいんだ」

「そんなことしたら、ゆるさない」

「ぼくが不利になっちゃうのに？」

「だめったら、だめなんだ」

蛇はかんがえるような沈黙をはさみ、それから、そっぽをむいた。崖のむこうからもれてくる光に照らされ、鱗の体が縁取られるようにかがやいていた。ひび割れた体から流れる血で全身がぬれている。

「……ぼく、もういくよ。パパも、いそいでにげて。せなかにのせて、つれてゆきたいけど。またね。ぼくのパパ」

地面をすべるように移動しはじめると、長い体が茂みの奥に消えた。僕のつくった怪物との、しばしのおわかれだった。またいつか、かならず再会するだろう。そんな予感があった。

僕たちもゆっくりはしていられない。爆破の衝撃に巻きこまれないよう捻れ木のそばをはなれることにした。

「ま、待ってくれよ！　おねがいだよ、肩をかしてよ！」

「こっちは肋骨を折ってるんです。自分であるいてください」

片方の足首が痛くて、うまくあるけなかった。茂みを抜けると細長い庭園が左右に長くのびている。本来なら天文台遺跡あたりまで逃げておきたかったが、そんな時間はおそらくない。庭園には道に沿って円柱がならんでおり、そのうちの一本が茂みを出てすぐの場所にあった。ぎりぎりふたりがかくれられそうな太さである。僕とルフナは、怪我をかばいながら早あるきして円柱の後ろに飛びこんだ。根元にうずくまる。直後に爆発がおきた。

まず最初にカメラのフラッシュのようなまたたきがある。うす暗くなったかとおもうと、世界が炎の色に染まり、爆風が押しよせた。梁の縁にならんでいた木々たちが根こそぎふき飛ばされる。庭園にかざられている彫像や噴水が爆風の衝撃で粉々に砕ける。僕とルフナが身をひそませている円柱に、飛んできた木が衝突し、へし折れて長さを半分にしながら遠くの彼方へ消える。円柱の根元にひびが入ってしまった。長くはもたないだろう。壊れてしまったら、僕とルフナの体も爆風にさらされて、ひとたまりもないはずだ。しかしうずくまって祈る以外にできることはなかった。

どどどどどどどど……。

地響きのような震動がつづき、猛烈な風がふき荒れる。雷のようなまたたきが幾度もおきる。僕とルフナはほとんど無意識のうちにおたがいの手をつかんでいた。どちらかがふき飛ばされても、つなぎとめていられるように。【森の大部屋】の天井の表面が、爆風によって削られ、剝がれていく。縦ゆれと横ゆれが同時におこり、轟音《ごうおん》のなかで視界がはげしくゆさぶられ、そして突然、光が消えた。

4-12

二度目の音響ロケット弾の合図からずいぶん時間が経過した。しかしなにもおこらない。作戦は失敗したものだと、生きのこった者たちの全員があきらめかける。すでに閃《せん》光《こう》爆弾も尽きてしまった。大猿は憤《いきどお》りのさめやらない様子で地面を攻撃しつづけていたが、二足歩行の怪物をその場につなぎとめておくものはもうなにもない。興奮がさめれば、どこかへ行ってしまうだろう。

グレイ・アシュヴィはスーチョンとともに針葉樹林のならぶ丘の斜面に立っていた。

「だめだったな」

スーチョンが首を横にふった。そのとき、切れかけの電球みたいに、周囲を照らす光が明滅する。景色がほんのすこしだけ赤みを帯びる。見上げると、火球がシャンデリアをつつんでひろがっていた。それから遅れて、すさまじい爆発音が空から降ってくる。

高度四千メートルでおきた爆発は、【森の大部屋】の地上からも充分に観測できるほどのおおきさだった。木製の天井に沿って火球はひろがり、同時に雷光をおもわせる青白いかがやきを生じさせた。林檎《りんご》の園を中心とした一帯が唐突にうす暗くなる。シャンデリアは光を失った。完全な暗闇《くらやみ》にならないのは、空の炎と、周辺地域のシャンデリアから届く光のおかげだろう。夕闇のような暗さのなかでグレイは抱きあげられた。荷物でもはこぶときみたいに肩へ担がれる。

「落ちてくるぞ！」

スーチョンがさけんで斜面をのぼりはじめた。

空にふくれあがった火球のなかから、光の粒を凝縮させたような物体が姿を現す。シャンデリア本体である。自らかがやくことはしなくなったが、炎を反射させて光っている。それはまだ天井にちかい場所にあり、それほどおおきなものには見えなかった。作戦の概要は理解していたが、グレイにはまだ信じられなかった。森を照らしていたシャンデリアが、これから落ちてくるだなんて。

針葉樹の隙間《すきま》から大猿の巨大なシルエットが見える。林檎の園の中心にそびえる山のようだった。うなり声をあげて周囲に首をめぐらせている。急にあたりがうす暗くなったことを怪訝《けげん》におもっているのだろうか。

斜面に足をとられながらスーチョンは丘の上を目指す。彼の肩の上で、グレイは空気の軋《きし》むような音を聞いた。頭上に視線をむけて血の気がひく。目をそらしていたすこしの間に、その物体の見え方が変化していた。あまりに遠く、ちいさなものに見えていたシャンデリアが、今ははっきりと巨大な物体として上空にあった。夕闇のような暗さのなか、炎や周辺地域からの光を反射して宝石のようにかがやいている。その形状は、鎖のつながったガラスの宮殿のようでもあった。見ている間にも加速度的におおきさを増し、鉄とガラスの巨大な質量は、空気を押しのけながら垂直に地面を目指している。頭を押さえつけられるような圧迫感があった。心なしか息苦しい。

大猿のシルエットが、落下地点からずれるように移動するそぶりを見せた。その場にとどまっていることの危険性を察知したのだろうか。そのとき、ちいさなガラスの粒がマシンガンの銃撃のように降りそそいだ。電気爆弾の爆発によりふき飛んだシャンデリアの装飾である。広範囲に飛び散ったガラスの粒は、本体に先行して地面へ無数の穴をあける。頭上から降りそそぐ粒を攻撃だとおもいこんだのか、大猿はそれに気をとられたようだ。敵意むきだしの顔を木製の空にむけた。

スーチョンは斜面をのぼりきって丘の上に出る。風がふいた。押し出された空気が通りすぎたのかもしれない。

何万というガラスがいっせいにぶつかって砕けるような音を発しながら、その物体がついに地面からの距離をゼロにする。エンパイアステートビルを何本も束ねたようなおおきさだった。鉄の軸にささえられて、さかさまになったウェディングケーキのようだ。杭《くい》の鉄の軸は植物をおもわせる優雅な曲線を描き、その先端は槍《やり》のようにとがっていた。

を打つハンマーのように、二足歩行の巨大なシルエットを、デコレーションされたガラスの塊《かたまり》が押しつぶした。

雷の落ちるようなすさまじい音が止むことなく延々とつづいた。衝撃波で林檎の園はめくれあがり、剝《は》がれた地層が粉々になる。あらゆる種類の音という音が耳に入ってくる。震動とともに地面が隆起し、グレイの目の前に山ができた。しかしその山もふき飛んで大量の土砂となり空へのぼっていった。

気づくとあたりがまっ暗になっていた。気絶したまま時間がすぎて、真夜中になってしまったのだろうか？　さけぼうとしたけれど、声が出ない。それに、息が苦しい。口元に手を持ってこようとして、腕がうごかないことに気づく。腕だけではない。足も、首も、体もうごかせなかった。泥のにおいがする。どうやら自分は生き埋めになっているらしい。衝撃波をうけてはじきとばされたところに土砂が降りそそいだのかもしれない。息苦しさに頭がぼんやりしてきたとき、腕をつかまれて泥のなかからひっぱりだされた。

「だいじょうぶか？」

スーチョンが顔をのぞきこむ。運のいいことに、片腕が土砂から突き出ていたおかげで、すぐに発見してもらえたようだ。口のなかに入りこんだ泥を指でかきだした。もう地面はゆれていない。はげしい破壊の音はおさまったが、遠くでガラスの砕けるような音が断続的に聞こえてくる。泥のこまかな粒子がたちこめているせいで視界がわるかった。霞《かすみ》がかったうす暗い風景に、倒れかけの木々のぼんやりとした影が連なっている。

「どうなったの?」

せきこみながらグレイは声を出す。

「わからねえ。見ろ、視界が晴れるぞ」

土煙がうすくなると、すり鉢状にたわんだ森が視界いっぱいにひろがった。中心部分は地表がふき飛び、林檎の園は跡形もない。ほかの場所とはあきらかに素材の異なる面が露出していた。【森の大部屋】の床の構造材である。すり鉢状の中心に、ガラスの宮殿をおもわせる巨大な物体がそびえている。霞がかった風景のなか、それはまぼろしのようでもあった。

衝撃でゆがんだ鉄製の軸から幾本もの鎖がのびており、空班が電気爆弾で切断した極太の鎖へと集約してつながっている。たった一本でシャンデリアを吊《つ》りさげていた直径三十メートルもある鎖は、衝撃でめくれあがった地面や針葉樹林を押しつぶしながら遠くまでのびていた。どれもこれも人間のつくりだせるおおきさではない。自分が蟻《あり》になり、壊れて森に放置されたシャンデリアを見上げているかのような錯覚がある。

スーチョンがわらいだした。ひとしきりわらって、ほっとした様子でグレイの手をにぎる。

「おめでとうよ。大猿は完全につぶされちまったようだな。俺《おれ》たちもあぶねえところだった」。スーチョンはくたびれたようにその場へすわりこむ。「スターライトホテルにもどったら祝杯だな」

そのとき、足もとの小石がふるえたような気がした。

「……いいや、まだだよ」

スーチョンは怪訝な顔をする。

「あいつ、まだ生きてる」

「死んだよ。おまえは帰れるんだ」

すり鉢状の地面の中心から、無数の装飾を砕けさせるような音が発生した。見た目には変化がなかったけれど、装飾のはじけとぶ音や、ガラスの割れる音が響きわたる。

地響きとともにシャンデリアが持ちあがる。肩で押しのけるようにして、その下から、二足歩行の怪物が姿を見せた。負傷しているのか動作は緩慢《かんまん》である。しかし明確にその怪物は生きていた。巨大な質量の直撃に耐えたのだ。

地表のちかくにあった頭部が、ぐんぐんと木製の空にむかって上昇する。ガラスの破片をまき散らしながら、地中に埋まっていた巨大な山が姿を現すかのように、ついに大猿は二本足で直立した。しっかりと地面を踏みしめ、背筋をのばし、夕闇のようなうす暗さのなかでそいつは雄叫《おたけ》びをあげた。声は空に反響し、世界の果てまで聞こえたかのようだった。生きている。それをしらしめるような力がみなぎっていた。

　スーチョンは言葉を失って呆然《ぼうぜん》とそれを見上げる。グレイは体の底からふるえが走った。大猿を殺せなかった。自分は処刑されるかもしれない。しかし、顔に笑みがひろがるのを抑えきれなかった。大猿の声は、どのような生物よりも雄々《おお》しく、猛々《たけだけ》しく、荘《そう》厳《ごん》だった。残響が森の上空に消える。

「僕はもう、死んだってかまわない。あいつを殺すのは、だれにだって無理なんだ」

　周辺地域から届く明かりのなかで、その姿は輪郭《りんかく》のみを縁取《ふちど》られ、巨大な人間の形をしたシルエットが高くそびえている。

　グレイは、空にいるはずの兄のことをおもう。

「たったひとつ、ざんねんなことがあるとすれば、アールのことさ。きっとかなしむだろうな」

　そのとき、なにかの軋《きし》むような気配がする。それが音なのか、体に感じた震動なのか、よくわからない。大猿の咆吼《ほうこう》によってすぐにかきけされてしまった。

　スーチョンがなにかに気づいたような顔をする。周囲の森を見まわしてさけんだ。

「まさか、そんな！」

　グレイも遅れて気づく。すり鉢状になった地面の傾斜角度が変化していた。なにかがねじまがり、歪《ゆが》んでいくような音が加速度的におおきくなる。どこか一カ所から聞こえてくるのではない。そこら中から同時に発生している。まるで、シャンデリアと大猿を中心とした蟻地獄だ。そこへ吸いこまれるように、森全体がすべってあつまろうとしていた。

グレイとスーチョンは、傾斜した地面の縁のあたりに立っていた。深く地面に根ざした針葉樹が、流れていかずに地面へはりついている。スーチョンがそこにしがみついて、グレイの腕をしっかりとにぎりしめた。

「なにがおこってるの!?」

「わからねえ！」

世界の裂ける音がした。地面の下の断層がはじけるように、直線状にいくつかの土煙がふきあがる。それが複数つながって林檎の園があった場所を線で囲んだ。これは偶然ではない。林檎の園を囲むように立てられていた杭と、そのそばに掘られた井戸のような穴をグレイはおもいだす。これはリゼ・リプトンが事前に準備していた現象にちがいない。ハンマーガールは、そこを境界として地面が折れるように、切り取り線をつくっておいたのだ。

「ああ、なんてこった……」

スーチョンが声をもらす。地面が傾斜したせいで、しがみついている木はほぼ横倒しになった。グレイは手助けを借りてその上に這《は》いあがる。

すり鉢状になった森の底で、ついに【森の大部屋】の地面が裂けた。亀裂のなかに土砂や樹木が流れこむ。

「つながったんだ、下の階層と……」

「下の階層?」

「【森の大部屋】の床は、下の階層にとっての天井でもある。わかるだろう? 下の部屋にとっちゃあ、空にばりばりと亀裂《きれつ》が入ったようなもんさ」

大猿がすり鉢状の底から這いあがろうとするのが見えた。傾斜した地面に四肢をつき、すべり落ちてくる森をわしづかみにしながら、偶然にもグレイとスーチョンのいるほうへとむかってくる。いや、偶然だろうか。大猿は、創造主の存在に気づいてちかづこうとしたのかもしれない。黒色の体毛におおわれた山のような巨体が、森をつかみながらせまってくる。その片足が地面の亀裂を踏み抜いて、ついにおおきな穴をあけた。穴の下から橙《だいだいいろ》色の光がもれてきて、薄闇のなかに大猿の体を浮かびあがらせる。

「【夕焼けの海】だ!」

下の階層にある部屋の名前だろうか。橙色の光は夕焼けによるものらしい。創造主によって色づけされた光にちがいない。

「その海、深いの?」

「ああ、深いぞ」

大猿の踏み抜いた穴にむかって大量の土砂や樹木が流れこむ。それらは【夕焼けの海】の空から海面にむかって降りそそいでいるようだ。

シャンデリアがめりこんでいたあたりにも亀裂がひろがり、ガラスの宮殿が沈みはじめた。巨大な質量は、ついにおおきな穴をぶち抜いてしまう。【夕焼けの海】からもれる橙色の光が爆発するようにそびえ立ち、シャンデリアがそのなかへ消えた。つながった太い鎖が、落下するシャンデリアに引っぱられて、地面を削りとりながらいきおいよく穴へ吸いこまれていく。おそらくリゼ・リプトンが想像もしていなかっただろう出来事がそのときにおきた。鎖がつくっていた輪っかのなかに、偶然、二足歩行の怪物の片足が突っこまれていたのである。

直径三十メートルの太い鎖が、大猿の足をつかまえた。山のような巨体が、がくんとふるえる。鎖がぴんと張りつめた。その衝撃で【森の大部屋】の地表が波うつ。【夕焼けの海】の上空でシャンデリアの落下が止まり空中に吊られて振り子のようにゆれた。しかし床は耐えきれず、ついに傾斜は最大となり、幾重《いくえ》もの爆発が同時におこったかのような音を響かせた。すり鉢状の地面が、完全に抜け落ちた。穴のむこうに、奇妙なことだが、雲の浮かんだ空がひろがっている。飛行機に乗ったとき、窓からのぞく景色に似ていた。雲の隙間に海面が見える。

最後にグレイは大猿と目があった。直後、その姿は沈み、【森の大部屋】にひらいた穴へと飲みこまれる。

雲の間を、大猿は垂直に落下した。足に巻きついた鎖から逃れることもできず、数千メートル下の海面に激突する。轟音《ごうおん》とともに海水の柱が高くそびえ立った。

鎖につながったシャンデリアが重みとなり、海の底まで怪物を引きずりこもうとする。大猿は抵抗し、海面であばれ、さけび声をあげた。その声は大気をふるわせ、木製の空を突き抜け、穴の縁にいるグレイ・アシュヴィの耳にも届く。

しかし声はやがて途絶えた。ついに大猿は足につながった鎖に引きずられて海中へと没する。あとはただ、夕焼け色の海面が、しずかにひろがっているだけとなった。

五章

5－1

天文台遺跡は電気爆弾の爆風をうけて半壊していた。ドーム型の屋根もすっかり形を変えている。破壊された気球も、爆風に飛ばされたらしく、見あたらなかった。周囲が暗い。周辺地域のシャンデリアからの光も、たちこめている煙にさえぎられて僕たちのいるところまでは届かないのだ。電気爆弾の爆炎が木に燃えうつり、数カ所で火災をおこしていた。ちいさな規模だったので、そのうち勝手に消えてくれるだろう。

「あったぞ！　たぶん、これだ！」

足首の痛みに耐えながら、がれきを避けたところに、リゼ・リプトンの荷物らしきものがころがっていた。袋のなかに、ピーナッツバターの瓶とスプーン、そして無線機が入っていた。

遺跡正面の広場でルフナが休んでいる。肋骨《ろっこつ》が折れているらしく、僕よりも重傷だった。

「なんとかうごきそうです」

無線機をしらべてルフナが言った。

「つかい方、わかる？」

「父も持ってましたから」

「よかった、これで地上の様子がわかるぞ！」

地震はすっかりおさまっていた。咆吼《ほうこう》の声も聞こえてこない。シャンデリアはおそらく無事に命中して、二足歩行の巨大な怪物を葬《ほうむ》り去《さ》ったのにちがいない。しかし地上班から直接に報告をうけるまでは安心できなかった。

無線機を使用するのに電気がひつようだ。手まわし式の充電器や電気を貯めておく蓄電器が天文台遺跡に置いてある。それをはこんできて、さっそくルフナが無線機を起動させた。いくつかのダイヤルをまわして、周波数をあわせる。

「こちら空班。こちら空班。応答ねがいます」

最初のうちは雑音だらけだったが、ルフナが何度も呼びかけているうちに返答がある。

「こちらスターライトホテル！　支配人のハロッズだ！　空班かい!?」

「こちら空班。地上の様子をおしえてください」

ハロッズはすこしの間《ま》を置いて言った。

「地上の様子？　こっちは大忙しだよ。これからパーティの準備をしなくちゃならないからね」

マイクの向きを変えたのだろうか。無線機から歓声らしきものが聞こえてきた。だれかが楽器をひいている。いつも僕につめたい態度をとるルフナも、そのときばかりは、目をあわせて笑みを浮かべてくれた。

「怪物は下の階層の【夕焼けの海】に沈んだらしい。それっきりだよ。念のため、今も何人かが海面を観測している。ああ、それから、アール・アシュヴィくん。きみんとこの悪ガキは、ホテルを抜け出して林檎《りんご》の園にいたらしいぞ。あぶないところだったようだ。スーチョンが連れ帰ってくれて、今はシャワーを浴びてねむっている」

ハロッズの報告を聞いたあと、つづいてルフナが空の上でおきた出来事を説明する。リゼ・リプトンの到着、メルローズとビゲローの死亡、そしてナプックの正体……。

蓄電器の電気がなくなり、無線機の電源ランプが消えてしまう。僕が手まわし式の充電器をフル回転させて充電することになった。その間、ルフナは怪我《けが》の治療をする。がれきの奥から見つけ出したリゼ・リプトンの荷物に、薬や包帯が入っていた。黒髪の少年はそれを持って半壊した天文台遺跡へと入っていこうとする。

「手伝おうか?」

骨折した箇所に包帯を巻くのは大変だろうとおもい、声をかけてみる。

「いいです。ひとりでやれます」

ルフナは遺跡の奥に消えた。僕は汗まみれで充電をつづける。くたびれていたが、なにかを成し遂げたという気持ちでいっぱいだったので力がわいてくる。風がふいて梁《はり》の上にたちこめていた煙をはらうと、遠くのシャンデリアから届くやわらかい光が周囲を明るくした。

　充電が完了し、見よう見まねで無線機のダイヤルをまわしてみると、再び雑音のむこうから声が聞こえてくる。

「空班、聞こえるか？　ルフナ、アール、応答せよ。パーティがはじまるんだ。みんなに声を聞かせてくれないか？」

「こちら空班！　アールです！　ハロッズさん！　僕、アールです！」

「おーい、アールくん、聞こえないのかい？」

　よく見ると、マイクのケーブルがはずれていた。どうすればいいのかよくわからないのでルフナに聞いてみることにする。天文台遺跡に入ると、壊れずにのこっている奥の部屋のほうから気配がした。のぞいてみると、ルフナがほとんど裸の状態で自分自身を治療している。胸に包帯が巻いてあり、ズボンを脱いで太ももの裂傷に薬を塗っているところだ。

「なあ、ちょっと質問があるんだけど……」

　声をかけると、ルフナがおどろいたように顔をあげる。

「無線機のさあ、マイクのケーブル、差しこみ口がわからないんだ」

「……本体の横です。側面のところに」

ルフナはそう言いながら、ズボンをあげる。

「あったっけなあ。もう一度、確認してみるよ」

表に出て、あらためて無線機本体を確認すると、ケーブルの差しこみ口を見つけた。

スターライトホテルのパーティに声だけの参加をする。空班をねぎらう声に頬《ほお》をゆるませながら、夜にそなえて火をおこした。治療をおえたルフナがもどってきて、たき火のそばにすわり、じっと僕のほうをにらんできた。ルフナがそっけない態度をとるのはいつものことだったが、今回はどことなく殺意さえ感じられるほどの不機嫌《ふきげん》さだった。

「どうかしたの？」

「なんでもありません！」

少年はそっぽをむく。

「ずっと気になっていたけど、僕にそっけないのは、僕が蛇の創造主だからっていうのと関係ある？」

「……まあ、そうです」

「あの蛇とは、以前にも会ったことがあるの？　そのとき、何があったんだ？」

ひろいあつめた小枝が、炎のなかで爆《は》ぜた。火の粉が舞うのを見ながら、ルフナが話す。

「あの蛇も、疑問におもっていたことでしょう。自分の姿を見られたのに、ハンマーガールのところまで怪物の目撃情報が届いていないことを。僕はハンマーガールに先を越されたくなかったから、だまっていたんです。自分の手であいつを殺すために。母を、殺されたんです。僕はその場面を見てしまったんです」

　ある日、ルフナが昼寝から起きて一階におりると、青銅色の鱗《うろこ》におおわれた長い体を、部屋いっぱいに這《は》わせながら、蛇が母親の頭を噛《か》み砕いていたそうだ。母の死体は白い煙となった。そして、おなかのなかの胎児が足もとに落ちたのである。

「母のおなかには、弟か妹がいたんです。その子を、あの蛇は、尻尾《しっぽ》で……」

　ぱん、と胎児ははじけて染みになり、それから煙となった。

「僕もそのときに、殺されていたほうがしあわせだったのかも……。死んでいれば、その日のことを、すっかりわすれることができたはずだから」

　母とおなかの子どもは、翌朝にはなにごともなくもどってきた。母は自分が殺されたこともおぼえていない。しかしルフナの心は変わってしまった。かなしみや憎しみは、死んだ者ではなく、周囲にいた者の胸に宿るのだ。

「以来、見る夢は悪夢ばかりです。蛇と胎児の夢を」

　ルフナは、悪夢を消すために、蛇を自分の手で狩ることにした。

「ラジオの情報を頼りにスターライトホテルを目指しました。怪物のなかには、創造主に会おうとする者がいるんです。だから、あなたがいるところに行けばいつかは蛇に遭遇できるとおもったんです。空班に立候補したのも、おなじ理由です」

「だけど、前に一度、会ってたのなら、どうして蛇はルフナのことに気づかなかったんだろう？　ルフナの顔を見たら、あのとき逃がした子どもが追いかけてきたんだって、蛇はすぐに気づくはずだろう？」

蛇はナプックとして空班に参加していた。ルフナも空班としておなじチームになった。四六時中いっしょにいたのだから蛇が気づかないはずないではないか。

「家を出たときからずっと変装していましたから。蛇に目撃されても、僕のことがわからないように。警戒されてはいけませんから」

「変装って？」

「髪を短くして、自分のことを僕って呼ぶようにしたんです。女の子らしい格好もやめました」

「女の子らしい格好？　きみ、女装の趣味があったの？」

ルフナがだまりこんでしまったので、あわてて言葉をつけたした。

「もちろん僕は、きみに女装の趣味があったって、おかしいだなんておもってないよ。きみは蛇に対して一歩もひかなかった。男のなかの男さ」

ルフナはどこかあきれた様子で僕を見たが、肩をすくめると、ちいさなあくびをもらす。結局、黒髪の少年とはそれ以上の会話のないまま夜がふけて、いつのまにかねむってしまった。

　翌朝、朝靄《あさもや》のなかで僕とルフナは目を覚ました。たき火が消えて、冬の日の朝のように肌寒い。半壊した天文台遺跡や、ボロボロの石畳《いしだたみ》の道を、乳白色の分厚いベールのような靄がおおっていた。あたらしく火をおこし、壊れた噴水からもれている水で顔を洗い、そしてふと気づくと、すぐそばのがれきに人影がすわっていた。ずんぐりむっくりとしたシルエットだ。

「ビゲロー、おかえり、こっちであったまったら？」

　僕が呼びかけると、朝靄のベールのむこうから、ドワーフ族をおもわせる姿が現れる。しばらくの間、彼は寝起きのようにぼんやりとした顔つきで火をながめていたが、ふと気づいたように僕をふりかえる。

「アール・アシュヴィ……。どうやってあの部屋を出たんだ？」

　彼の記憶は一昨日《おととい》の二十三時五十九分五十九秒あたりまでしかないのである。昨日の零時以降の記憶はすっぽりと抜け落ちているのだ。

「アールさん、あそこに……」

　ルフナが朝靄のなかを指さす。すらりとした人影が立っていた。

「メルローズさん、おかえりなさい」

ぼんやりした様子のメルローズをたき火のそばに連れてくる。はっと気づいて彼女は言った。

「こんなところで、みなさん、なにをしてるんです？」

ビゲローとメルローズは、自分が死んでいたらしいとすぐに察した。半壊した天文台遺跡を呆然《ぼうぜん》とした様子でながめる。いったいどんな気持ちだろう。気づくと見しった光景が一変しているというのは。

「作戦はどうなったんだ？　成功したのか？」

「私たち、どうやって死んだんです？　ナプックさんはどこに……？」

作戦が成功したことや、ナプックはもうもどってこないこと、蛇のことや、リゼ・リプトンのことを説明する。ふたりはおどろいて無言になった。

「リゼ様を呼びにいきましょう」

メルローズが立ちあがる。リゼ・リプトンは電気爆弾の爆風によって、シャンデリアの鎖のあった位置で死んだはずである。地面がないため、もどってきた瞬間に地上へ落下してしまうのではないかと心配したが、どうやらそうではないらしい。

「朝靄のなかにいる間は、姿や存在は茫洋《ぼうよう》としていて、質量もないのです。その状態でさまよい、地面の感触を見つけたら、そこにおりたつのです」

つまりリゼ・リプトンは安全な場所に着地してぼんやり立っているはずだという。僕たちは手分けして少女を探すことにした。天文台遺跡のがれきの間や、最後に蛇と戦った場所で名前を呼んだ。

「リゼー！　リゼ・リプトン！」

荒れ果てた庭園をひとりきりですすんでいると、白い靄のむこうに深緑色が見えてきた。そちらにむかって駆けだす。

「リゼ！」

横倒しになった天使の彫像に少女は腰かけている。爆風で彫像はすっかり破壊されており、顔や腕はもげているし、翼も片方が砕けていた。くすんだ鈍い金色の髪をいじりながら少女は僕をふりかえる。

「おはよう、アールくん」

少女が目を細めた。おもいのほか明瞭な口調である。ぼんやりした様子が見られないのは、朝靄のむこうからもどってきて時間が経っているせいだろうか。それとも、こんなことは日常茶飯事《さはんじ》で、なれているせいだろうか。

「探したよ」

僕はちかづいて声をかける。

「作戦は？」

「うまくいった」

「あとで詳細を聞かせて。ひとまず言わせてもらうけど、……ほんとうによかった！」

少女の顔に笑みがひろがった。蛇に食いちぎられた左腕もすっかり蘇《よみがえ》っている。しかし、その手に異変がおきていた。こきざみにふるえているのだ。

「だいじょうぶ？」

腕の神経がうまくつながっていないのではないか。しかし、どうやらちがうようだ。

「気にしないで。ほっとしたから、こうなってるんだ。失敗していたら、グレイくんを処刑しなくちゃいけなかったんだからね」

ふるえている手を、もう一方の手で押さえつけようとする。

人間の手には負えない怪物たちを消去するため、リゼ・リプトンはこれまでに何人もの子どもたちを殺してきたのだと、そう僕は聞かされていた。そして勝手におもいこんでいた。彼女は冷酷に処刑をしているのだと。世界の安定と、ひとりの生命とを天秤《てんびん》にかけた結果、しかたのないことだと納得して職務を遂行しているのだと。

だけど、実際はちっとも割りきれてなんかいないのだろう。異邦人となかよくなるつもりはない、と話していた。【友情は犬に食わせろ】と。それはたぶん、自分を守るためなのだ。いつか、つらいおもいをしなくていいように。

僕の視線に気づいて、リゼ・リプトンは、手を外套《がいとう》の内側にかくす。

「アールくんの怪物は？　どうなった？　梁《はり》の上にいるの？　正体を見た？」

「もうすこしのところで逃げていったよ。正体は蛇だった」

「蛇か！　ふうん！　なるほど！」

「じゃあ今ごろ、生きのびるのに必死だった」

「あいつ、生きのびるのに必死だった」

「そんな方法あるの？」

「この世界の創造主様なら、あるいはね」

「そりゃあ、できるかもしれないけど。創造主様なんて、会えるわけが……」

「たまに目撃情報があるから、世界のどこかにはいるんだろうけど」

僕はすっかりおどろいてしまう。

「いるの？　暮らしてるの？　この世界のどこかで？」

「うん。ふつうの人のふりをしてね。私も探してるんだ」

「会ったらどうするの？」

「聞いてみたいことがある。どうして私だけ特別なのか。それから、転職させてもらうんだ。処刑人をやめて、パン屋かなにかをはじめたいんだけど」

「転職できないって言われたら？」

「そのときは、しかたないよね。創造主様を処刑するよ」

青空色の虹彩《こうさい》に、瞳《ひとみ》の黒点。

少女の目は澄んでいた。

「冗談だよ」

リゼ・リプトンは壊れて横倒しになった天使像の上に立つ。それにしても、アークノアに天使の像があるというのは奇妙なものだ。この世界には神様がいて、それ以外の宗教というものをひつようとしていないのだから、天使なんて概念もないはずなのに。

朝靄が晴れて、爆風で無残な姿になった庭園がひろがる。

「派手にやらかしちゃったな」

少女は反省するように頭をかいた。


「リゼ様！」

「メルローズ！」

ふたりが再会をよろこびあい、無線で地上と連絡をとりあって、僕たちは梁をはなれる準備をはじめた。

リゼ・リプトンは上の階層の床から穴を貫通させ、【森の大部屋】の天井からおりてきたという。その穴は天文台遺跡のほぼ真上にあった。目をこらしてようやく気づいたが、爆風で表面の剝《は》がれた天井に、ちいさな穴があいており、そこから蜘蛛《くも》の糸のようなワイヤーがたれさがって風にゆれている。ワイヤーは耐熱性で、軽量なわりに頑丈でもあり、電気爆弾の爆風にさらされても無事だったらしい。

「上にディルマを待たせてあるんだ。昨日の爆発におどろいて逃げてなきゃいいけど」

まずはリゼ・リプトンひとりで上の階層へむかう。少女はベルトにワイヤーの巻き取り機をくっつけて、たれさがっているワイヤーを差しこみ、小型のハンドルを指先でくるくるとまわした。ワイヤーが巻き取られ、少女の体が持ちあがる。梁の上から天井まで、およそ五十メートル。ゆっくりとのぼって天井の穴に吸いこまれた。階層間の床の厚みも百メートル以上はあるらしいので、ディルマのところへたどりつくのにしばらくかかりそうだ。

「あのちいさな穴を、俺《おれ》の太い体が通るかどうか……」

天井の穴を見上げてビゲローが心配そうにつぶやく。

やがて先端をむすんで輪っかにしたロープが穴から降ってくる。まずはメルローズが輪っかに体を通して合図を送った。

「準備できました！」

ロープが力強く引っぱられて、メルローズはあっという間に天井まで持ちあげられた。リゼ・リプトンの力ではないらしい。おそらくはディルマがその強靭《きょうじん》な脚力を利用して引っぱりあげたのである。

「油や石鹸《せっけん》を体に塗っておいたらどうです？　すべりがよくなっておけば、引っかからずに穴を通れるかもしれませんよ?」

僕は冗談のつもりでビゲローに言った。

「そいつは名案だ!」

本気にした彼は、さっそく油や石鹼をがれきの間で探しはじめた。

僕の番になりロープを体に巻く。靴の裏から固い感触が消えて上昇しはじめると、梁の上の光景が遠ざかり、感慨深い気持ちになった。視線をはずした先に、四千メートル下にひろがる【森の大部屋】の地面が見える。それまで梁の上に立っていたからわからなかったが、真下の地面に穴がひらいており、橙色《だいだいいろ》の光がもれていた。大猿が沈んだという【夕焼けの海】の光である。

天井の長い縦穴を通り抜けて、上の階層に出てみると、そこは洋間の一室だった。ソファーや木製のキャビネットがあり、壁には絵画がかざられている。面食らっている僕の鼻先を馬の尻尾がはたいた。ロープを体にむすばれた馬のディルマが、何の変哲もない洋間に立っている。僕がぶらさがっていたロープと、ディルマの体にむすんであるロープの間に、径《けい》の異なる滑車《かっしゃ》を組みあわせたロープ巻き取り機がかませてある。そのおかげで、ディルマが一メートル引っぱれば、僕の体が十メートル持ちあがるようになっていたらしい。

先端にドリルのついた機械がころがっていた。ウーロン博士の開発した穴掘り用の道具である。リゼ・リプトンはそれをつかって、何日もかけて、床に穴を貫通させたのだ。

折れた肋骨の痛みに苦しみながらルフナが引っぱりあげられ、つづいてビゲローもなんとか穴を通り抜けた。油まみれだった。

【森の大部屋】の上の階層は【小部屋の群集地帯】と呼ばれる地域である。どこにでもあるような民家の一室をおもわせる部屋が、何百も、何千も縦や横に連なっているらしい。あまりにこまかすぎて地図では省略されており、今までだれも入ったことのない部屋がたくさんあるという。アークノアにはこのような【小部屋の群集地帯】がいくつも点在しており、大勢の冒険家が探索しているという。

方位磁石を手にしたリゼ・リプトンを先頭に僕たちは移動した。怪我のひどいルフナがディルマの背にまたがった。連なっている部屋は様々で、冷蔵庫やガスコンロをそなえたキッチンもあれば、木馬やぬいぐるみのある子ども部屋なども見かけた。馬といっしょにそれらの部屋を通り抜けるのは、なんだかおかしな光景だった。

植物が繁殖してリクライニングチェアに蔦《つた》がからまっている部屋もあれば、鳥が巣をつくっている部屋もある。廊下の先をライオンが横切り、僕たちはあわてて階段をのぼってやりすごす。バスルームで寝ているワニを起こさないようにそっと通り抜けて、ようやく【小部屋の群集地帯】を抜ける。

中規模の部屋をいくつか通り抜けた先に【二重らせん階段】と呼ばれる縦長の空間が

あった。そこにはふたつのらせん階段が交錯するようにどこまでものびていた。途中の踊り場にレストランや宿屋があり、そこで休憩をはさみながら、四千メートルの高さをおりる。

すれちがうアークノアの住人たちに僕たちは祝福をうけた。リゼ・リプトンは普段、忌《い》み嫌われることがおおいのだが、さすがに今日はねぎらいの言葉をかけてもらえるらしい。

「でも、世間はすぐにわすれてしまうんだ。また私を警戒するようになる。今回はもう一匹がのこってるから、しばらくは、こんな風かもしれないけど」

住人たちに手をふりかえしながら少女は冷静に言った。

なつかしい【星空の丘】にたどりついたとき、梁の上を出発して数日がすぎていた。

「帰りは道に迷わなかったから、はやかったなあ」と、リゼ・リプトンがつぶやく。あの入り組んだ【小部屋の群集地帯】で、天文台遺跡の真上を探しあてるのはなかなかたいへんだったようだ。

丘が青々とした草におおわれている。やがて前方に城壁が見えてきた。ホテルに改装された砦《とりで》である。物見台にいただれかが、望遠鏡で僕たちの姿を発見したのだろう。スターライトホテルの前に大勢が出てきて、歓声をあげながら僕たちをむかえてくれた。

【森の大部屋】から避難してきた家族たちやビリジアンたち、ハロッズ、カンヤム・カンニャム、スーチョン、そしてグレイ・アシュヴィの顔を発見し、僕は走りだした。

グレイはアークノアで調達した服に身をつつんでいる。さすがにもう、母から買ってもらったシャツやズボンに穴があいてしまったのだろう。僕たちはおたがいを抱きしめる。ほんのすこしの日数しかはなれていなかったが、弟の背丈がのびているような気がした。

「アール、はなせよ。くさいじゃないか」

「そんなにくさくはないだろ?」

「いいや、くさいね。でも、それでこそアールさ」

リゼ・リプトンとカンヤム・カンニャムの再会は、あまりにもそっけない様子だった。スカイブルーの目と、イヌ科の目が交錯し、片手をあげただけなのである。

「ふたりとも作戦中に死亡したからね。肝心なところの記憶が失われて、達成感があんまりないんだよ」

「次回は生きのこりたいものさ」

リゼ・リプトンとカンヤム・カンニャムがそう言うと、まわりにいた全員がおかしそうにわらった。

大猿がいなくなり、スターライトホテルに避難していた者たちの何割かが元の住居にもどっていた。おかげで空室が生まれ、僕とグレイは地下牢《ちかろう》の部屋を脱出し、いくらか居心地のいいツインのベッドの部屋をあてがわれた。

「無線でハロッズさんから聞いたよ。おまえ、スーチョンに迷惑かけたんだってな」

「迷惑？　僕がいなかったら、作戦は失敗していたところさ。全員、僕に感謝したっていいくらいさ」

「感謝するのはおまえのほうだぞ。わかってるとおもうけど」

空班が出発して以降の出来事を弟と報告しあった。おたがいに、どれだけ時間があっても語り尽くせない冒険に遭遇したようだ。

その晩、空班の帰還を祝ってパーティがおこなわれた。熱いシャワーを浴びて、ハロッズにもらったパーティ用のまあたらしい服に袖《そで》を通した。

大広間にたくさんの肉料理、魚料理、パンがならぶ。ビリジアンたちは、ただ酒が飲める機会を逃すまいと大広間につめかけて乱痴気《らんちき》さわぎをおこした。カンヤム・カンニャムがワインを注《つ》いでまわり、ハロッズは酔いつぶれた者たちの介抱に追われた。楽器の演奏がはじまり、女性たちが歌声を披露する。おびただしい本数のワインの空き瓶と、空っぽのビールの樽《たる》が量産された。僕は酔っぱらったビゲローに抱きすくめられたかとおもえば、ドレスをまとったメルローズにダンスに誘われてビリジアンたちから殺意のこもった目でにらまれた。

グレイの姿が見えないとおもったら、大広間のすみっこのほうで黒髪の少女といっしょに立っている。少女の顔になんとなく見覚えがあったけれど、髪かざりをつけたりワンピースを身につけたりする女の子のしりあいなんて心当たりがなかった。邪魔をするといけないとおもい、声をかけるのはやめた。

そういえばルフナはどこだろう？　姿が見えない。

夜の風にあたろうとテラスに出てみる。夜空に無数の光の粒が浮かんでいた。風がふくとそれらがゆらめいて、星の海にさざなみがひろがったかのようだ。本物の星ではないけれど、うつくしさに心をうばわれる。僕が生まれ育った世界の星だって、その正体はガスが燃えているだけだという。それなら、ガスか電気かというちがいでしかない。

「アールくん」

声をかけられてふりかえると、僕と同い年くらいの女の子が立っていた。最初のうち、だれなのかわからない。緑色の外套を身につけていないせいだ。リゼ・リプトンはドレスの裾《すそ》を踏みそうになりながらあるいてきた。様々な道具をしこまれた例の外套は、自分にとっての鎧《よろい》なのだと、かつて少女は話していた。それがない状態のリゼ・リプトンは、ひとまわりちいさくなったように感じられた。

テラスにはかがり火がたかれており、その明かりで少女の横顔があわく浮《あ》かびあがる。細い肩が露出しており、なんだか心もとない表情だ。くすんだ金色の髪の毛が編まれ、コンパクトにまとめられている。ティンカー・ベルを想像させるつんとした顔立ちに、その髪型はよく似合っていた。あまりにめずらしい姿なので、おもわずながめていたら、リゼ・リプトンがそっぽをむいた。

「あんまり見るな」

「あ、ごめん」

「目をつぶすぞ」

「見ない！　絶対、見ないから！」

「こんな格好、したくなかったんだ。でも、メルローズが、無理矢理……」

そっぽをむいたままのリゼ・リプトンの首から耳にかけてが桃色に染まっていた。

「むこうむいてるよ。目をつぶされたくないし」

「横目でちらちら見るくらいならいいよ」

テラスにならんで立ち、おたがいをあんまり見ないようにしながら、あらためて大猿討伐作戦の成功を祝福した。まだ僕の怪物がのこっているとはいえ、今日くらいは祝ってもいいはずだ。もっとも、スターライトホテルにいた人々にとっては、すでに何度目のパーティなのかわからない状態らしいが。

風のつめたさが心地よかった。ゆれる星空の下で、あたりさわりのないいくつかのことを質問する。たとえばアークノアという世界のことや怪物のことだ。リゼ・リプトン個人の趣味や過去や交友関係については聞けなかった。【友情は犬に食わせろ】と言い張って、おしえてはくれないにちがいない。僕とリゼ・リプトンの間には、とてもおおきなへだたりがある。住んでいる世界がちがう。存在する基盤が異なる。そしていつの日か自分はこの少女に命をねらわれる可能性だってある。話しかけたら親しげに返事をしてくれるが、実際はそれさえも演技なのかもしれない。僕を油断させておくための作戦というわけだ。

「そうだ。握手しよう」と、少女が言った。

「なんで？」

「私の無謀な作戦を手伝ってくれたからだよ」

少女の細い指が僕の手をつつみこんだ。ひんやりとした感触だった。

「ありがとう。おつかれさま、アールくん」

急に胸がしめつけられるような気分になり、僕はねがった。これが演技などではなく、心からの言葉であることを。そして、ふたつの世界の間に横たわる溝なんて、すんなり飛び越えていけるほどに、物事がシンプルであればいいのにと。

「ねえ、ずっと気になってたことがあるんだ」。握手したままリゼ・リプトンは言った。

「アールくんと、グレイくんの顔に、なんだか見覚えがあるんだよねえ。ずっと大昔に、会ったような気がするんだ」

「そんなはずないよ。人ちがいじゃない？」

「わかってる。だけど、気になって、【中央階層】のオフィスに連絡して資料を見てもらった。予感的中。単刀直入に聞くけど、ブライアン・アシュヴィって名前に聞きおぼえない？」

おどろいている僕を見て、化粧で艶《つや》のある少女のくちびるが笑みの形にひろがった。

「やっぱり、そうなんだね。どうして今までわすれてたんだろう。すっかりおもいだしたよ、あの子のこと。ずいぶんな冒険をしたんだ。それでもやりとげたんだよ。怪物を退治して、元の世界にもどっていったんだ」

昔をなつかしむように少女は星空を見上げた。

ブライアン・アシュヴィは父の名前である。

5-2

スターライトホテルに三人の僧侶《そうりょ》がおとずれたのはパーティ翌日のことだった。グレイ・アシュヴィはリゼ・リプトンに呼ばれてロビーにむかった。兄のアール・アシュヴィが心配そうについてくる。

「いったい、何の用事だろうな」

「さあね。あのくそったれ、僕の頭をハンマーでたたく用事じゃないといいけどな」

ロビーに到着すると、深緑色の外套《がいとう》に身をつつんだ少女が、黒色のローブを羽織《はお》った男たちといっしょに立っている。リゼ・リプトンが彼らを紹介した。

「この人たちは【千の扉の寺院】の使者だ。グレイくんを寺院まで連れて行ってくれる」

【千の扉の寺院】という名称には聞きおぼえがあった。そこに行けばアークノアから元の世界へもどることができると説明されたことがある。

「じゃあ、弟は帰れるの？」と兄が聞いた。

「【夕焼けの海】の海底を調査していた者から報告があった。大猿は消滅したってさ」

海底には巨大なシャンデリアと鎖が沈んでいるだけで、二足歩行の怪物は見あたらなかったらしい。アークノアの住人が死んだら煙になるのとおなじように、怪物もまた、死んだら死体をのこさずに消えてしまうようだ。

「創造主と創造物をつなぐ見えない紐《ひも》も途切れたはずだ。きみはもう、この世界をはなれることができる。ざんねんながらアールくんはまだ帰れないけど、先にグレイくんには帰ってもらうよ」

若い男がすすみでて頭をさげる。

「グレイさん、あなたはここで、お兄様とおわかれしなくてはなりません。私どもが責任をもって【千の扉の寺院】までお連れします」

「見送りに行くだけでもだめ？」とアール。

【千の扉の寺院】は特別な場所です。怪物とつながっておられる異邦人をお連れすることはできません。また、その場所の秘密を守るためにも、お見送りはあきらめていただきたいのです」

寺院の位置をしっている者は、かぎられたごく少数の人間だけで、アークノアの住人のほとんどは、それがどこにあるのかをしらないのだという。

「わかったぞ、ほんとうはそんな場所、ないんだね？　僕を山のなかにでも連れていって、置いてきぼりにして、それっきりにするつもりなんじゃない？」

「そこは信じてくれたっていいはずだ。【千の扉の寺院】は実在する。だって、きみたちのお父さんは、無事に外の世界にもどったわけだから」。リゼ・リプトンは身をかがめて、グレイと目の高さをあわせた。「口のわるさは直らずか。それでいい。怪物を殺したって、心が急に変化するわけじゃないんだ。もしかしたら、なにも変わらないのかもしれない。だけど、そのほうがいいんだ。怪物を殺したことで、きみの性格がおだやかになったりしても、そんなのは、ほんとうのきみではないからね。それでも、今回の冒険で、自分のなかにあるなにかが変わったと感じていたら、その気持ちを一生大事にするんだよ」

その日のうちに出発することになり、グレイはいそいで用意をはじめた。【千の扉の寺院】までの移動に何日かかるのかわからない。麻の荷物袋に着替えをつめこむ。【図書館岬】で買ってもらったキーホルダーや、【森の大部屋】で兄がひろってきたガラスの粒もわすれずにしまう。

「帰ったらママによろしくな。きっと心配してる。僕は元気だってつたえてくれ」

兄は母あてに手紙を書いた。それをうけとって袋に入れる。

「絶対怒ってるよなあ。もう何週間も帰ってないんだもの。僕たちが行方不明だってこと、ニュースで報道されてるかもしれないよなあ。死んだことにされて、あつめたコミックを全部捨てられてたらどうしよう」

「アークノアにいたってこと、ママに言ってもだいじょうぶかな？」

「きっと信じてもらえないよ。それにしたって、おまえがうらやましいよ。はやく僕も家に帰って、ソファーに寝ころがってアイスを食べながらゲームしたいな。あーあ、いーなー……」

兄はベッドに横たわる。目を閉じて、外の世界の生活をおもいだしているようだ。グレイもおなじように寝ころがる。

「くそったれな世界と、ようやくおわかれだ。せいせいするよ。でも、さびしくもあるんだ」

「命の危険がなけりゃあ、ここはおもしろいところだからね。学校もないし。なあ、グレイ、元の世界にもどっても、おまえひとりで平気か？」

「さあね」

「おまえをいじめてたやつらも、これからは手加減してくれるとおもうんだ。ずっと行方不明になってたやつなんか、不気味でかかわりたくないだろう。ママに言っといてよ。アール・アシュヴィはもどってくるから、コミックは捨てちゃだめだって」

「ほかに言っとくことある？」

「僕のかわりに、たくさん、ママをハグするんだ。いいな、これ、だいじだから。わすれるなよ」

準備をおえて部屋を出た。廊下や階段ですれちがう人々が祝福の言葉をくれた。スターライトホテルのロビーには、グレイの出発を見送るために大勢の人がいる。リゼ・リプトンとカンヤム・カンニャム、そして三人の僧侶たちが入り口のそばに立っていた。

「これ、旅の途中で食べるといい」

ハロッズがキャンディーのつまった袋をくれた。

「よかったな。命の恩人の俺《おれ》のこと、わすれるなよ」

スーチョンがうれしそうにグレイの頭を小突《こづ》く。奥さんや娘も手をふっていた。

腕組みをして壁によりかかっているルフナを見つけて駆けよる。

「帰れることになったんだ。大人たちが僕をだましてひそかにわらってるのでなければね」

「これが全部、嘘《うそ》だったとしたら、アークノアの住人はみんな暇人ですよ」

蛇に見つからないようにと変装をしていたルフナも、昨晩のパーティでは一時的に元通りの姿になっていた。そもそもパーティに出席するつもりなんてなかったらしいが、メルローズにつかまってしまい、ルフナが着られるサイズの服を調達され、いやがるところを無理矢理に着せられたのだという。どうやらメルローズは、ルフナを完全におもちゃだとおもっているようだ。

「こまったもんです、あの人には」

ルフナはため息をついた。

イヌ科の顔と目があう。カンヤム・カンニャムは軍服を脱いで黒いスーツに身をつつんでいた。

「ネクタイをした犬なんてめずらしいよ。首輪のほうがお似合いなんじゃないか?」

「きみをここで嚙《か》み殺したっていいんだぞ」

牙《きば》をむきだしにしてカンヤム・カンニャムが威嚇《いかく》する。

「わるかったよ。あんたのおかげで帰ることができる」

「よかったな。あの日になにがおきたのか、おぼえていないのがざんねんでならないよ」

「おしえといてやる。あの日、僕はあんたに、ありがとうって言ったのさ。たぶん言いまちがいだけど」

彼と握手をする。その手はたしかに人間のものだった。

スターライトホテルの正面玄関を抜けて外に出ると日差しがまぶしかった。平面状の空に設置された人工的な太陽は、日や時間帯によって光の強さが異なる。電流や電圧が一定ではなく、ゆらいでいるためだ。石造りの砦《とりで》の前で兄と握手し、グレイはみんなにわかれを告げて出発した。


いくつもの海をまたぎ、山を越えた。僧侶たちに先導されてあるきながら様々な風景を目にする。今にも壊れそうな筏《いかだ》で川をくだったかとおもえば、トロッコのような乗り物で急斜面をすべりおりた。途中で立ちよった町は巨大な階段につくられており、家の庭も階段状のため、芝を刈っている主人は芝刈り機を一段ずつ持ちあげながら作業していた。

三人の僧侶たちはそれぞれ、ウェッジウッド、ダロワイヨ、トロワグロという名前だった。僧侶といっても、彼らは特定の宗教を信じているわけではないらしい。そもそもアークノアという世界では、信じるも信じないもなく、創造主が実在するのだ。彼らは僧侶と名乗っているが、【千の扉の寺院】の管理をしながら【ゆらぎの海】を観測している集団なのだという。

アークノアの辺境地域がちかづいてくると、人の姿を見なくなった。広大な部屋に荒れ果てた野がひろがっている。地面にひび割れのような崖《がけ》があり、のぞきこんでみると、底のほうにありとあらゆる文明の残骸《ざんがい》が埋もれていた。それは心の底からおそろしくなる光景だったので、のぞくのをすぐにやめ、見たものをわすれることにした。

さらにすすむと、アークノアの地面や壁の様子がおかしくなってきた。壁紙が剝《は》がれ、腐り落ちている箇所があるかとおもえば、途中で工事を投げ出したような箇所もあった。天井が壊れて、上の階層や、さらにそのまた上の階層までが見える箇所もある。

部屋を移動するごとに、僧侶たちはお手製の地図をながめてすすむべき方向を議論した。アークノアの辺境地域では、以前に通った部屋がなくなっていたり、壁だとおもっていた場所に通路ができていたりすることがあるのだという。【ゆらぎの場】の付近は安定しておらず、世界がゆっくりと変化しているそうだ。慎重に扉をえらんで次の部屋に移動し、やがて【千の扉の寺院】へ到着した。

「ほら、見えてきましたよ」

僧侶のひとり、ウェッジウッドがそう言って指さした先を見ても、どれが寺院なのかがわからない。ふきすさぶ風の荒涼とした地平に、灰色の山脈が壁のように連なっているだけだ。しばらくしてそれが山脈ではなく、石を積みあげてできた寺院だと気づく。あまりにも巨大な建造物だった。ちかづくにつれ【千の扉の寺院】は視界一面を埋めつくすようになり、屋根は雲を突き抜けて上の階層にまで達している。ここから先、宇宙のすべてがその寺院に飲みこまれているかのようなおおきさだ。

ダムのようなスケール感の入り口を抜けて寺院内部に入る。ひんやりとしており、照明がほとんどないためにうす暗い。ここで暮らしているのは把握しているだけで十名程度だという。しかし、実際にはほかにもだれかが住んでいるのかもしれないと説明をうける。発見されていないだけで、人の住んでいる集落がどこかにあるのかもしれないのだ。

簡素な部屋をあてがわれ、そこで寝泊まりすることになる。

「自由にうごきまわってかまいません。でも、気をつけてください。この建物は不安定なのです。なにがおこるかわかりません」

「これから僕は、どうすればいいんだい？」

「扉をつくるのです」

「扉？」

「あらゆる材料がここにはそろっています。つくり方がわからなければ、技術を持った者が手伝ってさしあげます。ただし、好き勝手につくっていいというわけではありません。あなたは、帰りたいとおもう場所の扉を想像しながら、それに似せてつくるのです」

「帰りたいとおもう場所？」

とっさに、母の待っている自宅の玄関扉がおもいうかぶ。

「あなたが、今まさにおもいうかべた扉を製作するのです」

「完成したらどうするの？」

「その扉を寺院の奥の部屋に設置します。その部屋は【ゆらぎの海】へと突き出した不安定な場所にあります。そこではあらゆることがおこるのです。強い祈りがこめられていたなら、その扉は、あなたの帰りたい場所へとつながるでしょう」

寺院の広大な倉庫には、扉を製作するためのあらゆる材料が保管されていた。合板やペンキ、蝶番《ちょうつがい》やいろいろな形の取っ手がえらび放題だった。最初のうちグレイは不安だった。自宅の玄関扉がどのようなものだったのか、はっきりとおぼえていなかったからだ。

倉庫には、あらかじめいくつかの部品を組みあわせて、途中まで完成している扉もあった。あとは色を塗るだけという状態だ。しかし、どれもこれもちがうとおもえた。どのようなデザインだったかはっきりおぼえていないくせに、途中まで完成したそれらのなかに正解はないというのだけはわかった。

扉用の材木にひとつずつ触れて、木目をながめながら、これじゃないかというものを探しだす。グレイのえらんだ材料を、ウェッジウッド、ダロワイヨ、トロワグロがはこんでくれた。

僧侶たちと食事をともにしながら、【千の扉の寺院】で発生する様々な事件のことを聞いた。この場所は【ゆらぎの海】がちかいために予想外のことがおこるという。たとえば、だれもいないはずの部屋から歌声が聞こえてきたり、十人しかいないはずだったのが十一人になっていたりするという。

「あるときなんて、全員の名前が入れ替わったことがあるのです。それ以前の私はポンパドールという名前だったのに、それ以来、ウェッジウッドという名前になったのです」

グレイの身にも不思議なことがおきた。数万種類もある扉の取っ手ばかりをあつめた倉庫でのことだ。背の高い棚が何列にもならんでいるなかを、ひとつずつ取っ手のデザインを確かめながらグレイはさまよっていた。あるきつかれて、すっかりくたびれたとき、だれかに肩をたたかれた。立ち止まり、ふりかえったところに、見覚えのあるデザインの取っ手があった。飛びついて子細《しさい》にながめてみる。自分の家の玄関扉とおなじものだ、という確信があった。しかし周囲をながめても、そこにはグレイしかおらず、肩をたたいた者の姿はどこにもなかったのである。

ペンキを塗り、扉が完成へとちかづく。良い出来だとはおもえなかった。いかにも子どもが工作でつくったような代物《しろもの》だ。しかし「まったく問題ありません」とウェッジウッドに言われた。

扉をつくっている間、父のことをおもいだした。この場所で父もおなじように扉を作成したのだろうか？　子ども時代に父もまたアークノアをおとずれていたのだ。出発前日のパーティのあとで、リゼ・リプトンに呼び出されて、グレイは父のことを聞かされた。

「きみらのお父さんは今にも死にそうな顔でアークノアに流れ着いたんだ。保護されたところに出むいて、私が接触したとき、とても混乱してたよ。外の世界でひどい仕打ちをうけたみたいで、その憎悪《ぞうお》が怪物になってアークノアであばれまわったんだ」

父の怪物がどのような姿だったのか、どのように退治したのかを、リゼ・リプトンはおしえてくれた。その場に兄はいなかった。パーティの片づけを手伝っていたようだ。

「アールくんには、また今度、ゆっくり話してあげるつもり」

兄にはまだ詳細を話していないらしい。

「ブライアン・アシュヴィは、こう言ってたよ。元の世界に帰れたら、後悔しないように生きるって。いつ死んでもいいように。好きなものを食べて、好きな仕事につきたいって。好きな人ができたら、正直に愛をうちあけようって」

完成間近の扉をながめて、そのむこうにいる母の姿をグレイは想像した。

旅立ちの日、グレイはウェッジウッドから一冊の本をうけとった。厚みはないが、自分の肩幅ほどもあるおおきな本だ。見覚えのある表紙には『アークノア』というタイトルが刻印されている。ぬれたものを乾かしたみたいにページが波うっていた。

「【最果《さいは》ての滝の部屋】の川下で発見されたものです」

ページをめくってみると、部屋の断面図がこまかい筆致で描かれていた。部屋のなかに森があるかとおもえば、海や火山がある。描かれている人々のなかに、キーマンやスーチョンやハロッズ、ルフナに似ている顔を見つけた。イヌ科の頭部を持った男と、緑色の外套につつまれた少女もいる。さらには自分や兄にそっくりな少年の姿もあった。もしかしたら、どこかに、少年時代の父も描かれているかもしれない。

完成させた扉は、僧侶たちの手によって【千の扉の寺院】の奥へとはこばれた。寺院の奥は暗く、ほとんどなにも見えなかった。もちろん、不思議なこともおこった。同行している僧侶たちの人数が、数えるたびにちがうのだ。

「短い間でしたが、おわかれするのはさびしいものです」

ウェッジウッドがそう言ったので、グレイは返事をしようとおもった。しかし、口をひらく前に、別のはなれた場所から声が聞こえてくる。

「僕はさびしくなんかないね。こんな辛気《しんき》くさいところから出られるんだから」

自分の声である。どうやらその場所にはグレイ・アシュヴィという人間がほかにもいるらしかった。蠟燭《ろうそく》の明かりのなかでその姿を探したけれど見つけられなかった。

「さあ、ここらでいいでしょう。これ以上、奥に行くと、【ゆらぎの場】の影響が強すぎて、存在が不確かになってしまいます」

ウェッジウッドの言葉で全員が立ち止まる。蠟燭の明かりが届く範囲の壁に、たくさんの扉がならんでいた。その一番端の位置にグレイの扉を立てかけて、釘《くぎ》と金槌《かなづち》をつかって固定する。作業がすむと、僧侶たちひとりずつがグレイにわかれのあいさつをした。ウェッジウッドと握手をして礼を言う。黒色のローブを羽織った僧侶たちは、その場にグレイと蠟燭をのこして立ち去った。


足音が遠ざかり、聞こえなくなると、ひとりきりになる。周囲は緞帳《どんちょう》をおろしたような暗闇《くらやみ》で、たった一本だけの蠟燭の明かりがそばにある。ちいさな炎が扉を闇のなかに浮かびあがらせていた。どれだけながめても違和感なくそれが自分の家の玄関扉だとおもうことができた。プロの職人がつくったようなしっかりしたつくりではない。しかしそのたたずまいは、グレイが子どものころから何度もくぐり抜けた扉そのものだ。父と母、そして兄といっしょに暮らしていた家のものだった。

溶けた蠟のしずくが蠟燭をつたって流れていった。炎の明かりがうごいて、扉の陰影を生き物のように変化させる。まるでゆっくりと呼吸する生物のおなかのように、扉がふくらんだりしぼんだりして見えた。

家族のことをおもいだしながら、何時間も、何日もそこにいた。しかし、蠟燭の長さに変化がないところを見ると、実際はそれほど時間がすすんでいないらしい。

ねむくなってきて、すこしだけ目を閉じた。とても長い夢を見た。夢のなかで何年もすごしたような気がする。目が覚めたとき自分がだれなのか、どこにいるのか、一瞬わからなくて混乱した。すぐになにもかもをおもいだして、蠟燭の長さを確認したが、ちっとも短くなっていなかった。

蠟燭をはさんで扉と対峙《たいじ》するような位置でグレイ・アシュヴィは膝《ひざ》をかかえる。炎がふるえて、陰影もまたゆらめいた。風にあおられたように、蠟燭の炎がかたむいている。炎が消えてはまっ暗になってしまうとおもい、手で風よけをつくった。そしてようやく気づく。その風が、壁に設置された扉の隙間《すきま》からふいてくることに。

グレイは扉にちかづいて耳を押しあててみる。そのむこうで、だれかのあるきまわっているような気配があった。キッチンで夕飯の支度をするような音もする。

「ママ……」

扉のむこうへ声をかけた。

足音が止まった。

目の前の扉が、自分の家につながっていることに、何のうたがいも抱かなかった。

「ママ、ただいま」

グレイは取っ手をつかみ、回転させ、ゆっくりと扉を開けてみる。細くひらいた隙間から、暖かい光がさして暗闇のなかに長くのびた。そのまぶしさにグレイは目を細める。

5－3

大猿討伐のためにあつまっていたビリジアンたちも各自の家へともどった。彼らは有事の際にだけ志願して兵士となるボランティアのようなものだ。だれかに訓練されたわけでもなければ、どこかの団体に所属しているわけでもない。怪物災害が発生し、ラジオで報道される情報をもとにリゼ・リプトンのもとへと馳《は》せ参《さん》じていた一般の者である。

「いつもは家具屋を営《いとな》んでいるんだ。店を家内にまかせっきりにしちまったから、怒ってるかもしれねえな」

ビゲローはわかれ際に、僕の手を強くにぎりしめた。

「梁《はり》の上では迷惑かけた。蛇の居場所がわかったら連絡してくれ。手伝いに行くからよ」

顔見しりになった仲間たちが砦《とりで》からいなくなるのはさみしかった。彼らが家にたどりついて、まずやることは、腕章を洗濯して干すことだという。次にそれをはめるときがくるまでは家族といっしょにすごすのだ。僕も腕に巻いていた深緑色の生地を洗濯した。

リゼ・リプトンはディルマに乗って駆けまわり、蛇に関する目撃情報をラジオで募《つの》った。梁の上で会ったのを最後に、鱗《うろこ》におおわれた長い体の怪物は姿を見せていない。電気爆弾の爆風に巻きこまれて、梁から落ちて死んだということはありえないだろうか。

しかし、ある日、不穏な情報を耳にする。【森の大部屋】の上にある【小部屋の群集地帯】を探索していた者が、嚙《か》み殺されて四肢をばらばらにされたライオンの死骸《しがい》を発見したというのだ。僕たちが見かけたライオンとおなじものだろうか。もしかしたら蛇は、束《つか》をのぼって梁から天井にはりつき、リゼ・リプトンが貫通させた穴を探し、僕たちとおなじルートで移動したのかもしれない。あるいは、もっとはっきり言うと、僕たちはあとをつけられていたのではないか。ライオンを殺し、ばらばらにできるような生物が、自然界にいるだろうか。おそらく蛇の仕業だ。

もう地面がゆれることはなくなり、【森の大部屋】近辺に住む者たちは、家具が倒れてくる心配をすることはなくなった。アークノアにしずけさがもどり、湖が波だつことも、夜中にゆれでねむりから起こされることもない。

ラジオによって今回の大猿討伐作戦に関するアンケートがとられ、肯定的な意見や否定的な意見が紹介された。否定的な見解のおおくは、【森の大部屋】にのこされた傷跡を憂《うれ》うものだった。「地面がこのようになるなら、はじめから落とし穴をつくって誘いこむ作戦にしておけばよかったのだ。それならシャンデリアを落下させるひつようなんてなかったはずだ」という抗議のお手紙が読まれる。ラジオでそれに反論したのはウーロン博士だった。

「そのとおり。リゼはもちろん、そうしたさ。落とし穴をつくって誘いこんだのだよ。地面が割れやすいように、たくさんの穴をあけて切り取り線をつくっておいたんだ。しかし、地面を落とすための強い衝撃がひつようだった。そこでシャンデリアの落下エネルギーを利用したってわけだ。今回の計画は二段構えだったのさ。落とし穴は、シャンデリアが命中しても死ななかったときのための保険だ」

【森の大部屋】の地面にひらいた大穴を僕も間近で見学させてもらった。林檎《りんご》の園があった場所はすっかり消滅し、地面がすり鉢状にへこみ、ひび割れ、底が抜けていた。あれから何日も経つのに、今もまだ斜面を森が流れ落ちて、下の階層の【夕焼けの海】へ降りそそいでいるという。頭上のシャンデリアがなくなり、夕暮れ時のような明るさのなかで、地面の穴から橙《だいだいいろ》色の光がたちのぼっていた。

「この穴はいつかふさがるの？　それとも、ずっとこのまま？」

穴を見下ろせる安全な場所をあるきながら、僕はリゼ・リプトンに聞いた。

「基本的にはこのまま。でも、だれもがわすれたころ、元の状態にもどるんだ」

「怪我《けが》がふさがるみたいに？」

「創造主様がふらりと立ちよって世界を修復しているんだって、みんなは信じてる。ほんとうのとこはわからないけどね」

ラジオを通じて蛇に関する目撃情報がちらほらとあつまりはじめた。大半は見まちがいか、いたずらだとおもわれるが、調査してみないことにはわからない。しかし、情報はアークノアの様々な地域からよせられており、ひとつずつ足をはこんでしらべるには時間がかかる。協力者を募り、各地で手分けして聞きこみをすることになった。

「私も手伝います。ちょっとくらいより道したって、ウーロン博士は大目に見てくれるでしょう」

メルローズはウーロン博士のいる実験施設にもどることになっていた。帰る道すがら、目撃情報をあたってくれるという。彼女は【森の大部屋】でとれるナッツや、松ぼっくりをつかって作成された不気味な人形を博士へのお土産《みやげ》に買っていた。

「ありがとう、メルローズ。ウーロン博士によろしくつたえてね」

リゼ・リプトンとメルローズは固い握手をかわす。銀縁《ぎんぶち》眼鏡をかけた白衣の美人は、僕にちかづいてくると、ぎゅっと抱きしめてくれた。

「またそのうちにお会いする機会があるでしょう。アールさんが家に帰れる日を信じてますからねっ！」

　顔が赤くなるのが自分でもわかった。

　黒髪の少年もまた蛇探しに力をかしてくれるという。

「アールさんのためじゃありません。僕自身のためです」

　そっけない言葉をのこしてルフナは出発する。砦を出て行く直前、握手しようとおもって手を差し出したけど無視された。

　それからほどなくして、僕たちも出発することになった。長らく活動の拠点としていたスターライトホテルをあとにして、蛇を探す旅がはじまったのだ。出発の日、クラシックカーの運転席にカンヤム・カンニャムが乗りこみ、その後ろにリゼ・リプトンがすわった。僕は助手席で見なれない地図を手に道案内する役目になった。ハロッズやそのほかの従業員たちが砦の前まで見送りに出てきた。ディルマはスターライトホテルの厩舎《きゆうしや》で世話されることになり、リゼ・リプトンとのわかれを惜しむように、いななきをもらした。車がうごきだすと、僕は窓から身を乗り出し、後方に遠ざかる砦にむかって手をふった。


　僕たちは蛇の情報提供者に会い、聞きこみをおこなった。いつ、どこで、どのような状況でそいつを目撃したのかを質問する。リゼ・リプトンは意図的に蛇の鱗の色を報道機関にふせており、目撃者たちが「黄色の大蛇だった」とか「白と黒の縞々模様《しましま》のおそろしいやつだったよ」などと証言するたびに落胆した。しかし「それは見まちがいですよ」と断言することもできなかった。蛇の変身能力の一端として、鱗の色や模様を自由にえらぶことだってできるのかもしれないではないか。

いくつもの珍妙な部屋を旅し、宿屋に泊まり、アークノアの住人たちと一期一会《いちごいちえ》の会話をした。リゼ・リプトンやカンヤム・カンニャムとともに各地のおいしいものを食べて名所をながめた。子どもを連れた親の姿が車窓から見えるたびに、僕のことをパパと呼んだあいつのことをおもいだす。

僕たちは見えないへその緒《お》でつながっている。蛇は僕自身だ。教室でひとりきりだったとき、心のなかで生み出し、成長させたものだ。アークノアに来て、人と出会い、緑色の腕章をつけ、僕は所属する場所を見つけた。だけど蛇はひとりぼっちのままだ。この世の全員が敵なのだ。次に蛇と出会ったら、まずは言いたいことがあった。きっと自分は、だれよりもおまえのことを愛しているのだと。いつか、名前をつけてあげよう。せめてものなぐさめに。

運転はカンヤム・カンニャムとリゼ・リプトンが交代でおこなったが、あいかわらず少女のハンドルさばきはひどかった。生きた心地がせず、蛇と再会する前に死んでしまうんじゃないかとおもえた瞬間が何度もある。

【荒野の十字路】と呼ばれる殺風景な部屋を通る。車窓を流れる荒れ地に牛の死骸が横たわり、禿鷹《はげたか》がその肉をついばんでいた。十字路に寂《さび》れたレストランが見える。以前にも食事をしたことのある店だ。

「ちょうどいい。そこでランチにしよう」

リゼ・リプトンがそのように提案して、猛烈なスピードで店の前に接近し、急ブレーキで停車した。スイングドアを開けてなかに足を踏みいれると、店内にいた男たちがふりかえり、するどい目でにらんできた。西部劇の荒くれ者たちが集《つど》う酒場のような雰囲気の店だ。しかし彼らは、緑色の外套《がいとう》に身をつつんだ少女と、イヌ科の頭を持つ男を見て、すぐさま目をそらし、うつむき、よそよそしい素振りでトイレに逃げこんだり、店を出て行ったりする。

「マスター、ミルクをくれ。それとピーナッツバターだ」

カウンターによりかかってリゼ・リプトンが注文する。店主は緊張した面持《おもも》ちでミルクの注がれたコップとピーナッツバターの瓶を出した。カンヤム・カンニャムは店の電話を借りて、【中央階層】のアークノア特別災害対策本部オフィスと連絡をとりはじめた。僕はピーナッツバターをなめている少女の隣でハンバーガーをむさぼる。

店内のラジオから、聞きおぼえのある曲が流れていた。

「この歌しってる。外の世界で聞いたことあるよ。ずっと前に流行した曲だ。しってる曲がこっちの世界でもかかるのって不思議な感じだな」

「まれに外の世界の音楽が発掘されるんだ。そういうレコードは高値で買い取られるよ。レコード専門のトレジャーハンターがいるくらいさ」

「この世界にも音楽家はいる？」

「いるよ。画家も、小説家もいる」

「じゃあ、外の世界に帰るとき、その人たちの作品をおみやげに持って帰ろうかな。それでひと儲《もう》けできるかもしれないぞ」

「じゃあ、そのためには、まず、蛇を見つけなくちゃね」

　蛇の居所はあいかわらずよくわからなかった。僕の命を守らなくてはいけないからすぐそばにいるはずだという意見もあれば、リゼ・リプトンを永久に殺すための方法を探すために旅をしているという意見もある。よせられた目撃情報の大半は意味がなかったけれど、唯一、ルフナから興味深い報告があった。

　ルフナはとある港町で情報提供者に聞きこみをしていたのだが、そこで偶然にも、見覚えのある青年とすれちがったというのだ。

　青年は自転車で郵便配達をしていた。ルフナは呼び止めて話を聞いてみたという。

「蛇の姿をした怪物に出会ったことはありませんか？」

「こんなちっぽけな港町に、怪物なんて現れるわけありませんよ」

そばかす顔の赤毛の青年は首を横にふる。青年はナプックと名乗った。しばらく前に記憶をなくした一日がないかどうかをルフナは聞こうとしたが、仕事が途中だからと青年は自転車を出発させ、それきりになったという。

オフィスとの連絡をおえたドッグヘッドが、カウンターにやってきてサラダを注文した。

「タマネギ抜きでたのむぞ」

牙《きば》をちらつかせてカンヤム・カンニャムが言うと、店主はふるえあがった。

店のスイングドアがひらいて、荒くれ者の集団が店に入ってきた。しかしリゼ・リプトンの姿を見て注文もせずに出て行く。

「なにかあたらしい情報はあった？」とリゼ・リプトン。

「いい話と、わるい話がある。本部はなかなかいそがしそうだったぞ」

「まず、いいほうから聞こう」

「【千の扉の寺院】から連絡があった。グレイ・アシュヴィが元の世界へ帰ったそうだ」

ふたりが僕を見る。なんと返事をすればよいのかわからず、少女と、イヌ科の顔を交互に見た。そしてカウンター奥の店主と目があう。

「おめでとうございます」

「ありがとう」

僕は店主にうなずきかえした。それからようやく、実感がわいてくる。弟は今、母のそばにいるのだと。リゼ・リプトンが拳《こぶし》で僕の肩を小突《こづ》きながら言った。

「次はきみの番だ。すぐに帰れるさ」。少女はイヌ科をふりかえる。「わるいほうの話は？」

牙のならんだ口がひらきかけたちょうどそのとき、ラジオで流れていた音楽が中断された。かわりにアナウンサーの声が聞こえてくる。緊張をはらんだ口調でニュースが報じられた。ドッグヘッドが言った。

「情報解禁か。すこしは休みをくれたっていいだろうに」

ニュースの内容とは、あらたな怪物の出現をしらせるものだった。その怪物には翼があり、長い首と尻尾《しっぽ》があり、物語の挿絵《さしえ》に描かれるような竜の姿をしていたという。口から炎を吐き、砂漠地帯にある集落が壊滅状態にあるそうだ。アークノアのどこかに竜とつながりのある異邦人が流れ着いているはずだが、まだ保護されてはいないらしい。

出されたサラダをカンヤム・カンニャムはフォークで食べはじめる。くりかえし報じられるニュースを耳にしながら、リゼ・リプトンはピーナッツバターの瓶に蓋《ふた》をした。指先についたものをなめてドッグヘッドに質問する。

「砂漠地帯までは、どうやって行ったらいい？」

「車では不便な場所だ。その階層は鉄道網が充実している」

「列車の旅か。わるくない」。少女はうなずいて僕を見る。「アールくん、前言撤回《てっかい》。次はきみの番って言ったけど」

「かまわないよ。竜退治を先にやってよ。僕はどこか安全なところで待ってるから。この前行った【常夏《とこなつ》の部屋】ってところがいいな。あそこのホテルは最高だった。プールサイドでフルーツジュースでも飲みながら、きみの竜退治をラジオで聴いてるつもり」

「なに、言ってんのさ。きみもついてくるんだよ」

「でも、危険なんでしょう?」

「蛇がいつまたアールくんに接触してくるかわからない。きみを誘拐してどこかに連れ去ったりしたら面倒だ。すまないけど、いっしょに行動してもらうよ。無理矢理にでも連れていくつもりさ」

拒否することはできないらしい。僕はため息をついた。

「ああ、そうか、わかったぞ。いつでも殺せるように、そばに置いていたいわけだ」

「冒険もいいものだよ」

「それはそうかもしれない。でも、ひとつだけ注文がある」

「なに?」

「車の運転はカンヤム・カンニャムがすること。きみがハンドルをにぎったら、ハンマーをつかうまでもなく、いつか死んじまうよ」

「了解。これからはカンヤム・カンニャムに運転してもらおう。駅についたら、その先は列車だから安心してよ。脱線しないかぎりはだいじょうぶ」

リゼ・リプトンは立ちあがり、外套をひらめかせながらスイングドアにむかった。僕はハンバーガーを片手につかんで、カンヤム・カンニャムは代金のペックコインをカウンターに置いて追いかける。

店を出ると乾燥した熱い風がふいていた。肌がひりつくような日差しである。僕たちはまるみのある黒色のクラシックカーに乗りこんだ。エンジンがうごきだし、ぶるんとふるえる。

「でもさ、ほんとうに脱線しない？　竜のいる部屋まで列車で行くわけだよね？　たとえばさあ、突然におそわれて脱線することとなんかないよね？」

念を押すようにたずねてみる。運転席のカンヤム・カンニャムと、後部座席のリゼ・リプトンが視線をかわした。ふたりとも無言のまま、僕の質問にはこたえない。

いやな予感しかしなかった。しかしタイヤは高速回転しはじめて、土煙を巻きあげながら荒野の道を走りだす。

雲よりも高いところに平面があった。木製の空である。縦横の模様は折り重なった梁だろうか。青色の空が、だんだん恋しくなってきた。そんなときはリゼ・リプトンの目を見ればいい。彼女の虹彩《こうさい》はスカイブルーだから、いつだって僕に、外の世界の空をおもいださせるのだ。

本書は二〇一三年七月、書き下ろし単行本として集英社より刊行されました。

S 集英社文庫

Arknoah《アークノア》 1 僕《ぼく》のつくった怪物《かいぶつ》

2015年9月25日 第1刷
2019年10月23日 第3刷

定価はカバーに表示してあります。

著 者 乙《おつ》 一《いち》

発行者 徳永 真

発行所 株式会社 集英社
東京都千代田区一ツ橋2-5-10 〒101-8050
電話 【編集部】03-3230-6095
【読者係】03-3230-6080
【販売部】03-3230-6393(書店専用)

印 刷 図書印刷株式会社

製 本 図書印刷株式会社

フォーマットデザイン アリヤマデザインストア　マークデザイン 居山浩二

ISBN978-4-08-745358-4 C0193